楚尘
文化
Chu Chen

北京楚尘文化传媒有限公司 出品

我快要幸福了

一个作家和抑郁症的搏斗

[美] 达芙妮·默尔金（Daphne Merkin）著　　张竝 译

中信出版集团 | 北京

图书在版编目（CIP）数据

我快要幸福了：一个作家和抑郁症的搏斗 /（美）达芙妮·默尔金著；张竝译. -- 北京：中信出版社，2019.4

书名原文：THIS CLOSE TO HAPPY：A RECKONING WITH DEPRESSION

ISBN 978-7-5086-9486-3

Ⅰ. ①我… Ⅱ. ①达… ②张… Ⅲ. ①回忆录－美国－现代 Ⅳ. ①I712.55

中国版本图书馆CIP数据核字(2018)第213592号

我快要幸福了：一个作家和抑郁症的搏斗

著　　者：[美]达芙妮·默尔金
译　　者：张竝
出版发行：中信出版集团股份有限公司
（北京市朝阳区惠新东街甲4号富盛大厦2座　邮编　100029）
承 印 者：北京汇瑞嘉合文化发展有限公司

开　　本：880mm×1240mm　1/32　　印　　张：9.375　　字　　数：185千字
版　　次：2019年4月第1版　　印　　次：2019年4月第1次印刷
京权图字：01-2018-6656　　广告经营许可证：京朝工商广字第8087号
书　　号：ISBN 978-7-5086-9486-3
定　　价：55.00元

献给迈克·泼德

永久观察……观察我内心的消沉。如此，它就能为我所用，而我就有了希望。

——《弗吉尼亚·伍尔夫日记》

我内心所有的水彩全都褪成了黑色。

——安妮·蓝妮克丝《人行道的裂缝》

序言

近来，我又一直在思考自杀的诱惑力，自杀，就是对生命说“**够了**[1]”，就像意大利老奶奶要把日常积累起来的垃圾全部清理出去，留下一个干干净净、没有任何标记的外表。面对令人一蹶不振的挫折，再也不用怒气冲天，再也不用恐惧，再也不用日复一日地处于行尸走肉的状态之中，再也不用眼累心累，再也不用和人聊天，再也不用担心别人了解你的内心，再也不用焦虑。那种在你脑中彻夜轰鸣的痛感——像是身体上的疼痛，却又和身体无关——无论是贴创可贴、抹药膏，还是绑石膏都无法将之治愈。最主要的是，再也不用**伪装**，再也不需要戴个面具：“啥，你抑郁？我压根儿就不可能知道啊。”

斑斓的自杀时刻来来去去，有时候就像现在这样——纽约的

1　原文为意大利语“basta”。——译者注（本书所有脚注均为译者所加）

冬天，我坐在书桌旁写下这些文字——白昼苦短，夜幕早临，天色黯淡，而你却已对努力不抱奢望，再无向前的动力。不过，就算是白昼悠长、日光永不消退的早春岁月，或成熟欲滴的仲夏时节，那样的时刻也仍会来临。之所以来临，是因为你已经不知不觉间消沉了好几个星期，甚至接连好几个月，你的情绪早已落至谷底。你躺在烂泥里，懒于徒劳地挣扎，深陷于难以承受的痛苦之中，因为在你自身的生命中并没有特别可怕的事情可以解释这一切，至少从你生命的外在看确是这番光景。如今，这番致命的挣扎又开始显山露水，这说明你的沮丧消沉已经到了头。你已经无力按计划行事了。这话如果是健身房教练用轻快的口吻说出的，你定不会喜欢，毕竟实情很复杂——这关乎你的生命，关乎你想要在多大程度上好好生活——不过，再怎么样，那仍然是一个恰当的说法。

的确，你完全不明白何为计划，难道是指你要推着自己往前走？这是否意味着只要设定了长期目标，就拥有功德圆满的可能性。当然，你的写作也算是个目标，但也是一种冲动，能使你安安稳稳地往前走去。生有涯，而知无涯。拉丁谚语大致就是这么说的：Ars longa, vita brevis。但像今天这样的一个日子，一切都显得灰暗微弱，无法让你安定心神。你已精疲力竭，对双脚为何要一前一后走路这样的问题，都已懒得假装知道：**生命**似乎悠然漫长，无穷无尽。在你静谧的居所里，钟不知在何处发出嘀嗒嘀嗒声，空荡荡的时间分秒相随，时刻都在提醒你时间沉甸甸地悬着，而你已惘然若失，就像台虎钳夹着你的脖子。你还想起曾有一天下午，在精神科所谓的休息室里，和其他病人一起看电视的情景，你在家绝对不会看电视，因为那会使你觉得自己一无是处，仿佛一块布头挂那儿晾干，结果就被人遗忘了。

这种呆滞的状态发生之前，你是怎么填满那些日子的？读书，写作，在电脑上虚拟逛街，和女儿说话，和朋友谈笑，用微波炉给咖啡和茶加热，很难回想起自己如何从一件事情自然过渡到另一件事情。你毕竟不是个精力旺盛的托钵僧，会做好规划，狂热地干完一件又一件事，情况最好的时候，你也只不过是宅在家里，不管你看上去再怎么开朗包容，你都必须下定决心才能外出和人见面，但在这之前，你也会做计划，你也不会质疑做计划这种事。如今，你实在搞不清楚究竟是什么驱使着其他人在这世界上熙来攘往，跑腿，赴约，去学校接孩子。你已经找不到那根将你生命中的种种情境串联起来的线。一切都模糊了，你只能整天想着自己的心灵如何痛苦不堪，又想着自己和其他人若是有幸能灭绝这样的痛苦该有多好。

无论身处何种境况，你都可能成为瘾君子，这和街头毒品使人欲仙欲死、万念俱灭的虚无感别无二致。不过，你服用的是合法的处方药，只是偶尔会被好心办坏事的精神药理学家搞砸，而且这么多年来，你还会在五十分钟的恳谈会中给那些你花了大钱的听众讲述自己的处境。你坐在他们的办公室里，讨论自己赴死的愿望，这和其他病人讨论想要找个人谈恋爱的方法没什么两样。

别管你的女儿、你的朋友、你的写作、品尝的美味、新书，或者每个人都在看的电视连续剧，这些东西都会将你束缚在这个世界上。即便是最理解你的人也无法理解你迸发的愤怒眼神，这眼神使你盲目而行。绝望一向都会被描述得晦暗不明，事实上，绝望也有它自己的光亮，犹如月光，散发着斑驳的银色。

1

一个女人在厨房里站着，煮一壶咖啡，她从漂亮的小铝袋里舀出价高味浓的豆粉，倒入滤纸，想要记住自己究竟舀了几勺——四勺，六勺，还是三勺？——之后，那些幽暗的思绪便纷至沓来，疯狂舞动：**你不应该，你本来应该，你为什么要，你为什么不，没有希望，太晚了，一直以来都是太晚了，放弃吧，回床上去吧，没有希望，半天过去了，不，前面的白昼还长着呢，还有许多事情要干，没多少事情可以干，做什么都是无用功，没有希望**。

她已经考虑了无数次了，如果她能对事情持乐观态度，对自己的存在抱有长期目的性，又会是什么感觉呢？有人抱有幻想，比如认为必须由自己料理花园，事情就会好办得多，会朝好的方向发展，可如果没有这些幻想，生活难道就会无法忍受？那人专心煮咖啡，难道不会一出现绝望的念头，就即刻产生自杀的欲望？有人洗完澡，穿好衣服，准备好面对一天的日子，既没有欢呼雀跃，也没有阴沉沮丧，这究竟又是怎么一回事？毕竟像她那样，受自己头脑的支配，自怨自艾，肯定是最不堪的：事实上，她根本没法从自身的现实中逃离出来，除非通过强制，或者至少进行有意识的干预，比如治疗、服药，尝试向前看的思维方式，想想那些饿肚子的人、四肢残疾的人、生活不幸的人，直到能够站起来，拽着自己向前进，做好准备为止。这些其他人很自然就能做到的事情，可她却完全陌生。

厨房有扇窗户，越过院子可望见其他楼房，其他生命。这是服用了亮色的抗抑郁药——橙色、紫色与浅绿色——而产生的效果，凹嵌的聚光灯亮着，但仍然有种没入阴影的感觉。女人花了很长时间把自己的这间公寓扮靓，其他人总是对她选择的那些色彩、艺术品和小摆设报以正面的评价；但当暗黑季节的寒风在她周身刮得沙沙响的时候，她那洒扫庭除的努力也就化为了乌有。她还花费了很大的力气，创建了某种生活。比如：和女儿及密友建立了亲密的关系，对周围文化深层次的内涵及毫无意义的一面同样给予极大的关注，从事写作这种有意义的工作。别人都挺欣赏她锐利的目光，她的好奇心，她那讽刺挖苦的幽默，以及待人如己的温馨感；从外表看，剔除妒忌的成分，其他人都会觉得她的生活过得很不错。从某种程度上说，她也知道这一点，但当寒风吹透她的躯体，那种认知便如涸辙之鲋，她也就明白自己不但贫瘠、迷惘，而且毫无希望。

情绪的切入急遽突然，连她自己都没意识到：上一分钟，她还自我感觉良好；下一分钟，脑袋就像被爆了一样。比如，周一下午，她看牙医回来，来到空无一人的公寓里，空气中的尘埃让她觉得屋子荒凉透顶，这时候，情绪就这么来了。她觉得很孤立，深陷于悲伤的洞穴之中，那是一种古老而永恒的伤痕。然后，就在她被这种感觉裹挟而去的时候，不知从哪儿就汩汩地冒出了想要自杀的冲动。那冲动极其强烈，以致她走到那把放在厨房柜台上的木柄刀子边上，用锯齿割自己的大拇指。她幻想割开自己的手腕……不，先要把浴缸放满水，再割腕，这样不就能确保自己必死无疑嘛，戴安娜·阿勃斯[1]不就是这样死的吗？为了阻止自己再这么想下去，她就上床睡觉，躺在床上，等着这波自杀的冲动消退而去。

然而，暗黑季节会再次不慌不忙地露出头角，在数周甚至数月间一点点显现，直到最后它才终于宣布自己无可挽回地降临。那个特定的午后时光，表面上是三月中发生的事，但十月中或八月中也都有可能发生。围裹她的那种境况对日期毫不在意，只要它想来，就肯定会来。对女人来说，似乎就有这样的感受，不管是哪种形式，反正那样的感受却恒长不变。她一向都很留意砖墙上的尘垢、朋友身上的缺点、等待时的心痛——隐藏于皮肤之下的这种伤悲，犹如鲜血。

1　戴安娜·阿勃斯（Diane Arbus，1923—1971），美国著名女摄影家，擅拍底层的畸形人，1971 年自杀身亡。

抑郁症是一个全球性的问题，全球范围内的患者达 3.5 亿。2012 年，美国有 1600 万人至少有过一次严重的抑郁症发作期；2014 年，4 万多人自杀身亡。但没人愿意去公开谈论这种伤心事，甚至在现在这个率性的时代也仍然如此。比如，在鸡尾酒会上，你能大谈特谈参加嗜酒者互诫协会的事情，或者自己如何康复，没人会扬起眉毛表示惊讶。可要是你参加的是高档的社交聚会，每个人都端着酒杯晃来晃去，眯着眼找人聊天，而你却跟人如实讲述自己的情绪，想象一下：

“你怎么样？”

“不好。事实上，抑郁得厉害，连床都起不了。不知道世界上最近发生了什么事，也不关心。”

谁想听这茬？谁听人这么说过？以后还能听到这样的话？尽管我们的文化天马行空，喜欢说大实话，但许多社会领域根本就不待见坦露衷肠的做法，也不喜欢海面的惊涛骇浪。我们所生活的这个社会拙于对待隐私，除非是在康复期，而且你得表现得够尖锐，够矫情，还得辅之以个人尽可能夸张的证词。严格的自省——清醒地与内心的魔鬼进行细致入微的角力——这种做法早已随着饱受争议的维多利亚时代的伟人，如约翰·拉斯金、托马斯·卡莱尔、马修·阿诺德而消失了。

就算朋友深情款款，也很愿意倾听，但要私下对他说出这种难以抚慰的感受，也不见得有多适合。抑郁症使人偏执，只在乎一种单调乏味的现实，哪怕最开始的时候朋友很有耐心，但不管谁听多了都会觉得厌烦。他们会给你建议，**去上瑜伽课吧**，或者**去做个按摩。拜托，别再这么没完没了地唠叨了**。这种话他们不会和你说，可你看得出来他们聊天的时候，并不愿意参与到你阴郁的情绪当中去。

女人后来又消失了，进入了暗黑季节朦胧阴郁的阴霾之中，阴霾一如既往地悄悄潜入进来，负面的思绪入侵，接管了她的内心，其他人并没注意到这一点。阴霾悄无声息，除了她这个宿主之外，并未引起任何警觉，可那时候，一切都悔之晚矣，坏事已经干成，没人能够为了她而出面进行干预。

这女人有个女儿，名叫佐伊，已经二十多岁，生性活泼，听女儿讲笑话，她会和女儿笑得泪水横流。她担心佐伊别无选择，只能承担起照料她的角色，时刻关注母亲的状况。女儿出生六个月，她就因为抑郁症住了院，那是她第一次因抑郁症而住院；在她不到四岁时，在她十八九岁时，母亲又住了两次院。女人深爱着女儿，却又经常觉得如果自己真爱她，就应该让她自由地脱离母亲，毕竟母亲身上的阴影太多，阳光太少，让女儿生活过得灿烂才最重要。

当然，那女人就是我，但也有可能是任何饱受如此折磨的女人，受折磨的女人的数量要比男人多上一倍，但有意思的是，写抑郁症的人大多数却是男人。（他们自杀的概率也比女人高四倍，尽管确诊抑郁症的男人的数量远远少于女人。）我一直觉得有意思的是，尽管女人罹患抑郁症的数量要多得多，但男人在这个领域似乎比女人投下了更多的阴影，他们身上的疾病似乎也成了文化的见证，而非个体的不幸。在男性的抑郁症叙述中，情绪的恶化更像是长痘痘，毫无征兆。不过也有例外，比如安德鲁·所罗门（Andrew Solomon）和爱德华·圣奥宾（Edward St. Aubyn），可通常情况下，男性在性情上并无抑郁倾向这样的指征。相反，使之陷入抑郁症的特定原因都是在自身之外，如至亲死亡造成的后遗症，或由戒酒、戒安眠药引起，或确诊得了恶疾。前一刻，你还是个成功的作家或科学家；后一刻，你却一心想要从布鲁克林大桥上跳下去。这根本就没有外部的原因可循，就像四眼天鸡[1]，一大早醒来，却发现天掉了下来。

在第二种情况下，作家突然说自己的抑郁症很有可能是迄今为止一直遭到忽视的遗传因素在捣鬼，于是就顺理成章地回忆起某个叔叔或某个堂表兄弟得过精神分裂症。不管怎么说，患者不需要展现自身的弱点，也不需要详查自己身上的问题；所有情况都和他自身心理之外的环境有关。威廉·斯泰伦（William Styron）走的就是这条路，他写过一本极其打动人心的回忆录《可见的黑暗》（*Darkness Visible*），这本回忆录很奇怪，没有写任何来龙去脉，他认为自己的抑郁症和戒酒大有关系。还有英国植物学家刘易斯·沃尔珀特（Lewis Wolpert），他在回忆录《恶意的悲伤》（*Malignant Sadness*）结尾处提到了许多读者，那些读者对他公开

1　四眼天鸡（Chicken Little），是 2005 年上映的美国动画片《四眼天鸡》（*Chicken Little*）的主角。

讨论自己和抑郁症的关系表示了感谢，但他又添加了一个至关重要的限定性说法："必须承认我并没有摆脱这个污点，因为我倾向于从生物学角度，而非心理学的角度对自己的抑郁症做出解释。"

换言之，男人很狡猾，他们懂得如何避开与心理疾病相关的道德缺失的牵扯，也懂得避开某些特定的批评，说他们整天沉溺于内心之中，只知胡思乱想，他们认为那都是外在于自身的力量，或纯粹是遗传导致的。相比之下，女性的说法却走向了另一端。安妮·塞克斯顿的诗歌、西尔维亚·普拉斯的《钟形罩》可以作为这方面的代表，女性患者倾向于认为自己才是导致抑郁症的主因，承认抑郁症与生物学的错误无关，而是和内心力量的缺乏有关——源于追求难以捕捉的整一性和福祉这类东西。本书的写法也是如此，极其注重内心层面：叙述者没得抑郁症时所处的世界完全遭到了忽视，那世界也就消隐无踪了。

比如，在简·里斯[1]的自传体小说中，她笔下那些患有焦虑症的女主角整天徘徊于巴黎肮脏的郊区，内心就处于这种抑郁不安的状态之中，读者因此能感受到小说封闭压抑的氛围，以及浓浓的绝望感。这样的写法是要冒风险的，一星一点的活力都会被消耗殆尽，结果也就会耗尽读者的耐心与同情。这样就又回到了性别差异这个主题上来，照这种说法，女性的抑郁症具有极其特殊的性质，对不幸的种种事例时常无法做出回应，如失恋、工作不

1　简·里斯（Jean Rhys，1890—1979），20 世纪中期的小说家，成长于多米尼加，后主要居住于英国。

顺、凄惨的童年，而这些失意的事例并不具有典型性，细察之下，发现由此所得出的结论也能应用在其他人身上，却无法用在抑郁症患者的身上。

至于这折磨本身，历史上不同时期都有不同的名称：**acedia**（麻木）、melancholia（忧郁症）、malaise（苦恼）、**cafard**（沮丧）、brown study（迷离）、the hypes（成瘾者）、the blues（消沉者）、the mean reds（无名的恐惧者）、the black dog（黑狗幽灵）、the blue devils（蓝魔）、the dismals（郁郁寡欢者）、Lapp sickness（拉普兰岛之病）、**Anfechtung**（哈特派[1]信徒使用的术语，意为“魔鬼的诱惑”）。这种折磨被认为是精神疾病，是意志薄弱，是生化紊乱，是精神上的谜题，有时候也认为同时兼具几种特征。[法国人的天性是连包装都要弄得优雅，所以他们会构思出一整套有关“卑劣”的忧郁的哲学，以拒绝任何简单的解释，朱丽娅·克里斯蒂娃之类的精神分析领域的思想家就是这么解释的。无论是卑劣还是抑郁症，都是一种不可能的状态，是对母性客体丧失的哀悼，但克里斯蒂娃在她所著的《黑太阳：抑郁症和忧郁症》（*Black Sun: Depression and Melancholia*）里提出了某种假设，假定抑郁症是某种交流，使用的是一门发达的语言，而并不是需要治疗的某种病理现象。] 根据环境的不同，会引起怜悯、敌意、猜忌、同情、蔑视、漠视、尊敬，或者某种难以归类的上述各种情感的

1　哈特派（Hutterites），基督教再洗礼派的一个分支。

组合。

简言之，如果你是那种具有英雄气概的人物或者功成名就者，是一码事。比如温斯顿·丘吉尔，他一边英勇无畏地抗击希特勒，一边通过画画和砌砖来抵御忧郁症一阵阵的侵袭（不过，他妻子克莱门汀的抑郁症似乎更厉害，晚年只得寻求ECT——电惊厥疗法，或者照大家的说法，即电休克疗法，来进行治疗）；还有亚伯拉罕·林肯，他一直在和自我怀疑与绝望做斗争，同时致力于废除奴隶制。如果你是无数默默无闻的患者之一，一边抵御着这些魔鬼，一边又在力所能及地追求更好的生活，那又是另一码事了。如教堂山的一个画家读了我为《纽约客》及《纽约时报杂志》写了好几年的有关抑郁症的文章后，有一次给我来信："我十八九岁的时候，黑狗就追着我不放，而且就睡在我床边上，还把我父亲弄进了医院。"

我收到过辛辛监狱一个三十五岁囚犯的一些来信，有的写得洋洋洒洒，有的差不多前言不搭后语；也收到过一个老人的来信，这人很像约翰·厄普代克笔下的人物，喜欢打高尔夫球；还收到过一个"忧郁的英语老教授"的来信，他女儿几进几出精神病院，二十九岁的时候去世。还有一个人用了假名，叫作"丽萨"，这人的来信都装在一个优先级的邮包[1]内，里面有从黄色的标准拍纸簿上撕下的几页纸，她在纸上用歪歪扭扭的字体潦草地写了一份

1 所谓的优先邮件，即指美国邮件分拣系统内享有优先处理特权的邮件。

“爱洛依丝[1]提示”的清单，作为抵御抑郁症的建议，其中有些建议是常识，有些却神秘兮兮（如“西柚一点都不能吃”“带词的歌都不准唱”）。尽管患有抑郁症的其他人对你产生了认同，有些因为情况极其特殊而生存下来的人也对你予以鼓励，虽然这没法减轻你眼下的焦虑，但得知这批人即便身处黑暗之中，你仍然能找到他们，这也确实是一种安慰。

迄今这么多年来，我一直在寻找一份战地报告，希望这份报告能与我自己的抑郁症体验相契合，却始终没有找到。我写这本书，部分是为了填补这份空虚，想要去描述一下内心遭受临床抑郁症折磨会是怎样一种感觉，希望以这种方式对患者和旁观者讲述这种折磨，无论他们是朋友还是家人。尽管过去的二十年已经出版了相当数量的讲述抑郁症的著作，既有讲单相抑郁障碍（unipolar）的，也有讲双相情感障碍（bipolar）的，如斯泰伦的《可见的黑暗》、苏珊娜·凯森（Susanna Kaysen）的《芳菲飘零》（*Girl, Interrupted*[2]）、凯·雷德菲尔德·杰米森（Kay Redfield Jamison）的《躁郁之心》（*An Unquiet Mind*），但我觉得这些著作都有点混淆了令人崩溃的情绪和丧失能力的抑郁症，并由此来论证作者所患的其他功能亢进的症状，而且说得无懈可击。（这方面值得注意的是《可见的黑暗》这本书的开头，斯泰伦说他

1　爱洛依丝（Héloïse，1092？—1164），法兰克女隐修院院长，与神学家阿伯拉尔（Abélard，1079—1142）相恋。

2　1999 年，该回忆录的同名电影上映，中文名是《移魂女郎》。

正前往巴黎领一个大奖，而且这本书的副标题是“关于疯狂的回忆录”。）

这种说法会使读者认为抑郁症很罕见，很不正常，而不是一种极其普通、相当正常的心理负担，只有对抗抑郁症，人的自我才能得到茁壮成长。很难说这是出于自我保护的冲动，还是出于保护读者的愿望，我觉得这一点就连作者自己都没意识到。

我从自己的体验知道，抑郁症身上的污点相当真实。抑郁症既令人羞耻，又令人自责，其他疾病是不可能这样的。比如，它和成瘾的症状及其康复期就很不一样，它没法给读者提供感同身受的刺激感，这主要是因为抑郁症的症状很多都是隐藏着的，不足以使人对它敬而远之，也不足以使人觉得刺激。如果说精神疾病通常都是无形的，那抑郁症就更难定义了，因为它是悄悄地潜入进来的，不会宣扬自己是抑郁症，它只会显得没有食欲、没有精力、不喜欢社交，而不会显露自己的存在。你没有什么东西可以指证：不骂脏话，不会突然变得精力超级旺盛，谁都认不出你，也不会相信彩票号码或福饼之类的奇闻。我觉得我们之所以怀疑抑郁症的合理性，部分是因为它**看上去**并没有疯疯癫癫。

抑郁症的四周一片幽暗，无论是从生物学还是心理学方面来看都是如此。关于进化和我们各自性格的特质究竟是受到自然的限定还是后天环境的影响，这样的争论至今仍然热火朝天，而抑郁症就成了这场争论的替罪羊。它已经成了一块磁石，无论是清教徒传承带来的影响，还是当代快乐丸带来的影响，种种不靠谱的解释全都吸附其上，从而导致了令人遗憾的结果，对于抑郁症要么是诊断不足，要么就是过度治疗。一方面，认为抑郁症是个幽灵，只要运用意志力就能将之驱除（**一步一个脚印地往前走**）；另一方面，又用它来为全科医生练手，反正全科医生今后能打流感疫苗，自然也能开抗抑郁药。而我们也就在这两者之间来回游移。

我最先是在十五年前同意写这本书的，那时我刚给《纽约客》写了篇讲述自己因抑郁症住院的文章。我觉得之所以耗费了这么长时间才完成这本书的写作，是因为写抑郁症就是在进行战斗，既要抵抗抑郁症复发的恐惧，又要与抑郁症的反复侵扰做斗争。我也在和童年时期的幽灵进行战斗，我不知道这个故事是否有价值，也不知道自己是否可以去讲出这个故事。杀死幽灵永远不会轻而易举，而我的幽灵又特别的专断，它告诫我要低下脑袋，把这个故事放在自己的心里。但结果，我还是写了这本书，我仔细观察着自己的体验，费尽心力总算对自己的体验夺得了一定程度的掌控权。我的希望就是如果我能对危险的处境有所提防，那我生存的概率就会提高：我的生活是靠自己慢慢形成的，并没有依靠别人。在这过程当中，我不仅要努力打碎童年的魅惑妖术，而且还要设法将这个故事从早先的叙述中剥离出来，尽管当时的叙述有存在的必要，而且也是真实的，但如今看来它却已经作茧自缚。

患抑郁症时，我努力让自己觉得是进入“暗黑季节”了，部分是出于某种希望，希望它能在来的时候来，去的时候去，部分是把这看作一种努力，对这种毫无美感的状况做些美化工作。抑郁症发作的时候，它并不会提醒我，我之前有过这种境况。这境况并不是崭新的，它有一种似曾相识的陈腐之气，没有光亮，将人完全禁锢起来。它不会让我想起穷人、迷途中的人、饱受摧残的人，不会让我想起叙利亚那些受折磨的人、苏丹那些挨饿的人、巴尔的摩那些惨遭殴打的人。我想知道的是自己究竟怎样才能从底下冒出头，是否真的还有其他的季节。底下的生活沉重地悬挂在那儿，好似一件令人窒息的大氅，我不记得自己是否还有过其他感觉。我需要有人提醒我，这世上还有坚持下去的种种理由，即便我早已将它们忘却；我告诉自己只要能坚持下去，我就会记得它们，记得这些理由，而它们也会再次回到我的身边。

2

有时候，我觉得自己命中注定会去一遍又一遍地讲述家族的故事，就像训谕所规定的那样。每年在逾越节的家宴上，都必须讲述犹太人挣脱法老的残酷统治，最终离开埃及的故事。在希伯来语的文本中，这种重述被明确地称为“mitzvah”，即善行之意。我们所有人都需通过大声朗读《哈加达》[1]来复述这个传说，既为了自己，也为了客人，这样我们就不会忘却那些在历史上发生的悲苦事件，正是在那些事件中，我们从彼处到达此地，从奴隶变为自由人。我觉得童年时代的自己就好比奴隶，处于某种被监禁束缚的状态，但即便过去了这么多年，我仍然没法确定自己是否逃离过，是否获得过哪怕是转瞬即逝的自由。

和所有的故事一样，这个故事也会来来回回地出现。和大多

1 《哈加达》，即讲述犹太教传统的文本。

数的故事不一样的是，往昔即便隐于深处，也仍然无法令人安之若素；它反而会不断地骚扰现在，威胁说要毁灭现在，让现在无法行进。比如，现在是深夜——其实已是凌晨——的某个时段，我正在打电话，和一个姐姐聊我们家庭的悲剧。就这个阴郁的主题，以前我们已经聊过太多次了，每次都会痛说发生在我们的家里、我们的成长岁月中的种种匪夷所思和不堪忍受之事。她用了“大屠杀”和“伤害”这样的字眼，我低声表示赞同。不在我们家长大的人，对这样的谈话是不会感兴趣的，我们四个兄弟姐妹以及他们各自的孩子也不感兴趣，但我俩却被这些故事吸引住了，故事里的恐怖让人不能自拔，虽然我们对故事里的各种转折都已了如指掌，而且如今也对故事的结局有了很好的判断。但我们今后似乎永远都无法很好地再现我们早年时代带刺铁丝网的样貌，因为带刺的铁丝网早已被帕克大街的外立面掩盖了。

我们仍然觉得疑惑，究竟该如何去解释母亲那种潜藏着的残忍，她的希望就是“吃自己的”，其中我一个姐姐的精神病医生曾经有些夸张地说过，这是一种其他人难以察觉的病理现象，因为她与表面上呈现的截然不同。虽然没法说母亲能让任何一个见过她的人都觉得和蔼可亲，但她确实算得上是某种合格的母亲，冷漠，有些疏离，但并非彻头彻尾的变态——内心的魔鬼被隐藏起来了。她身上并不具备任何正常母亲所具有的那种可供识别的特质，那样的母亲总会对自己的孩子很留意，希望他们能过上好日子，或过上比她更好的日子。事实上，无论从哪方面看，都很难看出她身上所特有的反常之处，因为“母亲”一词，天生令人觉得具有正面的意义。换言之，没人会料到母亲会张着血盆大口朝自己的子孙猛扑过去。

“你的眼泪打动不了我。”我小时候哭鼻子时，她总是会再三这么对我说。她还会发出警告：“你脸上会出现五个手指印。”说完，就扇了我一巴掌。我要是不开心，她就说我本来是个漂亮姑娘，但看上去怎么就丑得吓人呢，她还特地强调“丑得吓人”，第一个音节读得很重，第二个音节一带而过[1]。“我也说不清，”她这么说的时候，像是在分析某个化学反应，“只要你闷闷不乐，就要当心你的脸了。”（“闷闷不乐”是又一个她特别爱用的词。）“你看上去怎么就丑得吓人呢。”于是，我就时时刻刻地留意着，努力让自己的五官显得欢快、宜人，担心自己稍不留意，五官就朝下耷拉着，那样子会令人作呕。

别错会我的意思：我母亲并不是什么马大哈，也不是什么疯女人。她很会装样子，但又保持很远的距离：生日宴会上，让厨子伊娃做巧克力霜蛋糕，打电话咨询儿科医生，安排别人带我们去看牙医。但她传递的潜台词却充满了忌妒和轻蔑。“我觉得他有可能是娘炮。”有一次，她突然乐呵呵地这么说我哥，我没在我哥身上发现任何同性恋的迹象，只是有那么一段很短的时间，那时他也就十几岁，留了很长的鬓角，母亲觉得那样子太女性化。还

1　此处作者用的是 hideous 这个单词。

有一次，我冲回家报喜，说我写的一篇小说被《纽约客》采纳了。“你笑的时候，鼻子看上去很大。”我很担心自己的鼻子，我的鼻子是典型的犹太鼻，略略偏大，有点贵族气派，鼻梁下端有点斜，不像朝天鼻那样显得可爱，但就是听了这话，我觉得什么时候真该把鼻子剪剪短。

最重要的是她根本就不想让我们觉得自己有多重要，当然是没她重要，只有她才能占据位子。**别老是谈自己**，童年时期，当我走到她身边时，她经常这么说，她还会讲自己碰到的不顺心的事、开心的事，说得不亦乐乎。尽管她老是给我们讲她的前程如何如何远大，说要不是纳粹，她也不会中断学业，但她就喜欢将我们的抱负扼杀于萌芽之中。我以前就像《顺其自然》[1]这首歌里的那个女孩那样，总是会大声问她我长大后能干什么，而她就会打破我对未来的幻想，说我只能在列克星敦大道上伍尔沃思这样的廉价超市里上班。我把她的话当真了，觉得自己这一辈子注定只能干干收银的活，打扫打扫货品，穿的还是20世纪50年代式样的收腰裙，脚上套双干活时穿的平跟鞋。到了晚年，她很开心地发现“我所有的孩子都和穷光蛋结了婚”，仿佛我们所有人过得一天不如一天就是她内心最深处的梦想。

如今，已经过去四十多年，我终于写出了这些用来弥补的话

---

1 《顺其自然》（Que sera, sera）是1956年的一首歌曲，歌词大意是：我小时候经常问妈妈，我以后会漂亮吗？有钱吗？妈妈就会回答我：顺其自然（Que sera, sera），该怎么样，就怎么样，未来谁也说不准。

语，对饱受伤害的自我进行微观的剖析。我躺在床上，倚着枕头，姐姐和我聊了很长时间，一直聊到了凌晨三点多，我们彼此的公寓就隔着一座公园，而我们就这么一直警醒着。这座不夜城大多数时候很安静，只是偶尔会传来车子驶过的声音和行人的哭声。姐姐和我沉默了一会儿，这些错事对我们的生活造成了伤害，并在随后的岁月中余波犹存，使我们无法作为成年人好好地生活下去，我们都在评估着那样的伤害究竟有多大。

尽管我们都遭了殃，但个体的顺应性总归还是存在着的，或多或少都有一些，所以这也就塑造了每个人的命运。“男孩子们”（在我的心目中，兄弟几个就是这样的形象，虽然他们都已经五六十岁了）调皮捣蛋，应该比“女孩子们”（姐姐们和我自己就是这样的形象）处理得好，他们把过去都抛诸脑后。而我，我要吃很多药才能艰难度日，这种药要吞二十毫克，那种药要吞七十毫克，多巴胺受体激动剂、精神安定剂，还有兴奋剂，各种颜色、形状，大小不一的小药片，这些药以他人无法理解的方式改变了我大脑的化学结构，但它们仍然会帮助我好好地解释一下，我怎么会这样，怎么会去详细地讲述这个该受诅咒的故事。

是什么导致父母会有那样的行为，我们又为什么会采取那样的应对方式，有的人受到的伤害比其他人更深，但所有人都受到了影响——如果我们能弄明白这些，对现在会有用吗？我还有个疑惑：如果我们能有机会恢复自己的本来面目，摆脱那些悲惨的事情，我们就真会去抓住这样的机会吗？创伤的本质不就是再三地重复创伤本身，就像神经官能症的本质不就是拒绝改变，害怕走入光亮之中而离开熟悉的阴影吗？如果最后我不能变成自己，那我怎么会去改变呢？一切的一切都在困扰着我，让我将自己想象成另外一个人，乘着爱的激流被送入这个世界，实在是太勉为其难了。

•

关于回忆是这么回事：我也无法保证能对自己的记忆百分之百地放心，记忆是毫厘不差的回忆，也是事后的重建。我有个兄弟坚称他还记得自己出生那天的情况，但家里人都知道他喜欢对真相添油加醋，所以我对此持保留态度。还有作家威廉·麦克斯韦尔（William Maxwell），他在《再见，明天见》（*So Long, See You Tomorrow*）这本小说里自如穿梭在回忆和现实中，他说："谈论过去，我们就是和自己的每一次呼吸同声相应。"

现实情况是，我们有些人比其他人的记忆更长，也更精确。（我这儿指的是情感与事实的回忆，前者涉及的是情绪和视觉的记忆，而不是对事实或其他具体信息的回想。）确实，这就是一种调适的方式。有的人通过压抑或拒绝自己的经验来生存下去，而有的人则通过将过去的屈辱积存于心灵之中而将它们牢牢地掌控住，这样才能更好地重访并且重演那段回忆。我把自己放入后一个范畴内，尽管有许多事情我已无法记起，许多时间都已迷失，但我仍然相信忘却是件好事，让悲伤和哀愁从我的指间流逝，总好过拼着性命将它们留在身边。

在那张久远的黑白相片里，我刚过一岁。那是一个午后，我在花园里，正抓着游戏围栏的栏杆，有人把我扔在了那儿，我身后就是我们在长滩的第一栋度假别墅，那地方距市区一小时车程。当然啦，总归是有人拍的这张相片，但我总觉得相片传递出的是某种无尽的孤寂。房子是用红砖砌成，镶的是白边，20 世纪 50 年代中期六七月的一天，它就这么威严地坐落于西滩路的角落里，头顶是白色炽热的天空。游戏围栏当时已不太流行，我觉得我是不会把女儿放在里面的，但母亲却催我进去，认为这是儿童保育方面的一个小小的奇迹，我倒是能明白其中的缘由：围栏确实就是小监狱，方便保育员管理，也便于惩罚孩子。

我垫着尿布，尿布用回形针别住，上面就是我鼓鼓的小肚子，其他就再没东西了。我的双膝有点内翻，头发还是婴儿样，剪得很短，有点世纪中叶的式样，哭丧着脸，脑门中间的刘海，现在的孩子断不会这样留着。我长得还算可爱，棕色的眼睛大大的，六个孩子里，就我一个遗传了父亲的深色眼睛，而非母亲的浅色，在随后的岁月里，这个细节使我觉得自己太出挑，一点都不公平。

我应该是费了九牛二虎之力才让自己站了起来的，本来我应该在相应的阶段才这么做，而且得相当专注才能把自己给拽起来，我自己爬起来也该是件了不起的事，但周围还有其他许多孩子得看着，不管怎么说，母亲也不是那种会关心我的成长过程的人。

如果母亲就在花园里，那她就会坐得远远的，坐躺椅上看小说，或者和某个以色列亲戚聊天，那些亲戚都是靠我爸资助来这儿的，他们都很想瞅瞅她究竟是怎么在基督教君临天下的美国嫁了个有钱人。严格来讲，母亲不在身边，我就特别想她，希望她能过来，抱抱我，和我脸贴脸，但她几乎没这么做过。我先是被交给了一个保姆，我不记得保姆的名字，只知道她是德国移民，和我父母一样，办事很讲究效率，但不会流露感情，后来的保姆叫珍，出生于荷兰，替我们打扫房间，我出生没多久，母亲就很高兴地把她雇来照料我们兄弟姐妹六个，而那也成了我童年苦难的根源。

现在想来，我当时应该是觉得自己陷在了游戏围栏里，就在那儿认死理。没错，背景处传来的都是夏季熟稔的声音，割草机的轰鸣声、蚊子的嗡嗡声、鸟儿偶尔的啁啾声，但我头脑里却想自己还不如消失的好。那种无处存身、无人可依的焦虑，多大的孩子会开始产生呢？我猜测我的这种焦虑大致就是在那时候产生的，那种缺乏立足之地的感觉类似于眩晕，强烈感到自己没有归属感。

这种最初存在的焦虑感一直困扰我至今，以致一天傍晚，我来到曼哈顿中心，距以前生活的那个地方不到二十个街区远的时候，仍能感受到自己犹如一个被连根拔起的异乡人。就拿 50 年代中期的第六大道或 40 年代的第三大道为例，那是些什么样的街道呢？都是些高耸入云的写字楼。可让我困惑不已的是，我又究竟在哪儿呢？这种内心深处的焦虑感可以出现在任何地方，只要不是在严格限定的二十个街区之内——那地方我太熟悉了，几乎就是附属我家公寓的领地。这种感觉就好像我内心的罗盘缺失了，这种罗盘可以指引你向左走，而非向右走，出地铁后也可以引导你，所以你不可能连走两个街区才发现自己走错了方向，而我竟然经常走错，事后才会搞清楚自己到底身处何方。

我肯定是在某个时刻在游戏围栏里摔倒了，开始哭了起来；那不是一种要求别人来哄的哭声，而是一种柔柔的、无用的号哭声，而且也不期望什么。我在想，究竟是过了多长时间才有人过来安慰我的，还是我自己最终不再哭泣，蜷着身子睡着了，说不定还依靠大拇指或橡皮奶头沉入了梦乡。尽管大家都认为我小时候总爱哭鼻子，而且我也记得自己二三十岁的时候还经常掉眼泪，可如今我却很少哭了。但那种无法释然、无法终结哀愁的感觉却始终陪伴着我，所以我很容易因为一点小错而堕入百般无助的感觉当中。其他人会想办法把事情办好，我却只会在风中飘摇，等着别人把我打倒，做好放弃的准备。我很钦佩有人在事情出错之后总能想到补救的办法，他们会说“挫折是前进路上的垫脚石”，会振作精神，掸一掸自己的衣服，重新上路，但我却黔驴技穷，难以望其项背。

3

加诸自身的死亡总是对我有一种极其强烈的诱惑力：我很欣赏某些人，他们在遭受折磨的时候，还有勇气拉下窗帘，将这种痛苦遮蔽起来，他们不会百无聊赖地晃来晃去，期盼阳光灿烂的日子。说自杀是因为懦弱、自私（或一怒之下）引起的，这种话我听得多了，但没有哪个论据能让我信服，说什么这种行为并不需要勇气，不需要对自我毁灭抱有坚定的信念。我继续推着自己往前走，努力给自己的生活设定一个目标，努力写这本关乎生的书，尽管我想死，我在这么做的时候，却不由自主地注意到其他人也一直在放弃生命——其中有些人是名人，如罗宾·威廉姆斯[1]、菲利普·塞默·霍夫曼[2]，有些人不是。

1 罗宾·威廉姆斯（Robin McLaurin Williams，1951—2014），美国导演、演员。

2 菲利普·塞默·霍夫曼（Philip Seymour Hoffman，1967—2014），美国导演、演员。

比如，两位诗人在同一年自杀，间隔八个月，他们死的时候，我都没读过他们的诗，虽然我这人对诗歌有着狂热的爱好。一个是黛博拉·迪格斯[1]，享年五十九岁，弗吉尼亚·伍尔夫决心了却余生的那一年也是这个岁数，伍尔夫的感性及其小说对我来说意义重大。迪格斯从大学体育场的高层一跃而下。从她最后一本诗集《风吹过心门》（*The Wind Blows Through the Doors of My Heart*）封面上的照片来看，她很漂亮，这本赠阅本是在她死后一段时间才寄来的，可谓死亡的机遇使然。很年轻，孩子气，完全不像她那个年纪；我在想那是否是她最喜爱的照片，或者说她从来就没想过要去换一张照片。

还有其他让我疑惑的事情：迪格斯的周末，是否也像我那样过得一点都不轻松。她是否也会像我那样蛰伏不动，一天里大部分时间都在睡觉，只是到了凌晨时分才稍稍清醒过来，到了下午两三点钟就把枕头捶回原形，之后再次进入酣眠的港湾，完全不顾还有事情要做，而是跑到梦里把自己的生活再过上一遍，在梦里把死去的父母和遥不可及的恋人全都召唤回来，还怀上了现实中根本没有的第二个孩子，或者嫁给了很久以前的男朋友，虽然他不是我的菜，但我希望自己能是他的菜。醒来后才发现睡得还是同一张床，睡衣早已湿透，粘在了身上。

一年多后，五月初某个周四的晚上七点，我就躺在这张床上，

1　黛博拉·迪格斯（Deborah Digges，1950—2009），美国诗人。

觉得下界也没什么地方可去，琢磨着自己内心是否有自杀的念头，有什么合理的办法可以做到这一点，我是否该留张纸条，这是否会给女儿造成难以挽回的可怕后果，九层楼是否高到足以立马毙命（曾在《再生缘》里扮演令人心酸的盲女，在《八个梦》里扮演普莉丝的女演员伊丽莎白·哈特曼，是从五楼“摔落”而亡的），是否会有可能砸在人行道上，结果没摔死，但摔残了？

我有一个朋友住在上东区[1]的北端，她说“那地方正在一点一点变成西班牙哈莱姆[2]”，最近她和我说了她楼里的一个女人，那女人每天早上都会去大堂，带着她的小狗和门房厮混。“我一直没搞懂她为什么留那样的发茬，”朋友解释道，“她的灰白头发有五厘米长，中分头，其他的发色都是深棕色。我只要看到她就会撇嘴，她真的让我很不舒服，我实在不明白她为什么就不能把发茬子弄弄好。后来，她从楼顶跳了下去，一想到每天早上在大堂里我冲她吼，就因为她的发茬，我没和她说过话，我心情就很差。”我想起我也经常让自己的发茬自由生长，心想任由发茬自由生长的做法是否是某一类对生活绝望的女人的标志，和玛丽莲·梦露不剪脚趾甲性质一样。

还有一位四十二岁的诗人，我不认识她，但 2009 年圣诞节那天我听说她也撒手人寰了。她在 92 街男女青年希伯来协会（92nd

1 上东区（Upper East Side），纽约曼哈顿的富人区。

2 西班牙哈莱姆（Spanish Harlem），位于曼哈顿，是纽约一个拉丁族裔社区。

Street Y）教书，我也刚好在那儿教过好几年的“阅读艺术”课，以及回忆录写作课，所以我觉得我们在进出大楼的时候应该遇到过，说不定还彼此分享过一些难忘的经历。据《纽约时报》报道，瑞切尔·威茨顿（Rachel Wetzsteon）是因难以忍受三年恋情的终结而自杀的。她也得了抑郁症，所以没什么好吃惊的。我就想知道她是怎么自杀的，于是就问了一个朋友，我觉得那朋友应该能得到些私密的信息。朋友给我发来邮件，说诗人是上吊自杀的，至少大家都是这么说的。

方法论一向都让我很感兴趣，它几乎与行为的结局同样重要。谁自焚？谁溺水？谁吃药？谁用剃刀？天赋异禀的威尔士女演员瑞切尔·罗伯茨（Rachel Roberts）在20世纪60年代的英国片里担任过多部影片的女主角，如《浪子春潮》（*Saturday Night and Sunday Morning*）和《如此运动生涯》（*This Sporting Life*），照她身后出版的那本令人心碎的日记《星期日不闻钟声》（*No Bells on Sunday*）所载，她一直对雷克斯·哈里森[1]情有独钟，可谓是为伊消得人憔悴，离婚后很久，还仍然希望哈里森能对她情深如初，再后来瑞切尔就嗜酒成瘾了。五十三岁的时候，她喝下碱液，撞碎玻璃屏风，用这种类似于双管齐下的方式了断了自己。上吊自杀似乎需要许多精确的算计，我觉得自己不会走这条路。我最担

1　雷克斯·哈里森（Rex Harrison，1908—1990），英国舞台剧和电影演员。他一生结过六次婚，1962与瑞切尔·罗伯茨结婚，1971年离婚。离婚后又结过两次婚，1980年，瑞切尔仍想与之复合，没有成功，遂自杀。

心的是没算准时机，就把凳子或椅子踢开，就那样挂在那儿，憋得难受，却又死不了。还有，绳子也有可能不够短，反正是诸如此类的错误。我觉得自己并不拥有大卫·福斯特·华莱士[1]那种钢铁般的意志和规划能力，据报道，他先是用胶带把自己的双手绑起来，然后再上吊自杀。

我觉得弗吉尼亚·伍尔夫自杀的方法最特别。她走入乌斯河，衣服口袋里揣了一块大石头——也许是好几块石头，应该谁也无法确定石头的数量或大小吧——加重下沉的分量，永远没入水中，泛着泡沫的激流往上冒泡，然后便归于沉寂。（几天前她也试过，但没成功，回家时浑身湿透。）

“对了，反对自杀的论据是什么？”1930 年 10 月 30 日，伍尔夫在给作曲家朋友埃瑟尔·史密斯（Ethel Smyth）的一封信里这么写道，“你也知道我这人就是这么不负责任：突然之间，好似晴天霹雳一般，我闪现出一个感觉，自己这一生一无是处，就好像走到一条死胡同里，突然脑袋就撞了墙。现在，对于这种‘最好一了百了’的感受，有什么反对意见吗？”我在某处读到过，直到 1961 年，自杀在英国仍然算是一种犯罪，我对这种粗暴的判断方法感到万分震惊。这种观点与两个多世纪前塞缪尔·约翰逊在他编的那本《英语词典》（*Dictionary of the English Language*）里对“自杀”所下的定义差别并不大，约翰逊对“自杀”的定义

1　大卫·福斯特·华莱士（David Foster Wallace，1962—2008），美国小说家。

是："自戕，是一种摧毁自己的恐怖罪行。""恐怖"这个词极具谴责意味，让人觉得哪怕只是产生这种冲动，完全没有实行，也会羞愧得无地自容。

苏格兰哲学家大卫·休谟写过一篇超级理性的文章捍卫自杀，这篇文章写于 1783 年，比约翰逊晚了不到三十年，休谟在文章里极其冷静地，甚至是居高临下地论及这个问题，他认为在一个密不透风的广大的生态系统中，自杀仅能产生一道小小的涟漪，他指出丧失的个体生命"不比生蚝更重要"。忧郁症患者习惯于满眼的绝望，其他什么都见不到，而且绝望两字显得硕大无比。这种机会均等的毁灭自身的做法正是这种习惯的另一个层面，甚至都有可能是矫正这种习惯的方式。比如，我们知道马克斯·布罗德，他是卡夫卡的密友，布罗德在日记里这样写道："和卡夫卡一道散步，土耳其人的悲惨遭遇令他想起了自己的遭遇。"（1912 年，土耳其人从巴尔干半岛被驱逐了出去，当时对相关暴行的报道连篇累牍。）尽管如此，休谟无动于衷的版本还是使我采取了守势，我要把自己与其他潜在的自杀方式区别开来，同丘吉尔那句如雷贯耳的宣言保持一致："我们都是小虫子，但我坚信自己是一只发光的虫子[1]。"针对这句话，我还要补上一句："我们都是生蚝，但我坚信自己是一只发光的生蚝。"

和大家想象的一样，犹太人对自杀的态度与基督教的观点相

1　发光的虫子（glow worm），就是"萤火虫"。

差并不是很大：这两种宗教都认为自杀乃是罪，那些夺取自己性命的人严格意义上是不准葬入犹太人墓地的，不得享有犹太葬礼的。（在希伯来语中，自杀是指“丧失对自我的认知”。）但犹太教很快就在这种行为背后列举出了各种不太严重的心理学上的状况，诸如不健康的心灵，这样就使严禁自杀者入葬犹太人墓地或不得享有七日服丧期这样的戒律有了缓和的余地。我记得我小时候严守教义，曾经忐忑不安地问过母亲这件事，我担心自杀会使人沦落至永恒的无家可归状态，那样无论是生还是死，我都会孑然一身地漂泊无定。

《死亡成就她》（*Death Becomes Her*）这本书写的是许多闻名遐迩、众所周知的自杀者，但写得很轻松，也不严谨，和主题有些不协调，书中把溺亡说成是“要求奇高、痛苦万分的”自杀方式。我在想如果书里写得没错的话，那许许多多过往的自杀细节全都是不正确的了。（我很清楚，伍尔夫远远不是那种“毫无吸引力的”人，许多人，包括她丈夫，都认为她很漂亮。特德·休斯与阿西娅·薇薇儿的恋情并非始于他与西尔维亚·普拉斯婚后数月，而是始于1962年夏天，那时他已经结婚六年。而安妮·塞克斯顿的女儿琳达也并非她母亲的“恋人”，这是从“恋人”这个词完整的意义上来理解的，尽管她们之间也确有不适宜的情欲关系。）

我在这些有趣的历史中寻找着值得注意的逸事时（“星期一是最受欢迎的自杀日，星期六最不受欢迎”），发现伍尔夫有可能患有某种称之为“自溺狂”（catabythismomania）的病状：“通过溺水来自杀的病态冲动。”这个词所具有的特异性让我觉得特别滑稽，就像德国的名词，整整一长串，就是为了描述某种极其罕见的状况，这种状况似乎 Unbeschreibliche，意为“难以描述”。而且，真有这样的词想要解释一切吗？或者说这个词会不会只是将伍尔夫简化成了某种奇形怪状的、难以理解的存在的样本，进一步使她与我们离得越来越远？

我更喜欢埃里森·莱特（Alison Light）的说法，她的说法提供了一种更具人性的文化视角。“显然，女性更喜欢选择一种能保留全尸的自杀方式，”她在《伍尔夫太太与仆人》（*Mrs. Woolf and the Servants*）这本书中写道，“溺水而亡经常是 19 世纪堕落女子的宿命，身体的融化也经常被理想化为涤罪与重生。”我能明白溺亡为什么会具有这么大的诱惑力：这跟水有关——水流不息，潮水来来去去，反反复复——它要求你跨入其中，而非止步不前，水的悲伤要比人身上微不足道的哀痛更为深远。波涛声犹如细语，你来到这世界之前很久就存在着这声音，它也会在你死后长存。（弗洛伊德在释梦时提出过一个假设，假设水乃是子宫之水，子宫之水极具诗意，如果那是一个包罗万象、温馨舒适、泰然自若的子宫，就更是如此了。）尽管如此，实施这种行为肯定会很暴力，必须强迫自己进入令人麻木的冰冷的深渊之中，极力抵御想要上岸、想要拼命呼吸的自然冲动，要让水进入你的肺部。

最近——时光仍在嘀嗒流逝，岁月也在字里行间消亡，可我仍旧坐在书桌后，想要弄明白许多事情——一个名叫罗伦·斯科特（L'Wren Scott）的时尚设计师突然自杀了，她个子极高（1米91），也很漂亮，死时年仅四十九岁。我曾在西四十四街的羔羊俱乐部和她共进过一次午餐，那是好几年前的事了。当时，《ELLE》[1]杂志有个想法，想要我写一篇关于她的文章。当我刚一听到这个消息的时候，心里就想：**真是个聪明的姑娘，现在你再也不用长大，不会憔悴，不会失去光彩，不用独自在午后的咖啡馆里一直坐到深夜，也不用希望让别人邀请你去听音乐会、看电影来填满一星期的时间**。

和其他自杀者不同，她的死自然会受到媒体的关注，因为她周身都是光环。尤其是，她有个相恋超过十年的男友，此人不是别人，正是米克·贾格尔，他这人走起路来高视阔步，说起话来口齿不清，据说他最近刚和她分手，不过这得看你读的是哪个版本，信的又是哪个版本。后来又有人说，近来她的时尚品牌财务状况堪忧，欠下了六百万的债务。她这个人很有魄力，原名叫劳拉·班布拉，被一对摩门教夫妇收养，在犹他州的罗伊长大，人生开局可谓不利。但她的身上肯定具备一种自我创造的力量，否则不足以促使她在十六岁的时候离开罗伊，去巴黎当时尚模特碰运气。那种力量是什么时候开始爆发出来的？她是否一直在隐瞒自己的抑郁症，或者说她的抑郁症没什么征兆，或者虽然没什么征兆，可别人仍然能分辨出来？

1　国际著名时尚杂志。ELLE，在法语中，意为“她”。

再从另外一个角度来看，我一直在想自杀（suicide）这个词究竟是什么时候变成动词的。这种用法——“她自杀了”（she suicided），我是从一名精神分析学家那儿听来的，我四十多岁的时候，断断续续和他约会了好几年。我第一次见他的时候，他说自己在性方面是“天才”。我不清楚他这话是什么意思，但肯定与他不容置疑的男性气概有关，我和他的这种关系一开始就注定不会有好果子，所以我就让自己从这种麻烦中脱离出来。不管怎么说，我发觉这种说法让人颇为困扰，而且还有点目中无人的意味，仿佛想要了结自己的这种希望会和那些枯燥乏味的专业术语有很紧密的关系似的。最近，我又遇见了这种说法，是在《n+1》[1] 这本杂志刊登的一篇短文里看到的，文章里的人物据说住在了一头雌性海豚的身体里，他给西尔维亚·普拉斯写了一封信：“男人自杀可以巩固自己的名声，女人自杀可以得到名声。”当然，我就会思考这句断语当中，除了玩世不恭、语带双关之外，是否还有任何真实性可言……甚至在这个方面，都会假设女人落在了男人的后面。

自杀的性质多种多样，如冲动之下的、盘算之后的，甚或是自私自利的，但在实行那个行为的一刻，自杀是需要很大勇气的，需要具有某种意志力去放弃已知，去面对彻底的未知，而非厄内斯特·贝克尔（Ernest Becker）在《反抗死亡》（*The Denial of Death*）一书中所写的那样：“人是虫子的食物。”认为剥夺自己的

1 《n+1》是纽约的一本文学杂志。

生命是懦弱的一种表现，这种看法也许有某种真实性，但也可以用来弱化自杀对朋友和家庭造成的影响，它强调了这样一个生硬的事实，即无论关系有多亲密，你有多爱对方，但再怎么样还是不够。或者说，对有自杀倾向的人说这些话，是想使这样的行为显得不那么具有诱惑力。毕竟，谁想让自己在回忆中还被人认为是个懦夫呢？

尽管如此，考虑到我们大多数人一想到要毁灭自己就会吓得魂不附体，我们很少会去讨论死亡的决定性意义，而是喜欢用诸如“过世”这类羞羞答答的词语来掩盖死亡的终极性。我一直认为选择了却自己的生命确实需要一定程度的自私自利，毕竟其他人会由此在情感上留下痛苦，不得不忍受你的行为所带来的后果，但这也是一种特殊且反常的勇敢行为。千万不能遗漏绝望，绝望绝对是一种力量，正是绝望摧毁了其他所有的解决方法。还有一个并非无关紧要的事情，即在赴死之时，会忍受多大的肉体上的痛苦。自杀者应该不大在乎肉体上可能遭受的痛苦，至少我没怎么读到过这方面的说法。可是，如果我绝对诚实的话，我肯定会说对这方面的考虑同样重要，正是这种想法阻止了我比如说从屋顶上纵身跃下，鉴于等待我的是那了无生命的永恒，这样的想法也许太过琐碎，但有就是有。

为公平起见，我还应该补充一点，那就是我身上的另一面使我能够一直坚持下去，可以把这看作是某种勇气，但这也许是某种普通类型的勇气，就是想在不想苟活于世的时候能够紧紧依恋着生命。说我对那些选择**不去**自杀的人充满蔑视，这不是实话，这种话本身就很愚蠢。对我来说，那也算是抑郁症的一部分诱惑力，它总是具有某种消极的勇气，能让我在面对现实时断然弃绝之，哪怕毫无替代方案，我也不愿受到影响。

我完全无法拥有你，它说，当马路上还不太拥挤，远处传来警笛的哀鸣声的时候，没有风，没有星星，没有人与人的亲密，没有周二傍晚略显茫然的色调。对于任何邀约，我总是倾向于说不，而非是，就像是个永远长不大的两岁的孩子。对此我并没觉得有多自豪，但这就是我，只要我并不确定自己是否会喜欢那样的体验，我总是很警惕，不让自己被生生拽进去。我依然在竭尽所能地或借助别人的力量抵抗着我自身赴死的愿望，希望能一直将这种状况保持下去。我写下这话的时候，其实信心并不足；如果别人能说服我四处走走，那我肯定就成了另外一个人，那么这本书也就成了另外一本书。

4

一开始，在我的想象当中，一切都是那么熠熠生辉，所有的小孩子排成一排，头发闻起来有一股刚抹了布莱克香波的味道，他们眼神都很警惕，笑得犹犹豫豫。我们的长相都算不错，也很阳光；其他人肯定认为我们这一家子会是潜在的人生赢家，既不缺钱，又是坚定支持正统犹太教的中流砥柱。谁会愿意费神透过表面看到我们家的不足之处，我们的生命备遭无视的那种奇异的现状呢？回首往事，我仍能感受到那种冷漠，但那种损伤是看不见的，除非有朝一日猝不及防地浮出水面，以或微妙或粗放的方式将你绊倒。

我家六个孩子，我排行老四，比我哥晚出生十三个月，我哥又比二姐晚出生十四个月，而二姐又比大姐晚出生这么多时间。在我之后，五年内又有了两个弟弟。从第一个到最后一个，用时不到九年，当中流产过一次，生殖的速度很稳当，一个接着一个。

两个人就这么着急忙慌地把我们全都生了出来，他们是不屈不挠的德国犹太移民，在曼哈顿的一场晚宴上相识，筹划这场晚宴的表亲也抱着这个目的，他们俩结婚都相对较晚，母亲三十，父亲四十二，就是个老头。（母亲一直坚称她是二十九岁结的婚，那年龄令人想起活泼的青春岁月，而三十则散发出令人羞耻的老人味。）两人根本就没想过分娩的最优间隔时间，不顾孩子想要得到最大关爱的想法，也没给孩子一定的调适期。母亲最关注的是怎么同以色列的三个姐妹保持相同的生殖速率，毕竟三姐妹头生子的分娩时间远比她早，她们已经生下了一堆早就可以去上学的孩子，总共有十七个。她起头起得是晚了，而且性喜挑剔的丈夫显然也不是当爹的料，但她还是想生给几个姐妹看。

我发现讲这样的故事一向都有一个风险，它会使读者疏离，觉得有钱又可怜的小姑娘过得这么富足，还在那儿无病呻吟。从某些人的背景来看，钱这东西肯定会引起妒忌和恼怒——“她还有什么好抱怨的？”或者“她知道什么才是真正的受苦吗？”——而且会使读者丧失同情心，对他人遭受剥夺的可能性产生某种程度的不信任。大概，就算我们能更好地理解，但我们仍然会相信钱能买来幸福，或者说至少能提供某种免疫力，将货真价实的悲惨阻挡于门外。

可是，和物质匮乏造成的伤害相比，有些匮乏却不遑多让。虽然难于理解，可在优渥的环境里还是会遭遇各种奇怪的事情——甚至是穷困。比如，你能上私立学校，能矫正牙齿，可他们骨子里还是无视你，对你的身心健康毫不在乎。成为好父母，在情感上是需要宽容大度的，但回首往事时，我发现我的父母没有能力去超越自己的视野，去了解他们无法在其中占据中心地位的各个世界。或许，这是因为他们俩都觉得自己遭到了命运的欺骗，从他们的言谈来看是这样的，尤其是母亲。

而且，从血统方面来看，母亲的背景尤其出色。她是布罗伊尔家族的后裔，与弗洛伊德的那位早年的同事及导师约瑟夫·布罗伊尔（Josef Breuer）没关系，而是来自杰出的犹太学者家族。她的父亲伊萨克·布罗伊尔是19世纪末德国拉比及思想家拉斐尔·赫尔施（Raphael Hirsch）的孙子，许多人都认为正是这位思想家创建了现代正统犹太教。布罗伊尔本人也是位杰出的知识分子，他是律师、哲学家、作家，很早就为带有浓重宗教色彩的犹太复国主义摇旗呐喊。我父亲的家族大多经商，而与思想无涉，但他们对犹太经学所持的态度也是有口皆碑的。20世纪30年代，由于希特勒的崛起影响到了他们的生活，我父母的家族便逃离了德国——母亲家于1936年离开，父亲家于1939年离开——所以，他俩都没上过大学。按父亲的说法，没接受高等教育主要是因为他十六岁就接手了家族的皮毛生意，虽然他读书成绩很优秀，况且纳粹的威胁也与日俱增。另外，我母亲没有获准去巴勒斯坦的希伯来大学读书，是因为她父亲加入了以色列联盟，这是一个极端正统的政党，反对世俗体制。

尽管如此，他们想让我们姐妹几个明白这种疏忽对他们与生俱来的才能是种巨大的浪费，如果他们能够完全掌控的话，他俩都有可能走上截然不同的人生道路，做生意的父亲会成为基辛格式的名流，母亲则会成为名医。母亲的那套有可能如何的说辞，我们听得全神贯注，也都相信是历史耽误了他们熠熠生辉的前途。现在回头望去，这种非此即彼的人生场景我觉得并没什么说服力，毕竟父亲并不具备外交官的才能，母亲对科学也没什么爱好，对自己感兴趣的事也只是浅尝辄止。但在我的成长过程中，认为父母怀才不遇的感觉却也占了很大的比重。

作为家里的第三个女孩，不是男孩，是不是会引起失望呢？有人告诉我我哥出生时，父亲和祖父在医院的保育室还真就手舞足蹈起来，又哭又笑，还给遥远的亲戚发一封封电报，宣布这件大事。像我们这样的犹太家庭最看重儿子，他们用割礼来为儿子进入世界敲锣打鼓，让他们能适应未来的家庭生活。这些活动通常是在早上举办，挂上蓝色气球，桌上堆满百吉饼和熏鲑鱼，还有割礼执行人（mohel）执行割礼仪式。女孩不怎么受人关注，我想在两个姐姐和一个哥哥之后来的不是个男孩，而是我这样的女孩，肯定使他们失望了。

但相比于那个更大的问题，我的出生可能引起的失落感就显得相形见绌了：究竟有谁对我们中**任何一个人**产生过兴趣呢？父亲忙于工作——50年代的某一年，他决定放弃皮毛生意，去华尔街碰运气——和犹太社区的事务，他被牵扯进了在上东区新造一间犹太会堂的事务。更主要的是，他这个男人浑身就没有父爱的基因，对其他人完全提不起兴趣，除了我母亲。除了和犹太生活有关的活动，其他集体活动他一概不参与，我认为他根本就没有亲近的男性朋友；很难想象他和同辈在外面四处晃悠，吹吹风，喝上几杯啤酒的场景。说实话，我觉得要是没我们这帮孩子，他会更开心，我很快就意识到我以及我在家里存在的种种细节对他来说毫无吸引力可言。

我对他知之甚少，除了一些基本的情况，如他是在莱比锡出生长大，一大家子有五个女儿，他是家里的独生子，可谓春风得意。还有，二战时他在美国军队服役，这点我实在难以相信，但我有张泛黄的相片，相片上的他身着军服，端着把步枪，看上去应该会用枪。他感兴趣的是能够发挥政治影响力的工作，每周一次的塔木德课，他也不会落下。他这人天性对什么事都是偷偷摸摸的：我小时候还以为他是个伪装的间谍，是克格勃或中情局里的人，表面上过着普通人的生活，其实是在权力的中心地带高视阔步。如今，考虑到他既有执念的特质，又有冷漠的特质，我觉得他有可能会被诊断为精神分裂型人格。

不，从头至尾，我父亲都不是我心目中的那种父亲，我心目中的父亲形象是从电视上或电影里拼凑出来的，体贴、有趣、妙语连珠，堪称良师益友，就像《怀春玉女》（*Gidget*）和《天生一对》（*The Parent Trap*）里的那些父亲。我不喜欢他的脸、他的厚嘴唇和很浓的口音，害怕他动不动就会发脾气。他生气的时候会扯着嗓子吼，哪怕只是鸡毛蒜皮的事。比如，他书桌上一小沓白色拍纸簿的旁边整整齐齐放了一排削尖的埃伯哈特·法伯2号铅笔，其中有一支铅笔找不到了，这样的小事他也会勃然大怒。他发起火来，怎么也消停不下来。我怀疑他还会大打出手，尽管我只见他发过几次火（有一次令我印象深刻，那次我哥犯了点小错，父亲就和光着身子的哥哥在男洗手间里打得不可开交，最后双双掉进了浴缸，把我们姐妹几个乐得不行），而且除了把我往前推，或者把我推开之外，他也极少诉诸更暴力的方法。

随着时间的流逝，充沛的精力也许会发生改变，有的男人被年纪很小的孩子搞得厌烦、晕头转向的时候，就会对大孩子更上心，但他没有。我父亲从来就没对我上心过。我觉得我的任何一个老师，他肯定叫不出名字，而且我的朋友谁是谁，他也分不清。他没教过我骑自行车（他自己也不会骑），也没教过我怎么开车（他自己也不会开），更没有帮助我用任何一种方式来了解这个世界，而在女儿的人生历程中，这种角色通常都是父亲担任的。还有，他这人很冷漠，没什么感情，无论是当时还是现在，这一点让我最感兴趣。面对他那讲究实际，只注重盈利的态度，我质疑一切的冲动也就萎靡不振了。如果说我觉得他这人遥不可及，令人胆战心寒，那他反过来也认为我这人从出生起就是个疯婆娘，至少是个尽惹麻烦的癔病患者，总爱掉眼泪。

有那么屈指可数的几次，在我母亲的催促下，我会正儿八经地去他那间摆满书籍，墙上铺着绿色毛毡的书房里见他，讨论童年时期遇到的某些困难，那时候我讲起话来总是会字斟句酌，所讲的那些冲突也都是经过精心打磨过的，否则过不了关。“要果断，”他会用强硬的语气给我下命令，“你必须果断。”我仍然记得自己十几岁时发生的一件事，一天早上，给我看病的一个个子极高、瘦骨嶙峋的精神病医生打来电话，要家人带我去医院做精神鉴定。“你带她去！”父亲这么回答道，说完就砰地挂了电话。

尽管如此，我仍然希望他能觉得我聪明，为达此目的，我小小年纪就对世界大事很上心，周五的晚餐和安息日的午餐，我偶尔还会说说越南战争（他坚持把越南说成“约南[1]”）和学生的示威游行。以色列的政坛人物，如梅纳赫姆·贝京[2]、哈伊姆·赫尔佐格[3]，以及年轻的政坛新星比比·内塔尼亚胡[4]来我家时，我都会让自己显得淑雅、博学，仿佛少女初长成的黛安·索耶[5]。我觉得父亲是以他自己的方式为我感到自豪，我二十出头的时候，正在写书写影评，他把那些书和影评全都放在自己的办公室里存档，但父亲是否真的自豪我也不敢确定。我总是有种感觉，觉得他对我的文学抱负比较警惕，认为那种东西会让我付出太高的代价，让我掉到河底，就像弗吉尼亚·伍尔夫。

1　作者父亲因为德国口音之故，把 Vietnam（越南）念成 Whitnam（约南）。

2　梅纳赫姆·贝京（Menachem Begin，1913—1992），波兰籍犹太人，曾任以色列总理。

3　哈伊姆·赫尔佐格（Chaim Herzog，1918—1997），曾任以色列总统。

4　比比·内塔尼亚胡（Bibi Netanyahu，1949—　），以色列总理和利库德集团主席，为以色列建国以来任期第二长的总理。

5　黛安·索耶（Diane Sawyer，1945—　），美国电视新闻记者，现为《ABC 世界新闻》主播。

很少的几次，我觉得和父亲很亲近。有一次，我在外面和他不期而遇。那种情况很少见，让人震惊，哪怕过了这么多年，当时的细节我仍历历在目。那时候我三十出头，那天是上班的日子，傍晚时分，我嘴馋，想吃甜食，去了中央公园南部的圣莫里茨酒店老式的伦坡梅茶馆。在那里，我吃着美味的热巧克力圣代。圣代就盛在银色的碗里，上面有一层掼奶油，放了块翻糖饼干，热巧克力淋在顶上，还随附一小罐果酱。我一如往常，坐在柜台前，随身带了份刚出版的《新共和》(*The New Republic*)杂志阅读。

我正忘我地一勺勺舀着圣代吃的时候，听见低调朴实的中欧服务生正对我右边的一个人说："老样子？"我觉得有意思的是，还有人会定期来这儿点单，于是就抬头看这人长什么样。那人就是我父亲，在下班回家的路上，他来店里点了份丝滑芝士蛋糕。我们彼此打了招呼，就像两个逃亡者，从严酷的养生法中逃亡而出，对着严禁享用的甜点大快朵颐，而且还讨论起我正在看的那篇书评，书评是我朋友写的，我觉得有些浮夸。父亲对语言有兴趣，他保存了一份喜欢的词语的清单，书桌上有好几本笔记本，用来继续将这份清单罗列下去，于是我就向父亲解释为什么不喜欢评论里那种过分烦琐的描写方式。我知道自从父亲有增肥的趋势后，母亲就严控起父亲的饮食，此时坐在柜台边，对着各自的甜食狼吞虎咽，我只觉得和他瞬间亲近了起来。仿佛我能够瞥见其实并不存在的那种亲近的可能性，即便那只是稍纵即逝的一瞬。

多年之后，我发现自己与父亲之间的关系在弗朗茨·卡夫卡那封写给父亲的著名的言辞恳切的信中被表达了出来，我也是怀着恐惧和无益的期望渴求着无法达成的亲密交流。（后来发现，卡夫卡将这封信给了母亲，让母亲转交给父亲，但母亲根本就没有转交。）在这份二十多页的文献中——其实就是一份宣言，卡夫卡称之为“律师的辩护状”，开头的第一句就让我觉得父亲对我的漠不关心就写在了里面，卡夫卡是这么开头的：“你最近问我为什么一直说怕你。和往常一样，我也无法给出这个问题的答案，部分是因为我怕你，而这就是原因，部分是因为解释这种恐惧就意味着必须深挖更多的细节，而我说话时头脑里能想起的那些细节是远远不够的。哪怕我现在把答案写下来给你，也仍然会极不全面，因为即便在写信时，只要与你有关，这种恐惧以及由恐惧所致的种种后果就会将我牢牢地束缚住。”

除了是一个缺席者之外，在争取母亲的关注方面，父亲也是我们最大的竞争者；实际上，他是她最喜欢的小宝贝，她就愿意为他忙这忙那，不知疲倦地将他的需求置于我们的需求之上。“赫米先来，”她喜欢对别人这么说，“然后才是孩子。”她把照料孩子这种烂事几乎都留给了珍，而珍就对我们百般恐吓，说要打我们屁股，她整天一副受够了的表情，态度粗暴生硬，时不时地威胁我们一下，而我们也就吓得唯命是从。不管是不愿离开游乐场，不愿在指定时间上床，还是“顶嘴”说“是谁规定的”，反正“看你们还敢！”是她恐吓别人不遵从她命令时最喜欢说的话。

处于这种毫无乐趣可言的环境之中，阅读也就成了我真正唯一的逃亡方式，它使我与快乐离得如此之近。星期五下午，来到东六十八街上那家温暖如春的公共图书馆里，挑一批新进的书，比如最新出版的《匹克威克太太》，或诺埃尔·斯特雷特菲尔德（Noel Streatfield）的《舞鞋》系列，或爱德加·艾格（Edgar Eager）的《半个巫术》系列，堪称是我童年时代屈指可数、纯之又纯的快乐。凡是图书馆的一切，我都喜爱：书籍散发的气味，不管霉味还是纸味，无穷的书永远读不完，还有图书管理员在借书卡上敲下还书日期，再将借书卡插入封底上充满才智的小纸袋里的那种方式。阅读也是我和母亲共同拥有的消遣方式，美妙，却又令人困扰。她鼓励我们姐妹几个读书时要全心全意，其他事情她很少会这么说，我仍然记得，她给我买了她小时候爱看的书时我那种激动的心情，比如《小蜜蜂玛雅历险记》，这本书是从德语原文翻译过来的，是我十岁生日时，她送我的。

所以我对星期四珍休息的那天充满了期待也就没什么好惊讶了，就算母亲让我失望，不愿陪在我们身边，不愿对我百般呵护也没关系。不可避免的是，她没多久就厌倦了这个替补的角色，嫌我们几个老是缠着她没个完。她很快就对我们中的一个发起火来，通常遭殃的是我哥，而我想将自己写的英文作文读给她听，想要受她赞赏的梦想也就破灭了。不管怎么说，她总是着急忙慌地让我们快点把作业做完，好尽快洗澡睡觉（不过，母亲去上班的其中一个好处就是，我们可以不用洗澡了），这样晚上趁父亲还没回家，她就能把照料我们的活全给干完。

高潮出现在就寝的时候，我们躺到床上后，她会给我们唱几首摇篮曲。母亲的嗓子很动听，唱的曲目中包括了希伯来语、德语和英语歌曲，如《晚安，艾琳》、希伯来摇篮曲《睡吧，睡吧》，还有一首希伯来语歌，讲的是一艘船带着定居者来到新建的以色列国。这些歌的内容都很忧郁，我就琢磨她唱的时候是否会对自己的生活，或者说自己的往昔感到悲哀。这些场合能让人一窥母亲那难得一见的——因此也是惹人遐思的——温柔，而我也就希望母亲能永远地唱下去。她唱歌的时候，我们是不准下床的，但偶尔有个一两次，我会从床上溜下来，坐到她的膝上，这样就能更好地和她做伴，免得她觉得孤单（她孤单吗？我呢？我根本没法将这两者区分开来），将她带往当下，来到我的身边，我只爱她，其他的一切都不要。

5

抑郁症经常是年纪轻轻就会得，远比想象的要更早，就好像甫一离开子宫，浑身裹着的就是毛毛糙糙的灰色羊毛毯，而非质地柔软、色彩柔和的婴儿睡袋。尽管对“初期抑郁症”的诊断仍然饱受争议，杂志上长篇大论的文章支持者有之，反对者有之，如今对学龄前儿童抑郁症初露苗头的可能性倒是给予了更多的关注。但在我的成长过程中，基本上是不会替小孩子考虑这种情况的。

不过，虽然我觉得自己是一直在永无尽头的萧瑟凄凉中艰难跋涉，但想必很久以前我还是婴儿的时候，睡眠会很好，每天醒来时会伴随着惊讶和好奇。也就是说，我认为自己不可能是个忧郁的宝宝，从我的那些相片和其他人对我的描述来看，也确实如此。没错，有的相片上，我看上去若有所思，和小孩子的神情并不相符，我凝视着中景，可大多数时候，我怎么看都不像是个忧郁的宝宝。三四岁的时候，一切都还没变得阴暗之前，我这人很调皮；我双眼闪现着光彩，笑容很灿烂。事实上，我比两个姐姐更为外向，许多来我家参加聚会——普珥节[1]的宴会（seudahs）和逾越节的家宴，在犹太教日历上，这两个节日与犹太新年及安息日的晚餐同等重要——的成年人见过我后都觉得我可爱。但是除了我，又有谁知道其实我已经在学着戴上万事如意的面具，患抑郁症的人都得学会戴上这副面具，才能徜徉在这世界上。

又有谁知道，以性格遗传的模式，古老的家族力量隐隐地飘荡于摇篮四周，使天平朝着某种行为方式倾斜。可遗传学究竟在其中起到了什么作用呢？是否就算我所处的境况还过得去，我也因已被“编入遗传密码”而最终患上抑郁症？我后来抑郁症的发作——自然 / 养育之间的争论之所以会如此激烈，其中部分原因肯定是和想要归咎于他人的想法有关——到底该归咎于我的生物学负载，隐藏于体内的因素，还是造成我不幸福的那种环境呢？

就这方面来看，我经常会想起德国的治疗专家、作家艾丽丝 · 米勒（Alice Miller），我曾给她写过书评，说她是“世界各地内心饱受摧残的儿童的导师”。米勒坚信成人的病态，即便是最为极端的形式，如阿道夫 · 希特勒或萨达姆 · 侯赛因，都能归于恶劣的或者说极度受虐的养育环境，她把这称为“恶毒的教育学”。从她的事业发轫起到她写的最后一本书，她从来就没偏离过这个观点，而这既是她的力量，也是她的局限。

1　普珥节是犹太人为纪念古代流落波斯帝国的犹太人从灭种的毁灭中幸存的节日。

她的第一本书《天才儿童的传奇剧》(*The Drama of the Gifted Child*)出版于1981年，书中认为即便家人完全出于好意，童年的创伤也无法避免。这个观点强调的是自恋的父母缺乏同感心，而孩子在回应时，便会压抑自己的情感。她书中传递信息所用的词汇都是早先仅限于心理分析学家这个圈子里的人使用的（如“强迫性复现症”“母体镜像”“人格分裂”“虚假自我”)，这在读者中引起了强烈的回应，最终该书的销量超过了八十万本。落到那些漫不经心、疏忽大意，或打骂虐待的父母手上，孩子注定会身不由己，毫无幸福可言，这样的观念看来几乎没人会不认同。米勒断言不经意间的粗暴行为常常可以凸显出普通孩子身上那种“柔嫩的萌发般的天性”，那些被我视为心理健康的朋友，或者被父母**过分**放纵的朋友，都认为这种说法直言不讳，鞭辟入里，极具启发性。

起初，人们对米勒的作品既有排斥，也有欣赏，尤其是那些高举生物决定论大旗的人，或觉得她的理论删繁就简的人。他们说她的某些论断看上去并不可靠，或者说即便考虑到她这种类型的论断易受外界因素的影响，她所举的那些案例也仍然显得随意，与她的理论并不契合，可这些说法无损于她的理论。照米勒的说法，在这世界上，那点小小的适应力很宝贵，她极不赞同父母常规意义上强行施加影响力的做法——在《天才儿童的传奇剧》里，这种做法被贬称为“价值选择”。在如此影响之下，某类行为（比如分享玩具）会受到鼓励，另一种行为（从其他孩子手中抢夺玩具）则会遭到呵斥，而这势必就会以成人的观点为重，贬低儿童的观点。

20 世纪 90 年代中期，我给《纽约客》当特约撰稿人，米勒和我在电话里聊过几次，她认为记者对她的观点有些排斥。她坚称大多数记者认同的是父母，而非儿童。我得到杂志编辑缇娜·布朗的许可，着手给米勒写一份简介，但最终发现无从下手，因为她一开始就拒绝透露自己住在哪儿。（她填写的居住国是瑞士，其实是住在法国。）几年后，我给她的另一本书《真相给你自由》（*The Truth Will Set You Free*）写书评，是给《纽约时报书评》写的，我在文中给了她肯定，但也认为她的论证方法太过单一，易致扭曲。

2009 年秋，我们又聊过一次；在该书编辑礼貌地推动下，我再一次试着联络米勒，希望能写写她。她不想给电话号码，但最终还是在某个周日的上午联系了我，建议我给她发去系列问题，她以接受采访的形式给予答复。整件事情似乎令人缩手缩脚，只有真正感兴趣才行，所以我就让这样的机会流走了；回首往事，我觉得她挺享受这种猫捉老鼠的游戏，而我却早已厌倦。2010 年 5 月，米勒去世，连同她的秘密一起尘封了起来。

•

如今，潮流已变，那些觉得自己对精神健康了如指掌的人也都倾向于采用生物 / 环境论来解释抑郁症，而认为父母未尽养育之责与家庭不和睦的说法则大多放到了电视脱口秀和十二步骤治疗方案之中去了。从心理学的角度来看，这似乎等于是用笨拙、原始的方法拿父母当替罪羊，尤其是你看上去根本没受伤害的话，那就更是如此了。当然，真相要比这两种立场远为复杂得多，但头脑中无法同时存在这两种观点——自然和养育——似乎已成了我们的某种文化。

所有的家庭确实都是如此，如果你仔细观察一下我的家庭，就会发现父母双方的亲戚都有问题，血统都不纯。特别是我母亲更喜欢强调遗传弱点，她喜欢说“犹太人有的都是老一套的基因”，而不是去仔细瞧瞧她对子女心理上的脆弱做出了怎样的贡献。正是从这个角度出发，她才特意强调我父亲的家族所具有的情绪困扰方面的遗传性（一个堂兄弟自杀身亡，两个侄子的生活过得惨不忍睹），同时却又隐瞒她自己家族心理问题方面的历史。比如，她弟弟患了精神分裂症，每次提及，她都会小心翼翼地掩饰一番，坚称是轻微的神经质和肺结核要了她弟弟的命。我是到了四十来岁的时候，才极其偶然地发现这个真相，当时我正在耶路撒冷父母的公寓里，和小姨表面上风轻云淡地聊着天。

我明确知道的是，无论我父母得了什么病，他们都没有抑郁症的临床症候。父亲对情感表达的笨拙显示出有点自闭症的倾向，或者如我早先所说的，有点精神分裂症的特质，而母亲可以说只是对自己选择的那种生活感到极不满意而已（相片里，她总是一副阴沉沉、若有所思的表情），她这人一向适应性都很强。而这也就导致了我认为我并不是命中注定要和这种疾病做斗争，这种病的根源其实在于我的成长过程中那种冷漠且毫无营养的氛围，这和其他因素同样重要。

但我们仍然被留在了黑暗中，对自己情感发展历程的种种来由一无所知，只能透过一系列回想来进行揣测，而这样的回想终究是不大靠谱的。我的猜想是我之所以对自己的孩提时代充满纪录片导演那样的好奇心，是因为仿佛只要挖得深，或者说只要脑袋探对了洞穴，就能挖掘出某些关键性的证据，从而证明我对自身历史的坚信并不仅仅是一种主观性的叙述，而是一份终极的文本，如《圣经》一般不可改变。

考虑到有这样的推动力，而我成年后几乎不怎么拍照，用以恢复已发生之事所蕴含的那些客观信息（至少是表面客观的信息），这样的情况就显得有意思了。我从来不会去拍摄女儿的生日派对和学校活动，现在她已经长大，我也挺后悔没法重温她小时候的场景。我内心是拒斥由相片来暗示你是一个参与者这样的做法，相片证明你就在那儿，目睹着自己的生活场景，生活是不可能如你自己所说的那样毫无一丝幸福可言，至少从相片上是看不出来的。鳕鱼角的一个夏日，你也在场，俯身瞅着插着蜡烛的巧克力生日蛋糕，朋友们要么在旁观，要么身着黑色的泳衣坐在泳池旁，你那帅气的丈夫（很快就成了前夫）就在边上，还不满两岁的、红头发的女儿则在泳池边套着手臂浮圈拍水。

6

我觉得肯定有人会发觉不对劲，来我们家参加每周五雷打不动的晚餐会的客人肯定会对铁一般的纪律和举止好得过分的孩子心生疑惑。他们见不到的是近乎恐怖的，将我们所有人牢牢掌控住的氛围，听不到的是我们每天都要面对的那种嗤之以鼻的语调。我那位比利时外婆会定期从特拉维夫滨海的公寓过来看望我们，也只有她设法干预母亲的不当行为，比如让我们六个像正在休息的出租车司机那样，在厨房靠墙的台子前坐成一排吃饭。（父母自己在餐厅里享用山珍海味，除了周五晚上和安息日的午餐，那时候我们可以和他们一起上桌吃饭。周日晚上，他们都会外出就餐，去一家叫作哥本哈根的餐厅享用瑞典式自助餐，却让我们在珍的监视之下吃些残羹剩菜。）

我们都叫外婆奥玛，她有着天底下最湛蓝的眼眸，对我们大家也都特别关心，可事实上她和我母亲的关系一直都很紧张，她很反对母亲对亡父的崇敬之情。奥玛会用老式的航空信纸写一些充满爱意的长篇来信，那种信纸像基础款的折纸那样可以折好，她会在信里写一些朴素的建议，比如“和最要好的、谈得来的朋友结婚”，而我母亲从来就不会这么说。外婆在以色列的时候涉足珠宝生意，当时她已经守寡，要养活一大家子人，她好心好意却没换来母亲的体谅。她每年会来个一两次，每次都只能住空出来的女佣房，我觉得这么做实在是太苛刻了。正是她最终说服母亲把我们用来吃饭的台面换成了普通的厨房餐桌，因为她坚持认为要是我们一直采用这种方式吃饭、聊天，就没法养成良好的习惯。据说她还对我的大姐的一个朋友说过我父母真的不应该要孩子，我们家里毫无爱意可言，尽管那已是很多年后的事了。

或许最怪异的地方是虽然家里物质丰富，但在我们这些孩子中间一直存在着那种强烈的被剥夺感。我指的并不仅仅是情感上的匮乏，我要说的是普遍缺乏基本的生存保障。譬如，食品根本就不够，以及饥饿感四处弥漫。结果就是，从很小的时候起我就对食物充满了迷恋，甚至可以说是日思夜想。母亲把烧饭做菜的活一股脑儿全交给了伊娃，但她会对菜单进行把关，再用她那种醒目的字体草草地记下。周三晚上是烧鱼、土豆泥和菠菜，甜点是冰激凌，这点最让人开心。周四晚上是我最爱的肉丸和通心粉。我们吃的蔬菜几乎清一色都是罐头，母亲从不去食品杂货店买菜，只喜欢用电话订购，她既不去萨瓦列兹这种小型的街头集市，也不去犹太肉铺和面包店买吃的。

后来，每到周四她在厨房打电话订购时，我总会站在她边上，催她多买点芝士丹麦酥，或者是不掺肉或奶的杏仁饼干，这种饼干两头蘸上黑巧克力，是我的心头好。我们兄弟姐妹几个总会就晚餐谁可以吃第二道菜争得不可开交，尤其当第二道菜是鸡肉或其他肉类时，因为这道菜很快就会被抢完。至于带去学校的午餐，根本就没有营养，珍准备的时候从来不动脑子，一成不变地在涂满黄油的白面包片上淋上巧克力或撒上巧克力末。让我好生奇怪的是，朋友家的午餐怎么总是做得这么上心，切碎的蔬菜和水果，辅之以金枪鱼或鸡蛋沙拉三明治，再配上生菜、番茄，有时还会配搭泡菜。

我们小时候是不准进厨房从冰箱里自行拿东西吃的，等到大了可以拿的时候，却没有足够的食物可以拿了，尤其是周三周四，那时候安息日所有的剩菜剩饭全都吃完了。我还记得放学回家路上，徒劳地望着几近空空荡荡的货架的那个场景。后来，我变得嗜吃甜食，十几岁时就开始省钱，每周一次去凡尔赛糕饼店买些巧克力饼吃，那家小店就坐落在六十五街和麦迪逊大道的拐角处。我会拎着里面装着巧克力饼的白纸袋回家，把它藏在自己的床下，就好像在为大饥荒做准备。

夏季，母亲买新鲜水果是越买越少，只订购少量的李子、桃子，以及极少量的昂贵水果，如覆盆子和樱桃。“樱桃太贵。”她一直这么说，这话对不请司机和厨子的家庭来说是没错。我对菲利普·罗斯的小说《再见，哥伦布》里布伦达·帕金基父母家的冰箱很有看法，他们家的冰箱里可是塞满了水果，我看了既惊叹又羡慕，就像一个工人阶级出生的孩子。

还有我们的浴巾，用得破烂不堪。我们每个人都有不同颜色的浴巾，全都堆在客厅的壁橱里，看上去惨兮兮的。我的浴巾是绿色的，我两个姐姐的浴巾是黄色的、深粉色的，几个兄弟分别是蓝色的、橙色的和金色的。（父母的豪华浴巾则放在他们卧室的壁橱里，纤尘不染。）我们的内衣和袜子连着两天不洗，虽然家里也有洗衣女工。我仍然记得那些袜子因出脚汗而板结，硬邦邦的。浴室里的肥皂总是用到只剩一小条，不知什么原因，每当珍给我们洗澡的时候，我们都得两三个人共用洗澡水，而不是给我们放新水。

到了七年级，我和马拉·卡普弗曼成了朋友，除了芭比娃娃之外，我从没见过还有谁有这么长的睫毛。和我那些不太爱交际的姐姐不同，我一到足够年龄，周末就会在朋友家过夜，而卡普弗曼家就是我最爱的目的地。我准备乘电梯的时候，母亲总是会站在前门口，当着心知肚明的爱尔兰或拉美操作员的面提醒我："别装出一副没爹没妈的可怜相，没人会听的。"我一直都没搞明白她这话是什么意思，但想必是和我渴望待在别人的家里有关吧。

每到安息日之前的周五晚上，马拉全家都会聚到她家宽敞的大厨房里，在一只木碗里做超大份的沙拉，每个人都会把自己爱吃的调料往碗里扔上一点，就连卡普弗曼博士也参与了进来。对我家来说，这种家人之间的随意性和亲密感简直不可想象。我记得周六晚上，安息日结束后回家前，我会哭得稀里哗啦的。

后来，等我到了一定的年龄，为这种事情担忧时，内心便颇受折磨，觉得自己的衣服和鞋子不够穿，至少从我上的私立犹太学校的标准看是这样，学校里那些女孩子的母亲有些是大屠杀的幸存者，他们都想给孩子买最好的，要什么给什么。而我们姐妹几个衣橱里的衣服少得厉害，这是母亲为了不让我们养尊处优而存心这么做的。某年夏季，我第一次去宿营，那地方是个正统犹太教的营地，当时我只带了两套安息日的服装、四条裤子，却要过八个星期，同一个营帐里有好几个女孩眼睛睁得老大，好奇地问我家是不是很穷。所以三星期后，当我因为想家而离开营地，坐在由司机驾驶的林肯大陆的后座上时，他们有多震惊也就可想而知了。

之后数年，无论何时，只要离家一段时间，我都会想家。我记得去哈佛暑期学院读高中一年级时，几乎每周都会从波士顿飞回家，就为了能去我家的海滨别墅待着。我在哈佛庭院[1]和一个城里来的朋友同住一间宿舍，我俩都特别的天真活泼。我要么穿着短裤，绕着绿意盎然的校园慢跑，把自己的双腿晒得黝黑，与对我有好感的男孩见面，要么为其中的两门课做准备，其中一门是移民文学，叫作犹太思潮，由希伯来大学有名的历史学家H.H.本・萨松教课，反正过得自由自在。似乎没什么能与往昔的那段岁月相媲美。母亲一只手托着我去世界上攻城略地，一只手

1　哈佛庭院就在马萨诸塞州剑桥市哈佛大学内，占地 9.1 公顷，是哈佛大学历史最悠久的地方。

却拽着链子不松手，还给我糖衣炮弹，给我买回家的机票，安息日还给我买了草莓蛋糕，那可是我的最爱啊。我一直对这种蛋糕情有独钟，但真正让我在意的还是母亲本人，我就生怕姐姐们都在，就我不着家，她会把我给忘了。

我特别想远离母亲，但一踏出她的势力范围，却又惊恐万状。有时，我就完全没了方向：大三时，我申请了剑桥大学，最后被圣凯瑟琳学院录取。我一直都渴望能去英国走走，我深爱的弗吉尼亚·伍尔夫和她的那群布鲁姆斯伯里同道就生活在那儿，我想在学业上受到优秀女导师的指导，她对约翰·拉斯金[1]的随笔和乔治·艾略特的小说了如指掌，可时机一旦来临，我却挪不动脚步。无论是洗衣服，还是在校园里闲逛，我都无法想象自己如何应付。远行结果以悲剧收场，毫无欣喜万分之感。当我和一个给我治疗的精神病医生讨论这种怪事时，他眼睛眨都不眨地说："儿童依附型虐待。"

母亲的吝啬并未波及父亲，只要父亲觉得有用，尽可以多多益善，比如电动剃须刀，他的衣服，就连内衣，都是苏尔卡（Sulka）的，那可是高高在上的男士服装店。而到了我和姐姐们身上，她的铁公鸡特性就会显露无遗，说什么自己嫁了个有钱的男人，而以色列老家的那些亲戚——她母亲、两兄弟和一个姐妹——都还在寅吃卯粮。但我倒是认为她这么憎恨自己的孩子，就是因为孩子是父亲天然的财富受益人，而她却不行，她得"好

1　约翰·拉斯金（John Ruskin，1819—1900），英国作家，维多利亚时代艺术趣味的代言人。

好努力”才行，得百般顺着父亲的想法才行。我们一出生就含着银勺子，而她却要通过婚姻才能享有，这让她气不打一处来。为达此目的，她就千方百计不让我们觉得自己的富有是理所当然的。这种做法自然有其积极的一面——当然，这和特权人家的子孙唯我独尊的态度不可同日而语——但这么做却过了头，结果造成我们内心困扰不堪，不知自己究竟是谁。

我们难道不是赫尔曼·默尔金的孩子吗？他难道不是华尔街金融家和犹太慈善家吗？我们难道不也是心愿无法达成的，因困惑而睁大了眼睛望着糕点铺的橱窗而饥肠辘辘的孤儿吗？若是再加上父亲与生俱来的那种遮遮掩掩的习性，任何东西凡是涉及金钱，这种习性还会放大十倍，所以当我困扰不堪地四处晃悠时，实在不明白父亲究竟是干什么的——他做的工作到底是和“椅子”（chairs）还是和“股份”（shares）有关，这两个词我混淆了很久，就算到了懂事的年龄，我还是没弄明白——而身为他女儿的价值究竟又体现在了哪里？随着时间的流逝，我学会了否认自身的欲望，比如对自认为重要的一些小玩意儿和大的玩具，以免成为母亲嘲讽的对象。最好不要因为欲望被抓现行，结果我也就只能这么眼巴巴地渴望着。

如今，我周围有许多精挑细选得来的物品，作为成年人，我把这些物品当成自己生活的一部分，这么做只是想将通透的空间由内至外地填满：书籍、杂志、酒店纪念品、镶镜框的相片，以及没什么价值的**物品**，一只漂亮的上釉的瓷碗、一只迷你泰迪熊、三只在塞多纳的一家店铺里买来的陶土罐，那家店卖的器皿都是当地的美国土著部落制作的。仿佛只有东西才能清晰地表达出那种被剥夺感，它们所给予的慰藉远不会稍纵即逝。然而，这些东西本身十足的物性却能帮我提出自己的诉求，巩固我的身份，这身份即便如今仍在小心翼翼地孵化着。我想起菲利普·拉金[1]《缺席》里的一句诗："如此阁楼将我清除！如此的缺席！"

母亲喜欢家里整饬一新，没错，她真就是一个暴躁易怒，甚至是冷酷无情的人，喜欢把什么东西都往外扔，对我所喜欢的东西，她一概斥之为无用之物。她会轮流把我住的地方跑一遍，把屋里的小东西全都收拾好，要我把它们放入壁橱，要么就彻底扔掉了事。我听之任之，像是同意了她的做法，比如，有一根很久以前留下的漂亮的大号彩条蜡烛，是我以前上大学时从宿舍里拖回家的，她就是这么说的，但她走后，我一般就会把这根蜡烛和其他东西又复归原处。我确实不懂究竟该如何把别人认为是垃圾的东西一扔了之，也不懂究竟该如何将自己的身份同无甚价值的东西划清界限。对那些饱受藐视的东西，我充满了歉意，就好像它们已成了我身体的一部分，我又怎能对它们弃之不顾呢？

1　菲利普·拉金（Philip Larkin，1922—1985），英国诗人、小说家。

7

这些天来，我兴之所至，把所有东西都留存了下来，比如几片纸条、过期的账单、上年的杂志、早已烟消云散的那些公司的名片，不消说，还有再也穿不上的毛衣和穿旧了的睡袍。我这人有个脾气，生来就喜欢存东西，不过我表面上仍然努力显得能控制住这个癖好。在这么多东西当中，我的书桌上方有块公告板似的墙面，那上面早已挤满了竞选徽章、纪念品，以及一小段一小段散文，我在上面还钉了一张相片，它就像是数码时代之前的化石，显得如此简单明了。那是一张黑白相片，仅此而已，贴在了剪贴簿里，是我两岁时的夏天拍的。我坐在卧室的床上，那是我们在长滩上的第一栋避暑屋，我的身后是看上去有些古怪的墙纸，我晃着两条小短腿，挤坐在两个姐姐和一个哥哥中间。我们都穿着清一色的条纹泳裤、T 恤衫和运动鞋；着装上不存在男女之别。我的头发仍是剪成注重功能的方正发型，一撮刘海被抹向了一边。

不过，相片里有一个让我觉得值得关注的细节，我是直视前方的，而我两个姐姐却恶狠狠地瞅着我，毫无怜惜之意，好像我就是个闯入者一般。她们俩彼此相差一岁，从一开始就是天生一对，共住长滩避暑屋三楼那间浅蓝色调的卧室里，头上是倾斜的屋顶，而我则只能独自住在二楼的房间里，前面就是珍的房间。

那间屋子最漂亮的地方是有彩纸图案的油毡地板；我经常睡不着觉，就会想象自己在海底爬来爬去，而彩纸则变成了陪伴在我身边的魔鱼。大多数时间，姐姐们都当我是第三者，跟屁虫，只能让她们觉得厌烦。而在其他人的家里，哥哥姐姐总是对我呵护有加，但我们家不是那样的家庭。每个人都只为自己着想，一心谋取那么一丁点利益和关爱，我慢慢地想要获得姐姐的呵护，到头来却遭抛弃，令人痛彻心扉。

然而，从种种迹象来看，我觉得自己和其他人没什么两样，就是个蹒跚学步的小娃娃，一听到铃声，就想往外跑，毕竟铃声预示着新的一天的开始。不过，这时候我已经四五岁了，就喜欢穿着灯芯绒外套和凯兹运动鞋，风风火火地跑来跑去，我相信那时候我已经开始对等在自己前方的事物充满了猜疑。不管出于何种原因，许多事情都对我不利，比如根本就得不到什么关注，而且也没什么东西能让你有所渴望。完全可以这么说，就我们这些孩子的所见，家里的氛围使人身心极度缺乏温暖：没人来接你，没人来抱你，由于父母晚上都是把卧室门锁上的，所以根本就没机会在凌晨轻手轻脚地去偎依到他们身边。

一旦学会写字，我就会把需要和母亲紧急沟通的内容写在纸条上（“我睡不着。想和你说话。就几分钟，我保证。”）塞入父母卧室的门缝底下，独自徒劳地希望母亲能够现身。很小的时候，我晚上的睡眠就已成为问题；我会躺在床上，一动不动地躺着，内心焦虑不安，直到过了午夜才能睡着。事实上，活在这个世界上，简直生不如死：怕上学，怕交朋友，怕兄弟姐妹，怕老师，怕列克星敦大道上的巴士，怕自己不能得到别人的认可，怕独自一人。后来，有过屈指可数的几次，我总算把母亲吸引到了自己身边，虽然稍纵即逝，那是我失眠的时候，显然正是失眠促成了这件事的发生。

我想必一直渴望着能有让我安心的身体接触，而我大多数时候都是在和洋娃娃玩得不亦乐乎的时候才能体会到。我会对着母亲买给我的身子软软的洋娃娃轻声哼唱，形影不离地带着它走来走去。一次，母亲收到本特利幼儿园寄来的一份告知书，那是一家不属于任何教派的幼儿园，告知书里说我过度手淫。数十年后，当她告诉我这事时，我对自己竟然一无所知感到无比惊讶，因为我成年后是抵制手淫的，自然没有那方面一丝一毫的回忆。这事儿我问过一个精神病学家，他说这表明你很苦恼，设法通过手淫来平复自身。一想起那事，那种行为所指涉的赤裸裸的欲求，即便现在我都会觉得悲从中来，略感羞耻。

起初……可是，真的很难再回溯那件事，毕竟伤害已经造成，事后也已经做出调整，每个人都得和自己的孩子（有时，甚至也包括孙辈）一起成长，而父母也早已故去。可是，记忆仍然逡巡逗留。正如体会过悲惨童年的人所知道的，不幸的童年总会和你待在一起，无论是治疗师的魔棒还是成年后的快乐都无法使之消泯，它反而会发出威胁，要在阳光明媚的世界里投下一道阴影。

无论什么时候，读到书里所写的那些悲惨的童年遭遇，我都能记下来。有两本童书，内容相当阴郁，是从法语翻译过来的，书名是《没人要的男孩》和《没人要的女孩》；还有一本书讲的是弃儿，书名叫《普里彭的宫殿》；后来，又读过塞缪尔·巴特勒[1]一本很棒的维多利亚时期的小说，讲的是如何逃离父母的虐待，书名是《众生之路》。其他的还有乔治·奥威尔的随笔《欢乐如斯》，内容是讲他早年在寄宿学校遭受虐待和蔑视的经历；有鲁德亚德·吉卜林的自传，讲他落到英国人哈罗威夫妇的手里，没人理睬，受尽虐待，饱受折磨的那段体验，当时他的父母驻扎在印度，他和妹妹就被留给了那对夫妻。吉卜林说哈罗威家的房子就像是“荒凉之屋”，有一段时间，我就借用了他的这个说法来形容自己的家。

没多久，我就对一日之晨感到厌倦，不管接下来会发生什么，就连放暑假也没法提起我的兴趣；每天醒来，胃里就翻江倒海般难受，真希望能重返梦乡。每个星期，阴沉沉的珍站在过道里，毫无预兆地啪地打开头顶的电灯，把我们吵醒，更是令我们雪上加霜。毫无疑问，比珍的方法更恶劣的也有不少，19 世纪的德国

1　塞缪尔·巴特勒（Samuel Butler，1835—1902），维多利亚时代的英国小说家。

法官达尼埃尔·保罗·施雷柏中年发疯，弗洛伊德读了他的《精神疾病回忆录》并做了分析，弗洛伊德发现他那个施虐狂父亲先是用冷水，再用滚烫的热水紧紧捂住他的眼睑，把他弄醒，这让弗洛伊德也震惊不已，当然啦，比珍的方法更好的也不是没有。

可与此同时，母亲连个人影都见不到。她不来帮我们起床，带我们出去，而是在楼下的餐厅里和父亲窝在一起，他们俩都穿着睡袍，享受着休闲的早餐时刻，喝着橙汁、咖啡，咀嚼着非凡农庄的蛋卷，聚精会神地翻阅着《纽约时报》的各个版面。我最喜欢看母亲给父亲的蛋卷上涂上大量黄油，再抹上果酱和覆盆子酱，完事后也给自己来上一遍。在我的头脑中，这都是慢动作回放的，说明那场景有多温馨，但这又与我们突然被吵醒，再慌忙离家上学的景象形成了鲜明对比。给六个孩子穿衣服，做早餐（虽然大多数时间，我们根本就不吃早餐）全都落到了珍一个人的身上，这一切都是在几近无声的状态下完成的，以免打扰了父母。

至于上学这件事，我很快就畏葸不前了：由于恐惧和害怕分离这两个因素的结合，我极不情愿去上学；有个姐姐还记得我是被从楼梯上拽下去，拽到前门的。课堂里我属于年纪最小的那批，所以很容易打退堂鼓。尽管如此，现在我倒是觉得自己很小就显现出了慢性抑郁的症状，内心里想要待在家里，而不是踏入由同学和老师构成的外部世界。

不管怎么说，我觉得自己在哪儿都合不了群，和同居一屋的姐姐们待不到一块儿，和八岁前睡一间屋子的两个兄弟也说不到一起。我觉得肯定发生过和性有关的一些恶作剧，我隐隐约约记得我有个弟弟挺着阴茎，昂首阔步地走来走去，这只会加重我日复一日所呼吸到的那种挫折感吧。我的几个兄弟都比我强壮，经常会把我揍上一顿，其中一个姐姐也会这么干。珍通常都是冷若冰霜，依赖体罚，使人留下很深的阴影。她发火的时候，会用脚踹哥哥伊兹拉，有时还会把他锁进壁橱里。尽管他出来的时候脸上总是洋溢着胜利的微笑，但我们都听到他在门后无助的哭泣声。我觉得家里唯一一个站在我这一边的成年人就是厨子伊娃，但她根本无力保护我。到了八岁，我已饱受创伤，内心焦虑不安，还严重便秘（每天早上我都会喝李子汁，像个老太），哭起来没个完——发生任何事我都会哭得伤心欲绝，比如班里有个女孩和我打了一架，比如作业做到很晚，更别提夜复一夜、整宿整宿失眠的滋味——甚至相对来说雷打不动的母亲都无法忽视这一点。

8

有一次，有人决定要把我送去哥伦比亚长老会儿童医院进行精神鉴定，这种情况下，成年人都会采取神奇的方式不让我知道。没人觉得应该提前告诉我今后我会面对什么情况，但我记得那些细节，一直到我住院，许多细节都历历在目，好像就是眼前发生的事：我躺在父亲书房的沙发上，母亲把一条刺痒的棕色方格羊毛毯盖在我身上，书房近乎神圣。当时我刚放学回家，因为要的书在图书馆里没找到而垂头丧气，加之兄弟姐妹都离开后，上午时分家里所透露出来的某种并不熟悉的静悄悄的感觉，从餐厅飘来的父母的窃窃私语声，以及从学校获释回家，脱离了兄弟姐妹的势力范围而获得的那种短暂的宁静感，我竟然在沙发上打起了盹。

我实在想象不出该如何向我解释住院这种冒险行为，但我记得父母俩都跑过来看我，这种情况本身就挺令人震惊的，毕竟父亲从来就没想过要离开他那间极端重要的“办公室”。我觉得很害怕，可发现自己竟然成了父母关注的唯一焦点，又觉得兴奋。我还记得当时的场景，我和父亲一起站在若隐若现的医院门口，母亲则沿着光滑的长廊大步走去找人帮忙，她的鞋跟发出咔嗒咔嗒声，而父亲干巴巴的嗓音突然就冒了出来："你母亲看上去就像个大人物。"这话让我觉得既动听，又困惑，里面透着与母亲的一种疏离感，我很难想象得出自己也会存在这样的感觉，而且也表明了父亲并不如我想象的那样全心全意地爱着母亲。

这是我第一次不在家里睡觉，这本身就是个极其重大的事件。我并不清楚住医院是对我的奖赏还是惩罚，但我竭尽全力尽可能不让自己显得大惊小怪，以免对我的行为做出鉴定的会是某个难以见到的人，比如珍那样的人。我被放在了一间普通的儿科病房里，吃了能让我整晚睡个安稳觉的助眠药，出院后，我仍然一直在服用药物，在随后的几十年来，各种各样助眠的药物我就没断过。那里没有各种规矩，医护人员也都很和蔼，我一下就被暖到了，这和我家里的氛围可以说是截然不同。我大多数时候都穿着睡衣，要是没有一拨拨穿白大褂的医生带我去做心理测试，我肯定在和其他孩子一起玩。我专心致志地等待着母亲几乎每日一次的探望，生怕要是不专注的话，她就会把我给忘了。

她通常都是近傍晚的时候来，来了几天后，我就摸索出一种方法，每次到点儿，就会到电梯边守着，冲来来往往的医护人员微笑，免得他们注意到我没在病房里。母亲待的时间从来都不长，总是能看得出她行色匆匆，每次她要离开，我就会大哭大闹，相信再也见不到她了。她会答应我，要是下次不哭，就会给我带礼物来，但那时候哭泣已是我的第二天性，是从我的内心深处渗透而出的，就算忍也忍不住。多年后，我读到伊丽莎白·鲍恩写的一个短篇，文中描述了一个七岁男孩弗雷德里克哭鼻子的场景："泪水，无缘由的泪水"，他的眼睛"就像……伤口，是世界外表上的一个伤口，通过它，恐惧的、难以平息的、必不可少的悲伤持续不停地像血一样汩汩流着，持续不停地肿胀着"。这段描述立马就让我产生了亲近感。

过了几个星期，我出院回家了，即便现在我都能记得离家所带来的那种感觉——强烈的惊恐感混合了同样强烈的如释重负感。回家后，我获得了一份"工作"，父亲每天晚上下班回家，我负责挂好父亲的外套，由此会得到二毛五分钱。我觉得存取衣帽的这份活计是特地让我觉得自己有多特别，可这也勾起了姐姐们的怒火。母亲和她们大致讲过我得了贫血症，需要休息，显然没人信这话。兄弟们把我的这次神秘失踪归因于脑术愈合（BOPS），那是"脑部手术后愈合"（Brain Operation Post Surgery）的缩写。只要提到"脑术愈合"这个词，就会令他们爆发出一阵狂笑。我心里就想自己得的究竟是什么病呢？是容易过度紧张的性格遇到冷冰冰的环境所致的病吗？是因为生活在"法西斯体制"下——我的一个哥哥就是这么描述我们的成长环境的——而致的神经受损？抑或是儿童抑郁症的全面发作？那些猜想或多或少都还算准确，但当时母亲对我说的是，测试显示我智力很高，总有一天我会考入哈佛大学。

母亲没告诉我的是，负责我这个病例的精神病学家给她提过建议，只要我一哭，就把我关到她的卧室里去。对于习惯性的哭鼻子，这应该是一个正确的干预手段，却没承想我竟然被先送去了医院。我不记得她是否锁了门，或者仅仅是关了门，但我至今仍能感受到那种双重的羞辱，除了我那不堪的软弱性格被暴露无遗外，还有她的弃绝，所有这一切都在我那些偷笑的兄弟姐妹的视野当中。

医生还给了她建议，说从安排睡眠的角度来看，应该让我和兄弟们分房睡，于是我就和姐姐们一起睡了，虽然她们很不满意。尽管我们住的是复式的房子，但面积并不算宽敞，没有足够的卧室可供调配。除了这些客观条件之外，母亲并不认为孩子需要有自己的独立空间，从而更好地发展自我。关于要在孩子的心中悉心培养良好的自我感这一点，我觉得她并没有被说服，她不觉得这是个好主意。

•

正是在这次住院之后，我才开始每周一次乘公交车前往郊外的哥伦比亚长老会去见得克萨斯州来的儿童精神病学家汉森医生。精力充沛的汉森医生戴着副方方正正的眼镜，长相略似克拉克·肯特[1]，就是他建议我哭的时候，让我妈把我关在她房间里。通常陪我去的是威利·梅，她是个黑人，沉默寡言，给母亲做点洗熨衣服的活儿，她会极有韵律感地把口中的口香糖吹得啪啪响，我看得如痴如醉。

回首往事，我认为汉森医生根本就不懂自己所面对的这种无爱的家庭究竟是怎么一回事，毕竟除了我之外，他就没和任何人接触过。他见过我母亲，或者电话里和她有过交谈，但我想象得出她的说辞一套一套的，而父亲总归是不想被牵扯进来的。那医生又怎么能知道我面对的是什么呢？第一眼看去，我们这一家是个很正常的家庭，可真的算正常吗？我父母锻造出的是一种共生共栖的奇异的联合体（在这个联合体中，他们彼此用母语德语交流，我们兄弟姐妹并不能完全参透这门语言，但我们在成长过程中却从头至尾地参与其中），并从家里一直往外延伸，以其极具规训性的、颇具施虐倾向的方式，对 6B 公寓门后的方方面面都产生着影响。那究竟该如何解释这样病态的联合体呢？再加上珍这个冷酷无情的人的推波助澜，事情往往变本加厉，当然说句公道话，珍的工作压力也是真的大。

当时是 60 年代中期，理论家卡尔·惠特克及内森·艾克曼所主张的家庭系统的治疗模式尚未流行，没有一个理论能深入挖掘这个问题的根源，而家庭的本质却已像哈姆雷特的丹麦那样腐朽

---

1 克拉克·肯特，即超人。

不堪。或许，这也就决定了我父母根本不可能会去参与这样的治疗。我只是个有一头亮闪闪的棕发、喜欢唠嗑、急切想要讨人欢心的女孩，提心吊胆地害怕每一个人，怕父母，怕兄弟姐妹，怕同学，怕老师，尤其是怕珍，可现在这重担却落到了我的身上，要去解释到底哪儿出了岔子，我为什么整日哭个不停，我第一次去汉森医生的诊所，就在干这事。

二十来岁的时候，我看过一个精力特别旺盛的精神病医生——哈里·阿尔伯特，就是他第一次好说歹说劝我尝试抗抑郁症的药物，他当时去儿童医院查找资料，找到一张纸条，是我当时在儿童医院住院时写的，有人把它留在了病史里。其中一次治疗时，他把纸条交给了我，说他之所以这么做，是因为他相信如果能让我想起自己经历了什么，就会对我有益。

那是张划有蓝线的纸，是从小拍纸簿里撕下来的。纸面顶部，看得出和我在宗教学校所受的教育有关，我写的是两个希伯来词“bet”“hay”，代表“Baruch Hashem”，意思是“得上帝之助”；当时学校里教的就是不管写什么东西，最后总得加上这两个词。（对我来说，不可思议的是我以前竟然如此的本分，潜心宗教，低眉顺眼，不过随着成年人的意识生根发芽，我开始学会反省和质疑，现在已经很难想象得出自己儿时竟是可塑性极强的一个孩子。）我用对一个八岁孩童来说相当成熟清晰的文字这么做了解释，说怕回家，说我很想知道为什么我只有生病的时候，才会被母亲待见。

写下这张纸条的女孩显然是个讨人喜欢，却又担惊受怕、迷离恍惚的孩子。我记得一开始对那女孩充满同情，但那种感觉并不持久，无法对我造成影响。她是个线索，让我可以了解我会变成什么样的人，但她又像是那种我很想除之而后快的人，以免因联想到她所显露的那种脆弱感而玷污了我自身。可我只是把纸条折了四折，放进了钱包，把它作为反向的咒语，对自己自轻自贱的脾性所下的一服解药，最后这张纸条不知所踪。

9

“我时间到了，”我对 P 医生说，“这圈子绕得可真够久的。荒唐不荒唐，”为了加强语气，我又说了一句，“好多年前，我就该死了。”

在一长串我看过的精神病医生中，P 医生是最近的一位，他身材颀长，满头白发，他通读过三遍《普鲁斯特全集》（我从没过第一卷这个大关），酷爱古典音乐。我忽而希望他能成为自己的父亲，忽而又希望他能成为我的丈夫，但大多数时候，我都设法不让自己在一棵树上吊死，以免自己再次失望。他年事已高，当我觉得杀死自己的想法并不好玩的时候，就会想这治疗到底有什么名堂先不去管它，若是治疗还没结束，他就撒手人寰，这才是我的担心所在。

我们的许多次治疗都在围绕着我的两个习惯，即不信任他人，以及威尔弗雷德·比昂[1]所说的“关联”，也就是维持关系的能力。

1　威尔弗雷德·比昂（Wilfred Bion，1897—1979），英国精神分析学家。

我对P医生坚称没人想和我保持关系，尽管我朋友不少，但整个周末不打电话我都没问题，这种事我早就厌倦了。“你觉得自己不配，”他提醒我道，“你没意识到自己有很大的魅力，有多少人受到了你的吸引。”他的评论在我的头顶飘荡，犹如天空中的一群鸟儿向着错误的方向飞翔。

“我只想让母亲活过来，”我说，“就算她很糟糕。”母亲离世迄今已近十年，就这么将我抛下不管不顾。我常常觉得她这样一个人虽然令人既恨又爱，但总算成功地让我活了下来，使我最终渡过难关，在最糟糕的时刻成了一个养儿育女的不折不扣的母亲，尽管我完全堕入了黑暗之中，但这也值了。每到那些黑暗时刻，她就会采取行动，让我放宽心，哄我开心，给我讲笑话，将我搂入老家那张窄小的床上，给我端来盘子，盘子里放着熏肠三明治、蛋黄酱和切成片儿的西红柿，就好像我还在病中似的。仿佛我的绝望激发起了她的善心，本来这么一丝丝的同理心也是见不着的。你可以发现问题就出在这儿，只有当事情变得实在令人难以承受时，“胡萝卜”才会喂到我嘴边。

从前，在我二十来岁、三十来岁、四十来岁的时候，母亲和公寓都是我成长期间的避居之地，面对艰难时刻，母亲的反应与面对日常生活时的反应截然不同。她坚硬如铁，在童年时代经受住了无数打击、消沉和危机时刻，所有这一切都无法击垮她。

1999年，父亲去世，享年九十一岁。我觉得很迷茫，他的这次缺席竟成永久，一切都烟消云散。除了某些瞬间，我对他毫不了解，以致现在我无法在脑中形成一个完整的画面了。相反，母亲有一个时期哀痛欲绝，之后她身上的某些方面竟奇迹般地焕然一新了。她体重减轻了一些，穿着也显得人温柔起来，她会和朋友一起看电影看戏，和我的一个姐姐、两个外孙女乘邮轮去了趟阿拉斯加旅游，在耶路撒冷的公寓里一住就是好几个月。从某些本质性的方面来看，她得到了释放，甚至还捡起了婚后就放弃了的写小说的爱好。我本希望她能活得长久，最终蜕变成我一直渴望的那种母亲，可 2006 年，她竟然也走了，而且走得如此突然，她死于肺癌，终年八十六岁。（尽管外公和父亲都抽烟，但她并非烟民。）

不管母亲有多少错，母性有多么缺失，但她仍然是我的全部，远比任何一个男人都重要得多，我与之结婚又离婚的那个男人也远远没法与她相比。她就是我的方向，东南西北，无往而不利。对我而言，她非凡无比，即便在她离世之后，仍然在消耗着我。我无法理解她的死亡，一开始没法理解，过了一段时间后也仍然无法理解。于是，我就坐到了 P 医生的办公室里，希望能让母亲回来，将我的绝望驱离。从儿时起，我每次抑郁症发作就将她拉向了我这一边，将她的注意力从父亲和兄弟姐妹那儿扭转过来，为自己多挣点关注，虽然时间很短暂。她关注我的方式很单调，就是用嘲讽和藐视的方式，来贬低将我吞噬的那团黑雾。

“一切都会好起来的，真的。”她就是这么让我安心的。至少那个时刻，我是真的安心了。但现在她已被埋入土中，而我只能忐忑不安地独自面对抑郁症，从这苦难中我是再也无法收获到什么好处了。如今置身于绝望之中，母亲却再也无法为我忙这忙那，无法用她那强劲的活力来感染我，也无法像往常那样藐视一切。我只能依靠羸弱的自己，凝视黑暗。

“我不想来这儿，”我对P医生说，语气虽平静，却含有一丝愠怒，“我根本就不想来这儿。”所谓的“这儿”，我指的是这个世界，但应该也是指这个办公室，我觉得只有在情况相对好转的时候，治疗才确实对我有用。当我濒临绝境，陷入自我厌恶这古老的泥潭之中时，治疗就和其他方法一样，变得毫无用处，就好像用指甲抓挠囚室的墙壁一般徒劳。

“我不知道这样做是不是有用。”我说这话的时候，希望P医生能够进行激烈的干预，提出晚上带我一起回家，替我在床上掖好被子。我不知道他是否意识到我并非是个只说不做的人，是否意识到我还另有想法。

“那你怎么办？”P医生不止一次地这么问我，像是要证明他是拿我当回事的。

然后就出现了这样一个时刻，自杀还是不自杀。治疗结束后，我被要求离开治疗师那间我早已熟稔了的嘎吱嘎吱作响的办公室，离开那些他选来陈列的工艺品，离开那些摊在他办公桌上的尚未打开的邮件，离开每一样急需拂尘去污的东西。我发现我很难离开，每次都是如此。置身于P医生的办公室里，我很安全，不会受到陌生人的骚扰，更重要的是，不会受到家人的骚扰，他们经常会突然出现在我的治疗中。“走开，”他会引用《绿野仙踪》里好巫师格林达的话，“在这儿，你没有魔力。”在这个世界之外，等待着我的是冷漠和无情，尽管P医生做出了截然相反的保证。

10

还有一个回忆：在八岁，九岁，或十岁的时候，倚着栏杆，我在哀求母亲别离开我，珍紧紧抱着我。她要和我父亲出一趟远门，去欧洲或以色列，她一如往常，仍然只在最后一刻才把这事告诉我，或许是为了缓解我的焦虑吧。她要出门一个星期，十天，两个星期，永远。一想到她不在家，我就觉得肚子翻江倒海，紧张不安。没她，没人会把我放在心上。

母亲也指望不上，虽然偶尔她也会用诸如 Schatz 或 Goldige Kind[1] 之类的德语昵称来称呼我，但她也会一时兴起拿我开刀，她生气起来很可怕，会扇我耳光，狠狠地掐我胳膊。可她仍然是我的全部，尽管她只是断断续续地在场，尽管她在家也不会理我，可挡在我和那些时时处处欺负我的敌对势力之间的仍然是她。我

---

1 Schatz 意为“宝贝、心肝”，Goldige Kind 意为“小可爱”。

很紧张，心想究竟有谁能来保护我不受珍的伤害呢？当然不是我的那些兄弟姐妹，他们全都自顾自忙得很。我们六个从来都没有拴在一根绳上“同仇敌忾”的气势，那些不幸的家庭有的兄弟姐妹倒是会这样，而我们从来都不会保护彼此。“一定要告诉珍对我好点。”我这么恳求道。

我第一次被留给珍照顾，是父母带我的三个兄弟姐妹去以色列的那次，他们把我和两个弟弟留在了家里。我那时应该有三四岁，早已对珍怀有深深的恐惧。母亲给我买回了一个极端奢华的礼物，是一辆童车，用来装我特别心爱的那些每时每刻都很守纪律的洋娃娃，她这么做是为了让我分分心，但我还是忐忑不安，即便因为父母出远门而允许我比平时晚上床睡觉，可我还是早早地就上了床。我和弟弟们互道再见的时候，已经穿上了睡衣，我觉得只有上床睡觉才是摆脱珍的最好的方法。童车就放在客厅里，好几天我碰都没去碰它。

我觉得很好奇，尽管许多事情我都已经忘了，却仍然能使很久以前周日晚间萧瑟阴郁的氛围得到重现，那时候，艾德·沙利文[1]每周一次的节目快要结束时，总会仪式性地挥挥手以示晚安——他怪模怪样地弓着身子，像是直接从身子中央举起手挥舞，而不像是手臂的自然伸长挥动——我们六个穿着睡衣，趿拉着印

1　艾德·沙利文（Ed Sullivan，1901—1974），美国电视节目主持人，因主持《艾德·沙利文秀》而闻名，该节目于每周日晚上八点到九点（美国东部时间）在哥伦比亚广播公司播出。

第安沃克皮拖鞋（女孩穿红色，男孩穿深蓝色）都挤在一起看电视，而挥手的这个动作就表示电视马上就要毅然决然地关上了。黑白电视机的灰蓝色光亮终会熄灭，就像萤火虫，接下来无事可干，只能上床睡觉，不得不承认没多大兴奋点的周末将正式结束，随之而来的将是令人郁闷的一周的学校功课。

因为回忆具有一种即时性，我发现自己很难马上回想起珍的形象就显得很奇怪了。在所有的关键点上，她的生活都影响了我的生活，而我却没法将她的种种形象拼凑起来，使之成为一个个体，由此形成持久的印象。我们都这么称呼她——珍，迟钝生硬，像个美国人——虽然她名叫艾德丽安，在遥远的荷兰长大成人。我不知道她是什么时候，又是在哪儿将自己的名字美国化的，但她没有放弃自己原初的姓氏范·德·文这一点给我留下了深刻的印象，于是她就成了珍·范·德·文，仿佛她的一半是属于《天翻地覆》[1] 这本识字课本里的形象，另一半属于蹬木鞋[2] 的形象。

我可以从孩提时期大量泛黄的苦痛中抽离出任何细节，但无论什么细节都没什么用，无法把珍严丝合缝的轮廓实打实地填满。换言之，任何一个细节都无法留下一个足够分量的印记，倒是有些温暖却苍白的印象即便在记忆中也能使我真真切切地感受到她。比如，入夏和出夏的时候，珍惯常都会穿一件不太合体的淡色系

1 《天翻地覆》（*See Spot Run*），美国儿童识字课本，里面有一个女孩叫珍（Jane）。

2 木鞋是荷兰的“国粹”。

的无袖短睡裙，母亲却觉得睡裙太短，有淫荡之嫌，总是会投去冷冷的目光。她对自己的身材很得意，可她实际上是个既不性感也不可爱的女人，我认定她终其一生都破不了处。她大腿肌肉紧绷，胳膊上的肌肉历历在目，可那时候健身时代远未开启，她的肱二头肌完全可以打赢拳击比赛。

珍住在楼上一间极小的保姆室里，房间前面就是所谓的育儿室。她要照顾我们六个孩子，母亲从来不搭把手，所以她总是愁眉紧蹙。周四她休息，会去购物，搜寻特价服装，回到家就可以拿来得意扬扬地展示一番。她也会把自己外出用餐的细节详细地说上一通，比如大多数时候都会点海鲜，喝一两杯酒。有一段时间，我们都还小，她有个男朋友，叫狄克，长相帅气，块头很大，就是有点傻兮兮的，他会带我的兄弟们去看球赛，对珍似乎也是万般宠爱。我到现在还保留了一张相片，相片上的她穿了深红色的套装，擦了口红，腼腆地站在狄克的身边，脚下就是长滩的沙滩，但有时候他又没出现在相片里。珍的房间经常会有女性朋友来拜访，只是随着时间的推移，这样的拜访变得愈来愈稀少了。

入夜，她喜欢笔直地坐在床上一根接一根地抽烟看电视，烟灰在床边那只蓝白相间的小巧的陶瓷烟灰缸里越堆越高。她读书时和看电视时坐姿完全一样，也是笔直地坐着，抽着烟，严肃地一页又一页翻看着从房间里找出来的平装本小说，她从来不会瘫靠在枕头上看书，我倒是认为这才是真正地沉溺于读书的姿势。我并不知道她会生发何种想象，产生怎样的移情，甚至于是否能获得某种简单的身份认同感，她是否能透过主人公的眼睛看见自身，设想自己过着其他人的生活。这并不是说她缺乏辨识力，她能注意到人身上的某些小细节，某些习性和姿势，这说明她拥有某种心理协调能力，但我总是觉得她大多是以旁观者的身份读的，并不愿意被过度地牵扯其间。这种疏离的姿态既让我着迷，又让我困惑：如果你不让自己沉入其中，那阅读的意义又何在呢？

究竟是什么令我写起了珍，这将自己置于困难的境地：那些年来，我从来就没学会将她里里外外地看个透，从来就没能了解到，就像别人说的，究竟是什么在使她“运转”。我上学期间，珍几乎每天清晨都会将我唤醒，每天晚上都会替我熄灯，我当时还太小，临睡时还能玩上一会儿。可现在我倒是觉得她的存在倒像是一种缺席，而非在场，就像是惟妙惟肖的肖像画中央的一抹污渍，没有冲洗出来的照片，以及从来没从纸页上跳脱而出的某个人物。比如，我不记得她曾给我读过书，不记得小时候牵过我的手，只记得她把我从游乐园的秋千处拽离，我不乐意的时候把我飞快地拽开，也不记得她俯下身对我轻声软语，但就算这样的事情极为少见，总归还是会有的吧。

问题是她几乎没留下什么痕迹。我们诞生，然后死亡，少有人能真的留下什么难以磨灭的印记，我们大多活在他人的记忆之中。但即便是被抹除的或者丧失的记忆也必然会是一种线索，这恰恰表明抹除者有这样的需要，是如此执着。那我为什么坚持要把珍给抹去呢？在那遥不可及的往昔，究竟又是什么让我如此不安呢？

•

珍是 1953 年秋来我家干活的，那时我哥刚出生半年，再过七个月，我也将加入这个大家庭。当时有一段短暂的时期，人们对家庭生活看得极重，即便是中上层的美国母亲也时兴自己带孩子。她们或许不会去做苦力活，但总是会在孩子的身边，早餐时给孩子做鸡蛋，烤土司，晚餐时做牛排和豌豆。没错，那时“亲密关系”（bonding）这个词儿还没那么流行，没那么令人自豪，这要到 1986 年我生女儿的时候才有；但我认为我母亲就算知道这个词儿，也并不会买账。她对有些观念冷嘲热讽，比如人要“热情”，要变得地道美国化这种空洞的观点，毕竟她出身于那种严苛的欧式背景。

（我当母亲时的表现截然不同，首先外在的情感表露得更充分，但如果回首往事的话，我就会发现我在和佐伊建立亲密关系的时候也有着自己的困境。孩子出生后不久，我就患上了产后抑郁症，当时的状况不容乐观，而且母亲的母性角色，以及目睹姐姐们如何照看自己孩子，都对我产生了持久的影响。我怕把佐伊当作掌上明珠，怕其他人都知道她对我有多重要，可我究竟恐惧的是什么呢？我怕佐伊把我弄得焦头烂额的时候母亲的嘲讽，我也怕对她的感情太强烈，让自己显得太傻。）

珍受雇成为我们家的一名员工，第二个全职保姆，员工之中当时还有厨子、洗衣女工、打扫卫生的女仆，以及司机。早先的一名全职保姆是二姐黛博拉出生之前雇用的，她是真正的保姆，珍不是，她受过一定的训练，珍没有。从黑白照片上看，她是个身形纤巧的老太太，透露出高贵庄严的气质，她站姿挺拔，身旁是两个穿得一模一样的孩子，其中一个坐在银十字童车里。保姆的灰发盘成圆髻，涂了深红的唇膏，身着浆洗过的白色制服（相比之下，珍只是穿日常服装）。尽管她和珍有过短暂的交集，但她离开的时候，我还太小，对她已无丝毫的印象。

你可以说，我就是珍的第一个“孩子”；我降生之时，她就被指定为看守人。我大可以认为，与其他孩子相比，这种关系会使我与她之间情更深意更浓，可实情绝非如此。而且，她自己的身世也不好，她生在一个一贫如洗的天主教家庭，在十六个孩子当中，她排行老三；二战时，她父亲在盟军的轰炸中断了一条腿，所以我觉得她也并没有体验到多少父母的养育之情。珍很喜欢两个弟弟，但她的怒火却往往针对我哥和我。

我们小时候，父母时常外出旅游，母亲陪父亲去欧洲出差，去以色列见家人，好几年夏天，从头到尾他们就没在家待过。母亲不在家的时候，珍就会兽性大发，对我们拳打脚踢，想必母亲对此是有所耳闻的，却决定听之任之。一次，我们中有一个人发出了抗议。我姐黛博拉当时十岁，珍踢了她一脚，她就对着珍回踢了一脚，珍就威胁说不管我们了，于是怒气冲冲地离家出走了好几个小时，直到晚上才回来。

这样就使我无可避免地产生了几个问题：珍究竟怎么了？她

照料我们，如此不耐烦，毫无爱意，就连丝毫的情感都没有，到底是工资太少，还是活儿太多才会这样呢？我们身上究竟有什么东西使得母亲产生这样的反应，使她一上来就雇了这样一个冷冰冰的人？她先前是在伦敦替她表亲打扫卫生，后来摇身一变，把我们六个孩子吓得俯首帖耳？

从某种意义上说，珍也是命该如此，我们不愿和她绑定在一起，但她却只能命定和我们同生共息，也正是因为这样的命定，所以她对和我们其中任何一个人牵扯到一起并无丝毫的兴趣。如今当我和其中一个姐姐聊起珍的时候，她总会用“精神分裂”来形容她。当然，其中定然有这样的成分在里面，那是一种根深蒂固的疏离感，一种不情不愿，或许也是一种对建立纽带的无能为力感。我们六个小时候都是在黑乎乎的小浴室里洗的澡，隔壁就是兄弟们睡觉的屋子，我敢确定那时候我肯定想过各种办法，想使她开开心心地和我们说会儿话。我一直以来都有洁癖，我觉得这和那间浴室令人感到恐怖有关，在我的记忆中，那间浴室总是微微地散发出排泄物的气味，尽管从浴室的窄窗可以看见东六十五街的街景。我至今仍能记得在我们几个陆续上完厕所后，珍会皱着她那只精致的鼻子，一锤定音地说：“真臭。”

不过，一想起那些流水线式洗澡的阴郁场景，我记得最清楚的还是那种空荡荡的孤寂感，浴室里只有珍、灰白相间的瓷砖地面，以及寂静的白瓷砖墙壁与我做伴。情绪对路的时候，我是一个话特别多的孩子，会问许许多多问题，但有时候，说着说着，我又会放弃与珍进行有意义的沟通。我不会把水拍得到处都是，不会大笑不止，也不会把浴缸当作泳池，把脑袋探入水中，就像我女儿洗澡时那样。我反而是坐在只放了一点水的浴缸里，皮包骨的大腿杵在身前，顺从地把四肢递给珍，让她用毛巾给我搓澡，再站起身，好让她把我的大腿内侧擦干。事实上，她要用好几块毛巾，一块擦我的上半身，一块擦下半身，就好像我被锯成了两半似的。后来自己洗澡之后，我仍然一直用两块毛巾，只是到了二十八九岁的时候，我才没生活在这种两分法的法则之下。

此外，除了珍予人的那种恐惧感和小心翼翼感之外，我便什么都记不得了。她经常会竭尽所能地采用英国寄宿学校的方式，抽打我们兄弟姐妹几个膝盖以上的部位，有时是用力大无穷的双手，有时则会使用肯特毛刷。我很清楚目睹别人这么抽打，尤其是对我的那个小弟弟——我们几个当中，只有他生来就是金色的卷发，而珍也最喜欢打他——这件事对我影响至深，以致随后许多年里我的性取向都变得有所扭曲。正是这件事最终导致我给《纽约客》写了那篇饱受争议的文章，文章里是这么说的，情感上的痛苦可变得更具性的意味，但我自己遭抽打时的体验却早已模糊不清。

11

毫无疑问，就我与珍在一起时的体验来说，我对保姆的看法一直都是存在执念的，无论是真实的还是幻想的。帕·林·特拉弗斯创作的“玛丽·波平斯”系列[1]，我全都囫囵吞枣地读过，我上五年级时，学校的图书管理员伯尔夫人帮我找到了特拉弗斯在英国的住址，于是我就给她写了一封信，问她出了第四部《玛丽·波平斯在公园》之后，是否还会写第五部。（她从来没给我回过信。）我很喜欢班克斯家的孩子迈克和珍，以后又喜欢上了双胞胎，再以后就是小宝贝安娜贝尔。他们全都住在樱桃树巷里，和脾气暴躁的母亲、动不动就发怒的银行家父亲、厨子布里尔夫人、忙得不可开交的奶妈凯蒂·娜娜，以及各色仆役住一起，直到有

1 帕梅拉·林登·特拉弗斯（Pamela Lyndon Travers，1899—1996），出生于澳大利亚昆士兰，后长期住在英国。她创作的“玛丽·波平斯”系列童话脍炙人口，享有盛誉。

一天，哼着歌谣、说话呛人却深情款款、魔力无边的玛丽·波平斯乘着东风而来，柔情似水地照顾起了他们所有人。他们看起来似乎就是我家的闪亮舒适版，是向爱德华江河日下的黄金时代致敬。无论玛丽·波平斯有什么过错——比如原来的虚构人物有着不可救药的顽固，甚至冷漠，这和朱莉·安德鲁斯银幕上的那个和蔼贴心的版本迥然相异——但与珍所犯的错，或者说珍身上存在的缺点相比较的话，完全可以说是相形见绌。

后来，我读了乔纳森·盖索恩-哈代的《保姆的非自然史》一书，书中讲述的是英国上流阶层历史悠久的聘用受训保姆的传统，举出了种种或高尚或卑劣的例子，她们或是优秀的母亲替代者，或是毫无母性的邪恶的人。我就是通过这本书才第一次得知温斯顿·丘吉尔心爱的保姆艾弗李斯特夫人，她是丘吉尔年轻时的支柱，是他“最最亲爱也是最最亲密的朋友”，丘吉尔在《我的早年生活》一书中便是这么形容她的。丘吉尔用“姆妈”这样的昵称称呼她，我认为这是人们所能想象出来的最为动人的称呼，她好像是女性在育儿方面的化身。而她也对丘吉尔溺爱有加，称他“温尼”“我的小乖乖”“我的亲亲小宝贝”。艾弗李斯特夫人濒死之际，仍在担心丘吉尔不要着凉，我就想如果我的身后是艾弗李斯特夫人，那我又会成为什么样的人呢。当然也有那样的保姆，她们会抚弄孩子的性器官，或对孩子百般虐待，如柯曾爵士小时候由帕拉门小姐照看，帕拉门小姐对他们兄弟姐妹几个大打出手，让他们头戴锥帽列队行进，帽子上由孩子自己用硕大的字体写上

“骗子”“告密者”“胆小鬼”这样的字眼，实在令人难以相信的是竟然没人报警。

•

后来发生了一件事，让我从珍的绝对专制下解脱了出来，那件事发生在初夏的一个周五的下午，当时我十二岁，正好在我们家的第二栋海滨别墅里。我对我们家在长滩的度假别墅情有独钟，但两年前搬到一栋带游泳池（简直是奇迹中的奇迹）的别墅里后，我就见异思迁了。这栋别墅就在大西洋海滩边，地方不大，就坐落于大西洋海滩大桥的另一头，出城后开车一个小时就到，时常有一小撮黑手党成员去海滩，正统犹太教社区在那儿也是越来越大。

别墅名声不佳，许多人都觉得它大而无当，我父母只花了很少的钱就买下了房子。（先前的房主是个医生，有传言说他把房子里的部分地方改建成了流产诊所。屋子里原本还有坡道，装修的浴室都庞大无比，这使谣传有了些可信度。）房子就在街区的尽头，四周围了一圈高高的木栅栏，马路对面就是大海和各色色彩柔和的海滩俱乐部，每个俱乐部都装了声若洪钟的喇叭，提醒客人防止孩子走失、汽车不要乱停之类的事。

这天下午，珍和我们中最小的三个，带着一些装了杂货和各类熟食的纸板箱，先于家里其他人坐车去大西洋海滩，开车的司机叫杰米，他戴着金边眼镜，罩着红色假发。我觉得假发特有意思，就仔细地瞅着它有没有晃动的迹象，琢磨着杰米戴假发是出于虚荣心呢还是想要讨好他老婆。杰米每个早上都把我们六个送到学校，车上给我还有我那些堪称吃货的兄弟姐妹大讲特讲自己吃了些什么东西，每次收尾的都是一块馅饼和一大“玻璃北牛奶[1]”，他就是这么说的。我很喜欢听他发 s 音时拖长的那个声调（现在想来，很有可能是因为假牙的缘故吧），那调子显得很柔和。

把我们放下后，杰米再次返回市区，他要去市区接我父母和其他几个孩子，安息日结束前还要带他们回去。空气中仍透着股寒意，我们都不敢贸然下水，再说了，珍说不定也不允许我们下水。不管怎么说，她在厨房里忙得不可开交，要把各种装食物的纸箱打开，这时母亲碰巧打电话过来。我和母亲打电话的时候，珍最喜欢的排行老五的弟弟一把把我手中的话筒抢了过去。我一般都会算了，但这次我却不乐意了，又把话筒抢了回来。弟弟就打我，我也弱弱地回了手。他比我小两岁，却比我强壮，但我才不管呢。

我们在那儿扭打的时候，珍突然掺和了进来，就像老狼护崽一样冲着我撒气。把我从弟弟身上拉开后，她就把我拉到楼下楼梯右侧的客房浴室里。前房主在浴室里安装了镀金水龙头、烟灰色的玻璃，以及大理石水槽，在浴室墙上贴了漂亮的镀金印花

1 杰米发音不准，把 glass 说成了 glash。

纸；尽管这种暴发户口味的装饰全然不合我母亲的品位，但她搬入之前，只对其他地方做了重装，这间浴室却原封未动。到了浴室里，我想把她推开，她开始把我脑袋往墙上撞。我这人一般不爱反抗，就算反抗起来也虚弱得很，装装样子，但这把她气得七窍生烟，她更用力地把我的脑袋往墙上撞。我应该昏厥了过去，周五午后，这座平静的海滩小镇被尖厉的警笛声击碎，一辆救护车把我送往了附近的医院。

这次，我也仍然回想不起其中的疼痛和耻辱，就好像这事是发生在其他人身上一样，我只是隐隐约约觉得自己占据了这个人的身体，我倒是能记得这事发生时的环境，我的脸就在烟灰色的玻璃里上下浮动着，而珍则在重申着自己的权威。我记得最清楚的是我把注意力都集中到了浴室的各种细节上，仿佛所有的事情都取决于这些细节，尤其是两只小玻璃瓶身上浅浅地蚀刻着的金字，它们就放在水槽的两侧。前房主也把这两只瓶子留了下来，很有可能以前是用来装棉花球和棉签的，我可以想象得出这两只瓶子本来是可以过另外一种截然不同的、更为精致的生活的，可如今却空空荡荡地立在那儿。那些瓶子脆弱不堪，我觉得惊讶的是，我家搬进这栋房子后，它们竟然没有被打碎。

母亲那天近傍晚时分才到，我把这事和她汇报了一下。我记得当时我还很开心，觉得母亲应该会把珍炒鱿鱼，但内心里又存着怀疑，认为珍的倒行逆施对她来说绝不是什么新鲜事，她应该知道珍是什么样的人，能干出什么样的事来。确实，她们俩或许本是一丘之貉，珍只不过是在执行母亲的命令而已。我把撞头的事告诉母亲时，心里忐忑不安，她会不会觉得我是罪有应得？于是讲到一半的时候，我就哭了起来。我记得当时还想要么不哭，要么就号啕大哭，眼泪流得不够，便无法引发她的同情。

母亲听我讲这事儿的时候并未流露出明显的不安。尽管如此，她内心想必也能感受到在这次事件中我在捍卫自己时所做的努力——毕竟有太多的前例，最后都是不了了之了——因为她显然对珍说了些什么。那天之后，珍就不再对我颐指气使，展现自己的武力了；我也不再怕她，但仍旧时刻提防着。

后来有一段时间，我就没怎么在意珍，她就待在了育儿室后面那间老鼠洞似的屋子里，那儿实际上也就成了她的家。（高中放暑假时，我和我姐黛博拉第一次去欧洲旅行，其中一个行程就是去珍在埃因霍芬的家看看，埃因霍芬在荷兰的最南端，她母亲当时仍和两个上年纪的女儿住在那儿。母亲建议我们去那儿看看，我也很好奇，想了解一下珍的出身。我记得她家的房子又小又挤，让人很不舒服，她们的午餐也让人难以下咽，那些食物是特意准备的，以免违反犹太食品的禁忌，但不管怎么样还是难吃得要命。当时一瞬间，我对这个年少时折磨我的人产生了一丝歉意，心想正是这般局促的环境才造就了她这样的人。）

确切地说，珍在我出生成长的房子里待了近五十年，她接连住的两间屋子都是老鼠洞。后来甚至搬入了厨房后侧更小的保姆室里，她就在那间屋子里坐着，抽着烟，吃着干巴巴的芝士三明治，用她那招牌似的前倾的字体写些生日贺卡。她从来就没忘记过家里人的生日，这么多年来一次都没忘过，下一代的生日她也记得，孙辈大量涌现，最终达到了惊人的二十一人。我觉得她身上也有柔软之处，无论喜欢与否，正是她身上的这个柔软之处，比起她原生家庭的成员，我家里人对她而言想必更像家人。

2004 年 7 月炎热的一个夏日，珍住院没几天便去世了，享年八十八岁；去世前的她比原先憔悴多了，母亲让她干什么，她就一瘸一拐地去干什么，仍旧挺着身子享受着稀有的快乐。她葬礼那天，我哭了，她化了浓妆，显得庄严肃穆，躺在敞开的棺柩里，这一点和我所熟悉的正统的犹太教传统迥然相异，正统教义规定要用没有任何装饰的松木棺材，而且棺材得合上。葬礼是在麦迪逊街上的弗兰克·E. 坎贝尔殡仪馆侧边的一间小房里举办的，母亲付的钱，参加葬礼的人少得可怜。

我也不清楚自己究竟是为谁而哭，为何而哭，恼人的抽泣声就这么从我的身体里爆发了出来；我记得母亲看着我的眼神充满了狐疑。（大多数兄弟姐妹都列席了，但他们设法克制住了自己的情绪。）坎贝尔所在的地段环境优雅，我知道有钱人和名人常在此举办葬礼，或许正是这种雅致的氛围与珍贫寒的生活之间的差异才让我难受吧。或许，我的哭泣是与主持这场简短葬礼的常驻牧师所说的话有关。牧师说话的语气似圣诞老人那般轻柔，他不太靠谱地把珍比作《圣经》里的路得，大意是说珍是个极富胆量的人，她穿越大西洋前来照料我们，深爱着我们，视如己出。他那满怀希望的信仰与我心里所流露的那种深深的失落感形成了鲜明的对照，最重要的是，我内心中并无多少悲痛，只是觉得惶惑，珍老了，变得脆弱，而我也已跨入中年，本应建立起的亲密关系，如今却是一片虚空。

有时候，我觉得回首往事，事情并不如我记忆中那样显得如此悲凉、冰冷。而且，我也找不到任何证据表明事情会有所不同。所以你们都明白了，我究竟是如何造就的：我置身于大多数人的参照系之外，除了自己的语境之外，没有任何具有启发性的语境。珍的轮廓仍在等待着填充，若果真如此，她就能从纸上跳下来，使自己不再成为我头脑中那个稍纵即逝的不祥阴影。或许，事已至此，一切都已太晚。因为我环顾四周的时候，发现每一样东西都已离去，或没入往昔之中——我的童年、艾德·沙利文、印第安沃克鞋、珍本人——而我也只能与鬼魂共舞了。

12

就我所知，检测是否患有抑郁症最简便的方法就是等一年中那美丽的日子的初次来临，比起问一长串问题——睡了多长时间的觉，吃得少到什么程度，头脑中闪过自杀的念头有多频繁，这个方法要有效得多。对这种日子，多萝茜·帕克[1]是如此哀叹的："每年，春天重返，龌龊的小鸟愚蠢地声嘶力竭。"每逢这种象征性的日子，他们总是会吟诗作赋，照常漠然的世界总是会推推你，像个卖鞋的推销员一般坚持不懈，说：**来试试看呀，我倒是有几个法子可以使你微笑**。这种日子令人想起的是绿色的嫩芽，四溅而开的黄色光亮，满目所见，毫无秋日或冬日的迹象。初春或许会按期而来，或许也会出其不意地光临，但征兆却总是一成不变：太阳升起，天空澄澈，空气中洋溢着种种喜悦之气，突然间，

1　多萝茜·帕克（Dorothy Parker，1893—1967），美国诗人、作家。

大家都互相牵起了手。这样的一天就能使我意识到我自身的种种感受——困于家中四壁之间，抓着自己的皮肤想要遮羞，被致命想法死缠烂打而心烦意乱——皆非与生俱来的东西，也不是什么不可避免的东西。

抑郁症其中一个最令人难以忍受的方面就是它会无孔不入地潜入你的生活，不仅给你的现在，而且也给往昔和未来裹上了一块棺布，让你觉得避无可避。事实上你一旦患了严重的抑郁症，它那静悄悄的恐怖气息就永远不会彻底烟消云散。它就飘荡在幕布的后方，药物和意志力的作用只有管用的时候才能让它暂时消停，它等待着时机，又会缓缓地潜入进来。它就安坐于你双眼后方的空间之中，即便你的思绪此刻正着眼于其他不太沉重的事物，你也仍然能感受到它的存在。它拉扯着你的意识，绝对不会让你在当下过得轻松自在。

抑郁的时候，我很难或者说几乎不可能与现实保持关联，即便最为极端的抑郁症会随着时间而消散，或在药物、心理治疗，或两者的合力下退却，可之后也仍然如此。譬如，“人不会生来枯萎”，只有死亡才会如此，事实上，即便是从未有过自杀念头的幸运者也难逃一死。这是《春与秋》这首诗里的一句诗，作者是我最喜欢的诗人之一，19 世纪的耶稣会士杰拉德·曼利·霍普金斯[1]，他对自己充满了憎恨。我以为霍普金斯这人长得又白又胖，动

1　杰拉德·曼利·霍普金斯（Gerard Manley Hopkins，1844—1889），英国诗人，耶稣会士。

不动就会出汗，浑身散发着绝望。在《我的内心》这首十四行诗里，他写道：**我的内心使我充满怜悯，使 / 我成了哀伤的自我，来世祥和，/ 慈悲为怀**。其实，他身形纤细，质朴纯洁，但有一点我知道得很确切，那就是他和上帝一直在无休止地争执，后死于一个楼顶的房间里，詹姆斯·乔伊斯描写都柏林时曾提及都柏林大学，那栋楼就是这大学的一部分，现在已成了一家时髦的餐馆。

从当代视角看去，极有可能无法避免死抠这样的观点，即霍普金斯求得神意眷顾的哀求——他的“哭声犹如无法投递的邮件寄给 / 远离身畔的至亲之他”——其实是他的同性爱欲得到了升华。但我觉得更有意思也更令人动容的是，诗人在弗洛伊德之前对待自己无可置疑的抑郁天性的那种方式，这种天性导致他用自己的宗教使命感来干预自我及其深深的无能为力之感；因为缺乏信仰，他就责难自身所处的环境，而非自己的基因或自己的童年。

我醒来，感受着黑暗的来临，而非白昼。霍普金斯在另一首诗里这么写道。若一个抑郁症患者没有认出这种情感，也不熟悉一觉醒来，神游也将终结这种感受，那他是否也不知道醒来之后，他又会被拖入痛彻心扉的意识之中呢？总而言之，许多天来，我醒来之后只渴望着再次深深地钻入被窝底下，只想去好好地抱住那已然消逝的黑夜，毕竟终其一生这样的日子真的屈指可数。作为一个成年人，睁开眼睛，怀着微微的期望，这会是一种什么感受呢？这么多年来，我记得醒来后对眼前的白昼心怀包容的感受，还都是在我开始服用某些提神药物的日子里。

可是即便服用药物，也丝毫不见想要起床的欲望，更不用说什么兴高采烈了，甚至身处热带的度假酒店，清晨慵懒倦怠，等候着我的都是摆盘漂亮的早餐和啁啾的鸟鸣，也是无济于事。我向来喜欢躺在日光底下，沉浸于阳光之中，可即便是在这样的日子也不行。除了睡眠和某时的麻木意识之外，唯有晒出黝黑的皮肤才能令我抹去自我，忘却黑暗。从这方面来看，诸如诗人西尔维亚·普拉斯和安妮·塞克斯顿之类许多著名的抑郁症患者对古铜色肌肤满怀自豪，也就变得十分有意义了。1950 年夏，时时刻刻都在观察的普拉斯对一名年轻的男记者说，她十七岁的时候，皮肤晒得超黑，海滩上就有女人拦住她问她用了什么防晒油。不过，真正的狂热分子是塞克斯顿，她超爱阳光，即便服用了氯丙嗪（Thorazine），只能坐遮阳伞下，她也要去海滩度假酒店入住。

比如，我记得以前在波多黎各西端的吕康入住了一家雅致的酒店，浴室的水槽上放了一只碗，碗里漂浮着花瓣，填满我的日子的只有阳光和大海，还有一股熟稔的忧愁。我并不清楚我所忧愁的究竟是什么东西，但我觉得应该可以找到那些四散的原因。比如，我对自己的身体极不满意，老是会把自己身上的泳衣拉来拉去，还有只要和陪我前来的男士在一起，我就会觉得幽闭恐怖。但只要查得更深，总能找到理由；边缘闪耀着白光的云层里总归会藏着一块泄露内情的云朵。当然，关键还是别去查。

霍普金斯的《春与秋》附有题献，“献给幼儿”，这首诗思考的是对自我以及死亡的认识，这两者都是人类所独有的。这首诗的开篇是这样的："玛格丽特，你是否哀伤，/ 为那未曾离去的金色丛林？"霍普金斯喜欢为语言赋予一层自身独有的气息，强行将词语串联于一体（他对连字符情有独钟，如"斑纹般的-晨曦-画了出来"，以及"蓝色-阴冷"），只要觉得适合，就会将标点符号随意放置。我第一次读到这些诗行的时候，喜欢大声朗诵；哀伤的韵律令我有千言万语，悲从中来，仿佛我就是在替千百万无名的抑郁症患者代言。有时候，我会将自己的名字替换进去，就是为了看看效果如何，有种穿上别人衣服的感觉："达芙妮，你是否哀伤，/ 为那未曾离去的金色丛林？"

当阴郁将我压倒的时候，没人哪怕是走个形式，轻柔地问过我，就像这首诗那样**理解**我。他们一般随口一说，并不相信有这样的事情，比如，"不会这么糟糕"，或者更没心没肺，"得了，你得自己想办法振作起来"。我孩提时代情绪低落的时候，他们说的那些话都很粗鲁，即便是出于好意。我号啕大哭的时候，兄弟几个就会翻着白眼说"她又来了"。一开始本来只是哼哼唧唧，突然我就像发了疯，越哭越响，越哭越惨。有时候，我就在琢磨这样的黑暗为什么来得这么早，为什么会挥之不去停留这么长时间，我觉得正是因为这样，我才将自己看作玛格丽特，为所有人都会有这样的结局而备感哀伤，也正是如此，我才会持有这种悲哀的视角。事实上，无论什么事，我都会不分青红皂白地哀伤，从来没人去深究过这一点。"你老喜欢发疯。"母亲经常这么说我，一如既往地像德国人那样无动于衷。但这就是一种选择，霍普金斯应当会理解的，这点我敢保证。

我很羡慕霍普金斯的信仰，他一直在不厌其烦地与上帝协商沟通，我时常希望我自己的犹太出身能赋予我更坚实的宗教地基，我认为对上帝的信仰必须伴以非凡的意志力。不过，在这过程当中，出现了暂时性的替代品，我产生了世俗的信仰，那就是艺术，它能予我以支持和安慰。我觉得自己与霍普金斯所共享的，并不仅仅是沉溺于词语中的快乐，而且还坚信语言能转化个人的痛楚，使彼此惺惺相惜，因生存于世的悲哀而共同悲伤。

《春与秋》的结尾孤寂凄凉——“人生而困苦，/你要为玛格丽特哀悼”——我觉得这首诗其实是展现了某种清醒的认知，即所有的天堂均已迷失，生而为人也就是生来就会被逐出伊甸园。不能说这就和抑郁症有关，但肯定与患抑郁症的人有关，任何事物都与抑郁症有关。失去玛格丽特，诗歌中做了含蓄的表达，这让我觉得少了点儿孤单。尽管我发现未患抑郁症的人并不见得就会肤浅、不可信，他们都很自信，和早间新闻的播音员有的一比，但在我的内心深处，我仍然深信他们这是在逃避。对我们有些人而言，万物内里的悲哀起初只不过是涓涓细流，结果却血流不止，把所有的东西都玷污了。

然后，随着美丽的日子来临，这个问题又会重新扔到你的身上。

13

母亲是历史、世界性灾难的牺牲品，她的孩子里没有一个人有如此的体验，她内心里与之共鸣的某根弦，早就对几乎任何灾难都无感了。出于某些复杂的原因，为了与父亲的政治倾向保持一致，她没上巴勒斯坦的大学，而是于1938年回到欧洲，在如今属于乌克兰的切尔诺维茨上了女子师范学院，后来她又好不容易返回了巴勒斯坦。她的许多近亲都死在了集中营，其中就有祖母、两个舅舅和一个她很喜欢的守寡的姨妈，除了一个孩子之外，姨妈的四个孩子也都死了。

我很小的时候，就知道了大屠杀，但一直没理解其中的复杂性，只是有一些切身的感受，比如针对我自身的、我想要杀之而后快的那种敌意。我记得看过一个相册，里面是纳粹拍摄的用于存档的相片，相片上的犹太人胡子剃了，跪在地上用手擦洗马路。母亲和父亲在一次去欧洲时得到了这本相册，只是到了很久之后，我才心生疑窦，不理解母亲为何在我极易受影响的年纪就给我看那本相册，毕竟我还没法理解其中的意义。

在这方面，其他有些事情，我也同样没法理解，我大约十一二岁的时候，她偶尔会在我胳膊的内侧画上很小的纳粹曲十字。这就像是一项奇异的仪式，起先是一天晚上，我坐在楼上过道里她书桌的边上做作业，她什么话也没说，就画了起来，画得快，结束得也快。母亲画这些纳粹曲十字很有条理，画得也很干净利索，画了一个又一个，形成了一串形如雏菊的纳粹曲十字。我记得自己看着这些纳粹曲十字都惊呆了，心脏怦怦狂跳，但我又不敢多问她这么做究竟是什么意思。我敢确定，如果问她的话，她肯定会利用一番我儿提时代的恐惧感，讲些恶心人的笑话，她会这样说："哦，你不知道吗，我小时候和他们是一伙的，你难道不知道我就是个秘密的纳粹吗？"小时候，我不开心了，她就会让我想想集中营，两相比较，就没什么好不开心了。这种极端的策略用处并不大，反而会在我的内心中注入负疚感，我只要一不开心，就会产生这种内疚感。

那母亲是否也能感受到幸存者那种特定的幸免于难的负疚感呢？从某种难以言明的层面上来讲，她十六岁的时候显然也深受创伤，那年她不得不离开心爱的法兰克福——那儿有奇妙的动物园，有菲尔德山，以前她经常和家人一起去山上远足——也见证了纳粹的暴行。但从另一个层面上来看，她对这整件事似乎又冷静得诡异，甚而认同那些侵犯者。

这件事一直令我深受困扰，甚至在她给我看她写的一篇短篇小说之后，我的困惑更是与日俱增，那是系列小说中的一篇，是她 1949 年来纽约后写的，她当时参加了哥伦比亚大学一个很有名的写作班，老师是玛莎·弗利[1]。她对待英语写作的态度一直都很严肃（除了德语和希伯来语之外，这是她掌握的第三门语言），有个名叫约翰·夏夫纳的经纪人还认为她颇有天分，夏夫纳也是雷·布拉德伯里和克莱格·克莱本[2]的经纪人。我所提到的那篇小说名叫《成为他们中的一员》，讲述的是一名年轻的犹太女孩参加了纳粹的集会，被集会上的滔滔雄辩惊得目瞪口呆。小说很有力量，但又令人不安，其中又有那么一丝作者的影子，因为她确实参加过这样的集会，后于 1936 年随家人永远离开了法兰克福。

不过，其中一件令我印象最深的事，是她并没有落入圈套，而是对敌方的诱惑性大加苛责，这样做还是需要勇气的。这就是她，她不会像你所期望的那样，而是会采取不同的立场。作为一名母亲，她的喜怒无常确实会给人造成困扰，但她拥有极具颠覆性的想象力，比如感情充沛地揭发自己就是西方的邪恶女巫，这样一来，我也就不用费神费力地让她注意自己的恶劣之处了，而她的那种想象力却是我所钦佩的。但毋庸置疑的是，德国人的那

1　玛莎·弗利（Martha Foley，1897—1977），1931 年与丈夫一起创办了《故事》（*Story*）杂志，杂志因刊登了塞林格等小说家的作品而成名。

2　雷·布拉德伯里（Ray Bradbury，1920—2012），美国作家、剧作家；克莱格·克莱本（Craig Claiborne，1920—2000），美国餐厅评论家、美食记者、书评家。

种戏剧化的言行和病态的残忍也以某种别样的方式刺激着她。

而且我很早就意识到，尽管珍是个暴君，有自己的一套，但她对母亲是既怕又敬。这样，她从小就给我上了一课，让我了解了施虐和受虐之间的关联。母亲只是偶尔会脱离事不关己的态度，给予珍些许的赞赏，就因为这种赞赏少之又少，珍对此更是感激涕零。母亲的这场游戏令人心生忐忑：从许多方面看，珍就是她的“造物”，也是她的工具，那珍是否就是在以她之名施行严刑峻法呢？母亲不愿干涉自己家里实际存在的、邪恶的暴力，所以就假装不知情？

多年之后，母亲承认珍就是她犯下的一个“错误”，她的解释也显示出了她对我们的福祉漠不关心的态度，她说她确实是有意选择了一个我们无法与之确立亲密关系的人，这样我们就不会因珍而疏远她，就像她因海伦娜而疏远自己的母亲那样（海伦娜是个热心肠的女人，把她和四个兄弟姐妹全都拉扯大了）。我不知道她第一次见珍的时候究竟是怎么看她的，但她肯定是要确保自己受我们喜爱的特权，于是就挑选了一个毫无竞争力的看管者。但话又说回来，母亲到底是站在哪一边的？是我这边还是珍那边？是犹太人这一边还是纳粹那一边？她为什么对自己和他人身上的残忍，如金属般闪现的残忍如此着迷？尤其是，我究竟该怎么做才能使她爱上我？

14

或许母亲只会对智力上明显高人一等的人才会心怀敬佩吧，反正在所谓的性格形成期，照当下的说法，我上课从来就不能像“粘在椅子上”那样，用意第绪语尖酸刻薄的说法，就是**屁股坐功**不好。犹太人和亚洲人据说都特别擅长给孩子灌输这样的想法，要求孩子为追求长远的目标而坚持不懈地努力，不得满足当下及时行乐的欲求。通常这样就需要父母陪在孩子身边，提供指导，给予支持，而我和我的兄弟姐妹却不是这么回事。我上犹太走读学校时学习毫无计划，对自己不擅长的知识——数学、科学，以及《圣经》里谁对谁说了什么——一概不理，对自己喜欢的科目，如英语和历史却情有独钟。（我很喜欢《塔木德》那种环环相扣的推论过程，别看它说着说着就离题万里，可最终总会巧妙地回到主旨上来，高中放学后，我也一直跟着私教学习《塔木德》。）

尽管我可以对各种科目展现出浓厚的兴趣，但我仍然倾向于不要在某一件事上投以过多的精力，以免把握不住稍纵即逝、变幻多端的本质，无法使自己成为更完整的自我。我实在无法理解有的人年复一年地钻研法律和医学，孜孜以求，怎么就不会厌倦失望呢？那倒不是说我不具备这种韧性，我读书也能一连读上好几个小时，写作的时候我也根本注意不到时间的流逝，没有这样的持久力，什么大事都做不成，但我的韧性也是时断时续的，而且要看心情而定。我把这归结为我内心的黑暗，我无法预见明天会怎么样，可我也得承认自己的意志力不够，自制力不强，反正随便你怎么说都行。显然，这一切都可追溯到西里尔·康诺利[1]1938年的那本书《希望之敌》(*Enemies of Promise*)，书中讲述的是一个未能成功的天才，我二十来岁的时候对这本书如痴如狂，发现我也处于这种两难的境地之中，未能成功挖掘自己的潜力。“在我记录下来的那些事实中，我就是因为懒惰才无法……”

不过，从孩提时代起，我对读书就来者不拒，我急于想逃离周围的环境，如今回首往昔，发现在大西洋海滩上度过的夏日里，我一直都沉浸在书本之中。当其他同龄女孩还在海滩上闲逛，和可爱的救生员打情骂俏的时候，我却只愿躺在花园里一把边上已破碎耷拉着的折叠躺椅（母亲一直懒得换掉这把椅子）上，沉溺于阅读当中。

我的精神食粮有现代派小说（克里斯蒂娜·斯泰德、伊丽莎

1 西里尔·弗农·康诺利（Cyril Vernon Connolly，1903—1974），英国文学评论家、作家。

白·鲍恩、亨利·格林[1]），有大部头的传记（利顿·斯特雷奇、戴安娜·阿勃斯、艾迪·塞吉维克[2]），还有许多写得很好看的回忆录。如弗吉尼亚·伍尔夫的侄女安吉拉·加内特写的《善意的欺骗》（*Deceived with Kindness*），这本书对布鲁姆斯伯里的描述别有一番洞天；如像小猫咪一样妩媚的英国作家芭芭拉·斯凯尔顿写的《哭完再入睡》（*Tears Before Bedtime*），我很喜欢这个书名，她先后与西里尔·康诺利、出版商乔治·怀登菲尔德结为夫妻，她的众多情人中最有名者当属法鲁克国王。我仍然能记得发现亨利·詹姆斯时的那种惊异之感，他将人物内心意识的曲曲折折的活动织入了精巧有序的情节之中。套用詹姆斯那个有名的表述法，当时我自己的生活也处于"枪打而不响"的境地，我将自己代入了伊莎贝尔·阿切尔的生活，也和她一样站在了灿烂辉煌的未来边缘，却又一失足而成千古恨——她为一个错误的男人意乱情迷，而我，一个姑娘，为内心所误而万劫不复。

而且，我的性别身份几乎从一开始起便左右冲突。我在十岁的时候就知道了"女同性恋"这个词，所以很早就担心自己是这样的人，因为我一直都很想睡在母亲身边父亲的床位上，而且我也有一种感觉，觉得像父亲这样的男人是一个完全封闭的领域。

1　克里斯蒂娜·斯泰德（Christina Stead，1902—1983），澳大利亚女小说家；伊丽莎白·鲍恩（Elizabeth Bowen，1899—1973），爱尔兰女小说家；亨利·格林（Henry Green，1905—1973），英国小说家。

2　利顿·斯特雷奇（Lytton Strachey，1880—1932），英国作家与评论家；艾迪·塞吉维克（Edie Sedgwick，1943—1971），美国女演员，时尚模特。

更有甚者，我一直都很恐惧，恐惧自己“女人味”不够（其实是指自己不够完美），虽然所有的证据都指向了反面。没错，我很晚才来月经（差不多要到十六岁时才有），之前一直很怀疑自己到底会不会来月经，但一旦来了以后，我的体形便突飞猛进地发育起来，硕大的乳房在窄窄的臀部的映衬下也就更加地显眼了。

不管乳房是不是大，一些细节也起了变化：肚脐周围长了几撮毛，桀骜不驯的眉毛往中间长，都连到了一起，这些情况足以使我认为从遗传学角度来看，我算不上真正的女人。我生怕自己身上毛发太多，吸引力锐减，便只能硬着头皮去找电蚀医师杰娃夫人帮我做眉毛，杰娃夫人的诊所就在列克星敦大道上，房间很小，极其闷热，做完后，我的眉毛之间留下了一道很宽的空档。

情况就是这样，几十年前，性别问题和酷儿理论远未流行蔓延，成为文化的一部分，所以我只能在无趣的诊所里耗费一个又一个小时，和治疗师再三争论自己应该是个男人。我觉得母亲对女性方面的事情没什么兴趣，她自己也没这方面的素养，所以有这样的母亲，对我当然于事无补；我和姐姐们到了喜欢对彼此评头论足的年纪时，我们却从来不会去讨论穿什么衣服，留什么发型，化什么妆，当然也不会去讨论无法吸引异性的种种苦恼。况且，这些话题对姐姐们来说似乎毫无重要性，这点我与她们不同，部分是因为她们上的是犹太女中，而我则上的是男女同校的犹太走读学校，她们到了八年级后就不再上走读学校。能吸引男孩子对我来说至关重要，这样可以克服我的自卑感，虽然我并不能确定自己是否是个真正的女儿身。仿佛是为了弥补自己不受关注的事实，家里倒是不缺与女性有关的东西，于是我就拼命阅读《十七岁》（*Seventeen*）和《魅力》（*Glamour*）这两本杂志，记下要去买的那些护肤品和美妆品的名称，开始收藏越来越多的唇膏（和母亲斯巴达式的节俭做法背道而驰，她只用一两款）和眼影，根本用都用不完，而这也成了我一辈子的爱好。

母亲明显的男性气概让许多事情变得更令人困惑。她完全不是娇媚或柔软的性格，没错，她根本就没有传统的女性特质。她相貌硬朗，可名之为“帅气”，而非“漂亮”，她穿某些衣服的时候，这个方面的特点就更为明显，特别是她穿上很喜欢穿的黑色皮风衣时，看上去就像盖世太保。（我大姐看过的一个享有盛誉的心理医生曾说我母亲是个“崇拜阳物”的女性，这个描述说得绝不含糊，不容置疑。）

还有另外一种心理基质也使我认为自己女人味不足，我内心里坚信自己并不具备足够的少女特质。首先，听到男孩子讲的并不好笑的笑话，我从来不会发笑，而其他女孩一般都会哧哧地笑，以博男孩的好感。其次，我觉得作为一个女孩子，我太具有批评精神，我的思维直来直去，一针见血，不圆滑，不妥协，我认为那样才对。我发觉在思考某件事情的时候，应该深入探查才对，而不能一味大度地接受他人并不令人满意的说法。我甚至认为自己就是个阴阳人，天生就具有两套性器官。谁说我的阴道里就不能藏着一个闪闪发光、有待开发的小小阴茎呢？我必须承认，自己在智力领域天生就像男人那样争强好胜，这未曾须臾离开过我。

•

当我回想起那些年时，我都会想起安息日那天受教义所迫只能无所事事，想起之后的周日下午那种倦极无聊。那天，我和姐姐们一般都会去东六十街上的好运精品店逛逛，那里同时还是咖啡馆，看过电影后，我们都喜欢在那喝点热巧克力茶，享用一番真正的掼奶油。但我得补充一下，每次出去玩都是听上去不错，但实际情况却非如此。首先，我和两个姐姐相处得并不怎么好，至少我和她们中的任何一个相处得都不太妙，我们看电影的次数远远少于我的期望，母亲有个毫不动摇的信念，除了书本，任何东西都是越少越好。其次，当我回首那些周日下午时，有种极其强烈的孤独感。仿佛这种孤独感裹覆着我身上的骨骼，仿佛我能触摸到它，感受到它，可它却难以捉摸，好似影子一般，无论我怎么追踪，它一直都在来来回回地移动着。

我所说的那些年是指我十几二十来岁的时候，当时好运精品店四周的街区还不像七八十年代后期那样热闹。要再过个十年，这家店才会拥有多元的气息，店堂前方销售潮品，后方和楼上卖复古却又别致的简餐（辣椒、一尺长的热狗、大块大块的甜点），才会将货真价实的纽约客吸引过来，使这儿拥有越来越好的名声。

在我和姐姐们以前常去的那段时期，来好运精品店的大多是上东区的当地人和少量有品位的外国人，他们大多下榻的是广场以及附近的酒店。马路正对面的布卢明代尔百货公司，那时候还没营业，还没出现那么多一到周日就来购物的人。所以，可以说那地方的人流相对较少。

当然，我说的那些话也完全有可能没一句是真实的；我之所以辛辛苦苦地观察这种隐秘的社会变迁，也许就是为了说服自己我的回忆是具有客观真实性的，而那些陈述不仅很有问题，而且还不得要领。我头脑中存在着的那种真实的影像事实上已无法得到验证，好运精品店所在的第三大道和第二大道之间的第六十街弥漫着爱德华·霍普[1]笔下永恒的孤寂感。二月某个灰蒙蒙的周日午后，一到四点半或五点钟，马路上总归是空空荡荡的。那么话又说回来了，这种掺杂了感受的回忆是否只是我自身状况的投射，是我自己感受到了灰蒙蒙，感受到了荒凉，我内心的萧瑟是否如催泪瓦斯一般弥漫于四周？

我生日的时候，母亲在好运精品店给我买了一个弗吉尼亚·伍尔夫玩偶。一天早上，她一如往常慵懒地用早餐，看《纽约时报》，在上面她看到了这个玩偶。玩偶是用布料做的，不是塑料，很有艺术感，更像工艺品，而非玩具。玩偶身上套了件栗色的针织羊毛衫，内穿灰色的羊毛裙，羊毛衫的口袋内侧绣了几个

1　爱德华·霍普（Edward Hopper，1882—1967），美国画家。

漂亮的小字，笔迹潦草，原汁原味，产地是霍格斯出版社。我把这件礼物视为一种认可，甚至是一种肯定，肯定我对这位作家的痴迷。不过，考虑到我对自杀充满了奇思异想，我内心里又不免会觉得这礼物是否也暗示了母亲变态的幽默感。她是否认为我也会有似弗吉尼亚一样的结局？我有时候会把那些字从玩偶的口袋里翻出来，往里塞一两块石子儿，看看她是否会沉到水底，这么做是为了使她免于伤害。

•

与此同时，在使人想入非非的街区和戴白手套的门童背后，事情正在分崩离析。首先，我们谁都无法离开，无法离家出走，谁都没有迈开这一步。时间会表明，身上留下伤痕的并不仅仅是我一个人；我们全都浑身遍布疮痍，有的比其他人更像马蜂窝，所以根本无法轻松过渡至外部的世界。我们全都与母亲黏在了一起，好似浑身都粘了胶水，没了她，我们便都无法昂首挺胸；似乎离开她，我们就会寸步难行。我只不过是煤矿里的金丝雀，时时发出警告。我就眼看着三个哥哥和姐姐一个接一个相继离开，高中毕业后在以色列强制培训了一年，结果又是相继处于某种高度压抑的状态之下，需要进行医治或进行精神病治疗。

一个姐姐在以色列的大学里上学，中途回国，回家后完全不离母亲左右，除了去看精神病医生。另一个姐姐在以色列的那一年似乎将她彻底掏空，仿佛她体内的生命体液全都被抽干了，所以也开始经常去治疗。我能看得出离家危机重重，尤其是因为我们这么多人都成了这副德行。事情往往是这样，你离开时没人注意，也没人关心，但你一旦腾出地方，别人就会占据你的位子。

可是，又该怎么去解释下面这件事呢：我哥伊兹拉在以色列出了很严重的车祸（坐他边上的男孩死了），父母都觉得没必要连续花几周的时间去看望他，更别提几个月了。他和我上的是同一所犹太走读学校，高中毕业后，我哥抗议无效，无奈去了耶路撒冷的神学院，而非哥伦比亚大学，因为母亲认为他太怯懦，对宗教仪式不够尊崇。车祸发生的那天他刚到，他坐的那辆出租车和对面驶来的卡车相撞。无论是我的母亲还是父亲都没有急着去赶下一班飞机，尽管我哥昏迷不醒，需要做植皮手术，身上需要在很长一段时间连着各种机器，还要经历五次手术。以色列并不是一个遥不可及的极具异国情调的地方，而是父母定期会前往的国度，他们彼此也都有近亲在那儿生活。亲戚们倒全都去照顾了，父母反而没有去，他们只是从各个亲戚打来的电话里听听消息。

我旁观着这件事，对我哥，对自己感到恐惧。我父母怎么就不能马上冲到他的身边去呢？哪怕去一个人也行啊？孩子受伤，只要是呵护子女的正常父母不都应该这样吗？我哥是个左撇子，左臂烧伤很严重，再也没法用左手写字了。母亲没去见他，反倒决定向他展示一番有志者事竟成的道理：她用左手给他写了一封信，虽然她是个右撇子。她指出，如果她都能做到，那他肯定也能做到。

我旁观着，实在是想不明白：这仅仅是冷漠吗？是日耳曼人所谓的严厉的爱吗？我觉得我想表达的是这其中肯定有某种难以名状的极其可怕的东西存在。我不记得车祸之后是否曾和兄弟姐妹们讨论过这件事，这主要是因为母亲挑拨离间的工作做得极其到位，我们只能对她忠心耿耿，而不能彼此友爱。我想若要更安全，既不能远走高飞，又不能离家人更近，这样父母才会记得我的存在。

说起这个方面，我还记得当时听到姐姐黛博拉结婚的决定时惊得目瞪口呆的情形，她还这么年轻，只有二十一岁啊。那个男孩哈佛大学法学院即将毕业，给她写了一封长信，是用僵硬的印刷体写就的。（我分析过他的笔迹，想看看男孩是否有异常之处，我对笔相学的那么点兴趣传承自母亲。）她的婚礼是在皮埃尔酒店举办的，婚礼上她穿了件普通得不能再普通的礼服，这件白色的长裙无丝毫的修饰，简单至极，就像一件睡衣。

起先，我觉得总能在中间找到一些罗曼蒂克的情愫，但我什么都没发现，羞答答的一见钟情的模样才能解释我姐走出如此一大步的动因。她极少提及自己未来的丈夫，就我所见，他俩之间最亲密的举动就是手牵手。但令我最觉困惑的是她竟然能依赖其他人，竟然能和其他人组建一个家庭，而不是和母亲。黛博拉之所以让我震惊，是因为她不像我是个刺头；我至少还摆出了战斗的架势，用来抵消母亲过度的影响力，我染金发，说脏话，还说自己是女同。可是我姐就像个泥人儿，任凭母亲在上面压印盖戳，随母亲怎么揉捏。我实在没法想明白这个一向小心翼翼的人竟然会振作精神，鼓足勇气，挑了一个伴儿。面对着满怀期待的观众，父母一边一个陪着她郑重其事地沿着通道走向鲜花盛开的彩棚。她当然也像我一样，内心里装满了这种诋毁人的评论（**你没那么重要；你这人很没用，只能倒霉；别和我较劲儿**），也遭受了自尊心持续遭到蚕食的痛苦。

结果发现，我姐婚后比婚前与母亲的关系反而更近了，任何事都得让母亲来一锤定音，组建家庭啦，室内装修啦，买什么样的餐具啦，一概都是。每逢周五下午，厨子伊娃就会做好全套的安息日晚餐，装在分门别类的坛坛罐罐里，给我姐和姐夫送过去，他们住在西区的公寓里，这样就能让他们星期五晚上也能享用到和我们家一般无二的晚餐。从别人家的角度来看，这种做法似乎有些过度干预，不过也看得出是对小两口的关心。但从母亲的角度来看，这是要在我姐身上留下烙印，表明和母亲强大的自我相比，我姐只不过有那么点形似，所以也就根本没法做好自己分内的家务活。

15

我对未来一向看得朦朦胧胧，我唯一敢确定的就是自己对文学的热爱。从十岁起，我就一直在写诗读诗，只要有人愿意听，我就会给他们朗诵约翰·梅斯菲尔德的《海之狂热》、罗伯特·弗罗斯特[1]的《未走的路》。诗歌既能表达我对语言的爱，又能表达语言无法直接体现的那种感受。在巴纳德学院上学的时候，我就出版了自己的诗集，大四时还得了全校一年一度的诗歌奖。不过，当哥伦比亚大学艺术硕士项目的写作专业将我录取的时候，我花了一整天时间终于想明白那条路并不适合我。

于是我就进了哥伦比亚大学的英语研究生院（当时，我同时申请了两个项目），我在那儿迷上了塞缪尔·约翰逊、斯雷尔夫

1　约翰·梅斯菲尔德（John Masefield，1878—1967），英国诗人与作家；罗伯特·弗罗斯特（Robert Frost，1874—1963），美国诗人。

人、詹姆斯·鲍斯韦尔[1]，对19世纪的随笔作家心醉神迷，但写作考试之后我就退学了，不过，这时我已经完成了硕士论文。论文研究的是托马斯·哈代的诗歌对菲利普·拉金诗歌写作的影响。当时，拉金的诗歌还不太为人所知，我上大一的时候，从罗森塔尔编的《现代诗歌选集》里读到他的诗之后，就对他情有独钟，他暴躁的风格和出其不意的跳跃感，总能令我共鸣。其中，有首诗叫《欺骗》，讲的是一个女人遭到强奸之后留下的阴影，我读了之后立马就被他创造的出人意料的鲜活影像所折服。诗的开篇是这样的："一整天不慌不忙的日子 / 你思绪开阔，好似放刀的抽屉……"（拉金很崇拜玛格丽特·撒切尔，他们相遇的时候，拉金就给撒切尔夫人出了个难题，问她是否背得出他的诗，撒切尔夫人就背了这句诗。）为了写这篇论文，我耗费了大量精力，笔记本上记满了从学术著作上摘录下来的文字和我自己的所思所想，但最终我却怎么都下不了决心将这些资料整合到一起。

我内心里是个很喜欢学术研究的人，喜欢细细地阅读各种文本，喜欢在脚注里抽丝剥茧，寻找线索。可我实在想象不出自己有同时做两件事的能力，既勤奋刻苦地研究，又能对男人有吸引力。我只能两者选一，要么这样，要么那样，所以我成不了西尔维亚·普拉斯那样类型丰富的人，金发，长腿，又有才情。男人

1　塞缪尔·约翰逊（Samuel Johnson，1709—1784），英国作家；斯雷尔夫人（Hester Lynch Thrale，1741—1821），英国日记作家；詹姆斯·鲍斯韦尔（James Boswell，1740—1795），苏格兰传记作家、日记作家。

不喜欢和戴眼镜的女人调情这个公理放之四海而皆准（确实，母亲也很讨厌我们姐妹戴眼镜），但我的准备要更充分。结果，我离开研究生院就是为了摆脱自己只是个普通人的形象，否则就会跟夏洛特·勃朗特和乔治·艾略特一般，犹如琥珀里的飞蛾，成了老古董。这个形象与我的肉身现状虽无相似之处，却将我折磨得厉害，使我夜不能寐，左右为难，不知自己将会变成怎样的人。

起先，吸引我的就是写些短小的文章，片段式的评论可以做到这一点。从为《巴纳德公报》（*Barnard Bulletin*）和《哥伦比亚每日观察员报》（*Columbia Daily Spectator*）撰写书评和影评，到为《新共和》及《纽约时报书评》（*The New York Times Book Review*）撰写一些更为专业的出版物评论，是自然而然的事。首先，这些任务不需要我耗费很大精力去应付。但更重要的，或许是写这样的文章并不需要强韧的意志力，这与大型项目的要求是不同的。

不过，在这个范围之内，我还是相当勤奋的。我预订了《出版人周刊》（*Publishers Weekly*），不厌其烦地给编辑写信，毛遂自荐，说对于这本或那本即将面世的书，我就是完美的书评人选。我早先在《评论》（*Commentary*）杂志有过经验，巴纳德学院一毕业，我就在杂志上刊登过几篇书评，但后来在评论《寻找顾巴先生》（*Looking for Mr. Goodbar*）这部电影时，由于对60年代之后的文化并没有表现得大惊小怪，所以以失败收场，这样一来我就比较警惕，不再让自己采取某个特定的政治立场。还有，我给《国民》（*The Nation*）杂志写的书评也是一败涂地，我在文章里对地下气象组织[1]里的某个成员的心理状况提出了自己的看法，但我的观点与出版物的主旨正好相左，所以那次经验，再加上这次的失败，更加深了我的看法，即无论是右派还是左派，我都不想去当他们的代言人。除此之外，任何事物，我都愿意评论，如新的小说、自传、文学研究，而且只要对方的论据有说服力，我也保持开放的心态，愿意接受他们的观点。我还在《小姐》（*Mademoiselle*）和《文汇》（*Encounter*）发表短篇小说，《文汇》杂志最早是由中情局资助的英国杂志。但就在我一步一个脚印地向前行进，拼命发表文章并和编辑建立友谊时，我内心里的一部分却仍然沉浸在往昔的岁月里，还是那个八岁的小女孩，一直守在医院的电梯边，以防母亲找不到我。

刚过二十岁，我为《新领袖》（*New Leader*）杂志每月写两篇书评专栏，杂志要求我跋涉书海，给每本书写篇言之有物的评估文章，字数两千五百，稿酬50美元。这份工作似乎既繁重又吃力不讨好，因为读这本杂志的人我一个都不认识，觉得还不如来个瓶中信比较好。但我对怎么写专栏倒是很上心，尤其是写到一半时，结尾也就历历在目了，而且我也喜欢去他们的办公室翻看刊登我文章的那期杂志。编辑迈克·柯拉奇是个粗枝大叶的人，不喜欢哄着作者，但他对我的文章倒是投入了某种程度的关注，这

1 地下气象组织（Weather Underground Organization，简称WUO），美国极左翼军事组织，1969年创建于密歇根大学，主旨是推翻美国政府，1977年寿终正寝。

让人有些受宠若惊。

我的文章和小说吸引了文学经纪人哈列特·怀瑟曼的注意，她是一小批名作家，如雷诺兹·普莱斯、爱丽丝·麦克德莫特、索尔·贝娄[1]的经纪人，现在她也愿意把我当作客户。当时我还半心半意地在哥伦比亚大学挂着名，和两个室友住在106街的铁路公寓里，八月炎热的一天，哈列特邀我陪她周末去贝娄在佛蒙特的避暑别墅里坐坐。虽然我不像马丁·艾米斯和克里斯托弗·希金斯[2]那样是贝娄的死忠粉，但我很喜欢《赫索格》那本书和书信体中倾泻而出的情感，所以有人叫我去，我还是挺开心的。

贝娄一个人在家，他的第四任妻子是个数学家，当时正在黑森林，我觉得自己有点像《国王与我》[3]里的泰婷一样被带到国王面前，就是为了可以使他左顾右盼。哈列特无微不至地照顾着她至关重要的客户，她坐在贝娄的身前，手上捧了本摊开的精装本《银碟》（*The Silver Dish*）请他签名，这篇短篇小说之前刊登在《纽约客》上，现在出了限量版。贝娄对我也展现了他的巨大魅力，他甚至和我分享了金枪鱼的秘密配方——加大量番茄酱，他

1 雷诺兹·普莱斯（Reynolds Price，1933—2011），美国诗人、小说家、剧作家；爱丽丝·麦克德莫特（Alice McDermott，1953— ），美国作家；索尔·贝娄（Saul Bellow，1915—2005），美国作家，1976年诺贝尔文学奖获得者，下文提及的《赫索格》是他的一部小说。

2 马丁·艾米斯（Martin Amis，1949— ），英国小说家；克里斯托弗·希金斯（Christopher Hitchens，1949—2011），美国作家。

3 《国王与我》（*The King and I*），1956年的美国音乐剧。

还拿出他最喜欢的唱片给我听，让我受了一番文化熏陶。但我发觉我还是挺抗拒他的奉承的，所以我就隔三岔五地逃离这栋房子予人心理上的滞闷感，独自长时间散着步。

周末结束时，贝娄似乎颇觉困扰，甚至可以说是受了伤，我也觉得不管怎么样，我没有做好自己的那份工作。即将离开时，我们站在他的花园里，他突然转身对我说：“对男性还是要温和点。”我亲了亲他的脸颊，以示道别，就坐上了哈列特租来的车子，一上了车我就哭了起来。尽管贝娄的男性意识有些过度，但我突然觉得他其实也很脆弱。对他想要获得关心的期望，我竟铁甲护身，以惊恐回应，这着实让我觉得悲凉。

那段时期，我参加了戴安娜·特里林在玛莎葡萄园举办的晚宴，戴安娜是评论家和教师莱昂纳尔·特里林的遗孀，她是个很可怕的评论家。戴安娜那时候七十来岁，精力充沛，厨艺绝佳，她甲状腺功能亢进，眼睛稍微有些鼓凸，习惯于对人对事评头论足，容不得半点异议。20世纪40年代，她为《国民》杂志写小说评论，文字直言不讳，她说索尔·贝娄“有才华，很聪明”，但他的《晃来晃去的人》“并非我所中意的那种小说”，她对弗拉基米尔·纳博科夫的《庶出的标志》的评价是：“我数过……也就四个时刻还算写得成功。”戴安娜一直在为非主流文化写随笔，后来汇成文集《我们必须前进，亲爱的》（*We Must March My Darlings*）。不过，背后捅刀子、自我感觉良好的人总归不会缺，比如纽约的那些知识分子就是，如玛丽·麦卡锡和汉娜·阿伦特[1]，她们对她想要在文化上有所建树的努力秉持怀疑的态度，认为她思维能力有限，做菜比写作更拿手。

随着后来对她的了解，我发现在她那阳春白雪的姿态之下，还有着对生活不尽如人意的地方由衷地赞赏，比如节食、电影明星、家长里短；她的这一面可以从她1981年的那本书《哈里斯小姐》（*Mrs.Harris*）中得窥一斑，这本书讲述的是琼·哈里斯谋杀一案的审判过程，身为校长的琼亲手谋杀了无情无义的恋人赫尔曼·塔诺尔，塔诺尔有个外号，叫作“斯卡斯代尔的减肥医生”。戴安娜和我最终形成了既亲密又复杂的友谊，她也成了导师一类的角色，这么多年来，我们一起过感恩节，半夜无眠长谈，但第一次见她，我却觉得她这人令人生畏，什么事都得插上一脚。

1979年夏日，那时我也就二十五岁，苗条，黝黑，留着珍·茜宝[2]式样的迷人发型，满脑子的罗兰·巴特和晦涩难懂的电影理论。当时，我和朋友利昂·韦泽蒂耶住在酒庄里，历史学家丹尼尔·贝尔和他妻子珀尔是酒庄的主人，不过，我很小心，尽量不使旁观者觉得我和利昂在谈恋爱，我们确实也不是恋人，所以我就坚持给自己单独要了一个房间。我记得戴安娜对我们的这

1　玛丽·麦卡锡（Mary McCarthy，1912—1989），美国作家、评论家；汉娜·阿伦特（Hannah Arendt，1906—1975），美籍德裔哲学家、政治理论家。

2　珍·茜宝（Jean Seberg，1938—1979），美国女演员，大半辈子都住在法国，有着一头迷人的短发，曾出演戈达尔的《精疲力尽》等电影。

个安排特别不理解，她用略带英式口音的动听的嗓音表达了困惑和沮丧之情，认为我和利昂的关系竟然没有包含性。

我在戴安娜的晚宴上见到了威廉·菲利普斯，他是《党派评论》(*Partisan Review*)的联席主编，如今这本刊物的名字激起的回响愈来愈弱，但在20世纪中叶，它在文化界地位尊崇。菲利普斯说话言简意赅，头脑精明，我觉得他起先肯定觉得我这人充满了潜力，毕竟我开始以写作闻名，且人又年轻。我本想在《党派评论》上发表一些诗歌和几篇随笔，但过了一会儿，我只同意写一篇文章，因为我还要再写几篇小说，有可能是现实主义，有可能是极简主义，也有可能什么都不是，所以没多大兴趣再写其他东西。没错，这次我还是不清楚究竟是什么样的人在读这本杂志，而且稿酬也是少得可怜。但真正让我裹足不前的是一种让我困苦不堪的隐秘的感觉，即无论我做什么，都是在做无用功，就像婴儿费尽九牛二虎之力，终于在围栏里站了起来，结果却无人喝彩一般。菲利普斯对此一无所知，但他也有自己的理解："你就是撒出去的尘埃。"他就是这么说的。他说这话的时候很温柔，我觉得他从来就没对我本身的能力丧失信心，但这句话却似丧钟一般回荡着。

16

2012 年初冬，我赴了一场晚宴，抗抑郁药这个话题出现在了晚宴上，几个月前推出的抗抑郁药遭到了一篇文章的严厉批评，宴会上的几个人也都赞赏着引用起该文的观点。这篇发起攻击的文章刊登在《纽约书评》(*The New York Review of Books*)上，共分两部分，作者是《新英格兰医学杂志》(*New England Journal of Medicine*)的前任主编玛西娅·安吉尔。文章提出的证据也并不新鲜，是基于 20 世纪八九十年代制药公司为寻求美国食品和药品管理局对新药的核发，而由管理局对所提交的药物所做的临床试验，文章据此认为抗抑郁药的有效性仅比安慰剂高 25%。

我听着他们的谈话，总有一种难以言明的代入感，抑郁症还在遭到苛责，仿佛过了这么多年，它的那些所谓症状仍然是个骗局，抑郁症患者只不过是想夸大其词，从而逃避每个人均需忍受的责任，所以这一小部分沉溺于自我的人就选择把这种症状说得苦大仇深。难怪大家都守口如瓶，尤其是在某些领域有点名气的人更是如此，如时尚设计师亚历山大·麦昆[1]，他们生怕一旦说出自己同这种可疑的病痛缠斗不休，就会蒙受某种损失，虽然《百忧解之国》[2]这本书并不这么看。我经常在想抑郁症无法嵌合进某个容易辨识的范畴里，是否是抑郁症本身的错，所以它才会一直有这个污名。我总是觉得很惊讶，就是人群里总归会有这么一批死硬分子，要么认为抑郁症是一种真正的疾病，要么认为这绝不可能是一种真正的疾病，要么赞成药物治疗，要么坚决反对。其中有个客人胆怯地说了自己正在服用帕罗西汀（Paxil），但我没吱声，不愿在这个特殊的场合加入这场混战。

尽管我服用抗抑郁药已有三十五年，但我会继续捍卫它们，好像我是一个科学版的赶时髦者。我认为我服用的那么多各种颜色的药片还是有用的，有淡粉红色与灰褐色的药，有杏黄色与玛瑙红色的药，也有少许淡蓝色的药片，那是一种将血清素和多巴胺调整剂［郁复伸（Effexor）和威博隽（Welbutrin）］以及小剂量的安定药［安律凡（Abilify）］进行精密合成的药，这种药也对神经受体有作用，另外还有一些兴奋剂［二甲磺酸赖右苯丙胺（Vyvanse）、右旋苯丙胺（Dexedrine）］，可以将多巴胺释放至大

1　亚历山大·麦昆（Alexander McQueen，1969—2010），英国著名设计师，有“坏孩子”之称，被认为是“英国的时尚教父”。2010 年 2 月 11 日，在家中自缢身亡。

2 《百忧解之国》（*Prozac Nation*）出版于 1994 年，是作者伊丽莎白·沃泽尔（Elizabeth Wurtzel）的回忆录，讲述作者罹患非典型抑郁症的经历。

脑，让我的情绪朝着正确的方向行进。即便我如实地服用了这些药，仍然会忍不住想：我这是在治疗凄惨的童年，还是在治疗无规律可循的化学作用？如果药物可以帮助我继续生活，引领我远离小时候就萦绕于心的自杀念头，原因真的就那么重要吗？

而且，有许多因素会导致抑郁症，对此进行化学治疗容易遭到诟病，而精神分裂症却不会这样。许多人认为抑郁症与普通的悲伤或不开心是一脉相承的，我采访过的一个女演员曾对我说："每个人都有那么一点抑郁。"流行的看法是抑郁症并不能被视为一种真正的病理。因为抑郁症虽然不会出现看到绿色的火星人或听见机器人下命令这样的病症，但它更易于伪装，其他人很难侦测到它。除此之外，并非所有严重抑郁的人都具有抑郁体质，他们不会走在路上的时候拖着步子，露出一副可怜巴巴相，也不会流露出痛苦万分的神情。我会想尽办法让自己展现魅力与智慧，不让抑郁露出苗头，所以不管什么时候，即便是我的密友也很难看得出我的情绪有多低落。有时候出去吃晚餐之前一个小时，我就会很紧张，像是得了紧张型精神分裂症，因痛苦而无法自拔，但我仍然会想方设法充满兴致地和大家聊天一直到结束。只有回到家，我才会再一次深深地陷入自己的思绪，沉沦下去。也就是在沉沦的时候，我才记得自己为什么一开始就要服用抗抑郁药，这种药应该能使我免于触底，在我的脚下塞入一块地板，我虽然是在往很深的地方沉沦，可沉沦的势头确实得到了阻遏。

下面要说的一件私事虽千真万确，却有些另类：尽管我成年以来一直都在服用抗抑郁药，但我始终不太相信自己脑子里的化学成分出了什么大毛病。（我一直不太相信抑郁症本身就是种“疾病”，不过后来我还是有点信了。）我这么说是因为我并不相信所有的事情都能归结到遗传学上面，我们的性格中仅有 50% 可以追溯到自己的传承，从早期的体验来看，我坚信自己长期抑郁很大程度上得归因于孩提时期所受的情感上的创伤。

但我也得承认就算你在治疗师的办公室里说得口干舌燥，说自己缺少爱，父母的养育对你内心中的黑暗毫无效果，但医生最后还是会建议你服用药物，就像艾珀特医生对我那样，他是精神病学家，留着红胡子，目光炯炯有神，他说我二十出头的时候充满了焦虑，一直在谈自杀，所以不管根源是什么，我的抑郁症本身就是个实体般的存在，所以需要进行治疗。这话的意思是即便我原初的脑化学很正常，但后来因为受到了环境的影响而发生了改变，所以我现在得再次恢复我原先的脑化学。

在我一系列漫长的服药过程中，反苯环丙胺（Parnate）是我最先服用的药物，治疗了几次后，艾珀特医生成功把我说服，说即便童年过得很不好，让我现在生不如死，可这些感觉本身也有它们自身的化学生命。艾珀特医生已经去世好几十年了，但我永远不会忘记他在对待我的症状时，将我的情感状态比作溃疡，也正是这一点，至少使我愿意去尝试一下，吃点药。“你没法对溃疡说话，”他说，“没法和溃疡去讲道理。首先你得治疗溃疡，然后再去聊聊你的感受。”

但要让我通过服药去治疗某种内在于自身的东西会很困难，我说的不是诸如风疹之类的外在疾病，而是我所身处其间的那种精神状态，也就是那种负面的精神状态。当时是20世纪70年代，百忧解（Prozac）尚未出现，尚未改变一切。治疗情绪的药物仍然与百无聊赖的家庭主妇关联在一起，仍然是和《娃娃谷》（*Valley of the Dolls*）这样的心理剧有关，而精神分析学也仍然盛行。但我看艾珀特医生的时候，早已在精神病学家的诊室里耗费了十五年的时光，我觉得很疲惫，疲惫得难以置信，只想一刀把自己了结掉。

大多数抗抑郁药所依据的那种抑郁症理论认为，抑郁症是生物化学体系出了错，是某种神经递质在释放至大脑的突触间隙时体量不够，或者是另外一种神经递质在释放至大脑的突触间隙时体量太多所致。反苯环丙胺是一小组抗抑郁药中的一种，用术语说的话，就是单胺氧化酶抑制剂（MAO），其中还包括马普兰（Marplan）和苯乙肼（Nardil）。这些药物的口碑虽然不错，却并不美好，而且它们有个很大的缺陷，会导致饮食受限，不能喝红酒，不能吃硬质奶酪、五香熏牛肉、黑巧克力和酱油，忽略其中一项，就会引发风险，导致潜在的而且致命的高血压反应。第一次服用反苯环丙胺让我有种豁然开朗的感觉：早上能够起床了，起床时没有四肢酸沉、爬不起来的感受，心里不开心却不会陷在绝望中无法自拔。

自此以后，我便开始服用各种各样的抗抑郁药，对治疗精神病的药物的看法也很快产生了极大的改观。我二十八九岁时，发现反苯环丙胺已不再有效，而美国食品和药品管理局尚未批准上面提到的百忧解这种血清素再摄取抑制剂（serotonin reuptake inhibitor），我就甘愿去当小白鼠。当时我正在写《魅惑》（*Enchantment*）这本书，那是我首部极具自传性质的小说，而且我也在和一个男人谈恋爱，后来我与他结婚了，再怎么样我都不应该显得死气沉沉。我当时服用了巨量的百忧解（80 毫克），连着好几个星期我一直都兴奋过了头，结果只能服用起镇静作用的抗抑郁药美抒玉（Desyrel），好让自己晚上睡得着觉。

结果，药物的这种特殊组合使我产生了严重的尿潴留症状，尿道括约肌瘫痪，导致我没法靠自己撒尿，当时夏日炎炎，整整六个星期一天好几次我都不得不给自己插导尿管。我还带了只塑料袋盛接尿液，塑料袋与弗利氏导尿管相连，绑在我的大腿上，每次去游泳的时候，样子很惹眼。（照片上的我穿着泳衣，身材纤细，皮肤黝黑，腿上绑了只笨重的袋子，里面还盛了亮黄色的液体。）

有一段时间，我的状况看来已经无法好转。母亲很怪，对我显得漠不关心，一涉及医疗问题，她就是这副德行，就好像我下半辈子都要靠导尿管过活，她也无所谓。倒是我那位慈父般的雇主挺关心这件事，正是由于他的干预，我才去咨询了几名泌尿专家，其中一个觉得没什么办法，另一个则漫不经心，建议我要适应靠导尿管生活的日子，他带着一股浓浓的纽约口音给我提了建议：“去上萨克斯第五大道的女厕所，再把导尿管插上。”最后，我找到了一个医生，许多药物他都做过实验，正是他使我又能自如撒尿。当时的状况还是很危险的，我甚至产生了许多阴暗的想法，但如果这次疾病还不能让我永远远离药物，那我觉得肯定没什么东西再能做到这一点了。

许多年以后，我总是会带着提防的眼神看待药物，这已成为我的条件反射，成为我的日常行为，时时让我觉得不安，觉得矛盾。首先，就连开这些药的精神药理学家都没研究过摄入量，考虑过各种可能性的精神药理学家似乎也都不清楚这些药物究竟是怎么运作的，或者说并不清楚这些药物有哪些副作用。（以我为例，我的转氨酶高得吓人，这部分应该归因于药物吧。）如果其中任何一种药物能起决定性作用，那么辉瑞制药、礼来制药和默克制药的研究者就不会着力于研发一种更好、更新、利润更高的药物，比如亨氏旗下就有的 57 个品种。所以我们只能在无法完全理解的情况下好好猜了，挑选出大约三十多种可以影响神经通路的药物，比如多巴胺、血清素再摄取（serotonin-reuptake），以及去甲肾上腺素（noreprinephrine）等等。当然，用新的方法来治疗抑郁症，这样的尝试一直没中断过，如曾经的派对药物克他命（ketamine），还有提供深部脑刺激的电子植入法、DBT（辩证行为疗法）和新的 CBT（认知行为疗法）。别小看 ECT，即电休克疗法，这种方式我一直都不敢尝试，但我的精神药理学医生坚持认为这是“我们最有效的抗抑郁”疗法，他说这话的时候还不忘得意扬扬地来上一句："它可以让系统重启。"不过，在我的再三逼问之下，他只得承认："我也不知道这是怎么一回事……有点像用锤子砸脑袋。"

至于反弹，各种药物都有可能会产生副作用，现在先不管副作用，以后再去处理。患上抑郁症的三十多年来，我一直在琢磨以后我是否会因大脑功能出错而摔倒，或者突然口齿不清。后来，我又觉得我已经把自己的部分自治权交了出去，就是为了进行交换，使自己能从自身，也就是我自己的重负底下获得最大程度的解脱，可这样做没什么效果。我有时兴之所至，一两天都不吃药，或者只吃一粒，其他药都不吃，我就是想用这种孤绝的方式来反抗那个想法，来证明我自己是独立的，不受它们的摆布。许多次，我甚至彻底把药戒了，有时这么做是听了精神分析学家的建议，他们说吃药会使我体重增加、持续疲劳、记忆短路，造成无法修复的伤害。但效果不变，都是那么差强人意；我一直在往下沉没，危机四伏，唯其如此，才能找到再次回到它们身边的方法。

此时此刻，我又服了大量药片，郁复伸（450 毫克），威博隽（300 毫克），安律凡（5 毫克），右旋苯丙胺（30 毫克），还有晚上吃的氯硝安定（Klonopin）和替马西泮（Restoril），有时还会服用曲唑酮（Trazedone），抑郁症也许是没动静，但我也不知道还有什么办法能避免它突然来场大暴发，再一次大秀肌肉，以免我觉得它已一劳永逸地离我而去。我的书桌上放了个人工灯箱，每天用二十分钟，就能抵御 SAD（季节性情绪失调），让自己的心情好起来，就像其他方法一样，我也会不定时地使用灯箱。今天我就打开了灯箱，希望用虚假的阳光淹没我的大脑，这样，大脑就会受骗，觉得自己正躺在海滩上，但时间点没选好，选了下午，没选上午，天气不够暖和，所以我根本就感受不到热量。

近来，我还在疗程中添加了新的玩意儿：一个叫作费舍尔·华莱士刺激器（Fischer Wallace Stimulator）的电子设备，这个设备打包过来的时候是包在一只漂亮的黑皮袋里，像是普拉达的化妆包。包装里有两块圆形的黄色海绵，把海绵浸湿，再放入耳机形状的东西里，这东西连接到一个形如电视遥控器之类的小装置上；然后，你可以把海绵塞到一个弹力头环底下，把头环固定在两侧的太阳穴上。点开设备后，亮着绿灯的针孔就会一闪一闪，之后黄灯也会闪烁，向你的大脑发射弱电流；二十分钟后，发出轻微的脉冲声，设备就关机了。起先，我有点担心，一直觉得这就是迷你版的休克疗法，可事实上感觉还是挺柔和的。这个设备据说可以帮助解决各种问题，如焦虑、情绪差、睡眠不好，但在那些时候，除了有一个崭新的大脑，或者至少得有一个截然不同的童年，实在想不出还有什么东西能起作用，所以处于这样的困境之中，我也就觉得没什么使用的必要了。

比如，今天我开始让步了，刚开始的时候，我陷入了不断递增的侵蚀过程，这种状态，其他时候也有。早上我一直在睡觉，睡过了头，错过了中午的心理治疗，到下午两点我才翻身起床，恨自己的这副德行。公寓看上去空荡荡的，阴沉沉的，但其实这么想的时候，我也知道那只是我自己情绪的投射而已；公寓没变，和昨天一样，这样的公寓，别人会觉得温馨舒适，这样的公寓，我也倾注了很多的精力。当抑郁症来临的时候，怎么一切都会变味儿，计划也做不好，什么都干不成。我又想自杀了，因为一切看上去都毫无希望，无论转身面对哪个方向，都充满痛苦。最重要的是，我已厌倦了自己，厌倦了自己的那些战斗。我的所有选择似乎都是错的，现在悔之晚矣。

首先是我的童年生活，好似电影在无休无止地重放，现在又是我的成年生活，就像是另一种形式的监狱。我觉得一切都没了意义。所有的事情似乎都弥漫着无意义，那些在费尔韦超市推着推车、在车里装满各种杂货的人，那些邮寄过来的杂志，概不例外。我已找不到以前使我向前行进的那条道路。以前，我会去哈德逊街上的墨西哥餐厅和朋友用餐，我会在找到一款新出的明暗度不同的唇膏时像小孩子那样开心，可现在都没了。事实上，没人会关心你为什么要自杀，没人真的相信你会自杀，除非你已亲手实践，只有这时候别人才会产生病态的兴趣，想要追溯以往，看看究竟是怎么一回事。我想起英国的时尚编辑和设计师伊萨贝拉·布罗，她一直谈论着想要自杀，时尚圈的设计师朋友都听腻了，结果她真的下了手，所有人都震惊了。

昨天治疗的时候，我说自己的生活“极其恐怖”，我也意识到这种说法太主观，太装腔作势。我知道我的生活已经很不错了，我也知道海地、刚果，以及全球其他地方还有人用绳子上吊，我知道，我知道，我都知道。到处都有地震、飞机失事、饥馑、干旱、恐怖袭击。但我仍然无法从自己的情绪中脱身而出，我就是一个来自往昔的亡命之徒，就是个八岁的孩子，他们让我留院观察，我就哭哭啼啼，所以我不知道该如何让自己感觉好起来。背景音乐是莱昂纳德·科恩的《爱的治愈》，嗓音舒缓、疲倦。我就想，听着这首歌，今天就可以结束了吧。

17

我光着身子和一个男人躺在床上，那男人让我感觉挺好的，那时是 80 年代，我们住在第三大道往东的一间方方正正的公寓里，20 世纪 70 年代末，有上进心的律师都会租这样的公寓住。当时我二十五，仍旧对自己的大乳房觉得难为情，而且我也是理论上的处女。从我二十多岁起到如今这么些年来，我和男人一直保持着亲密的关系，我们接吻，抚摸，极偶尔的情况下，我会脱衣服，感受皮肤贴皮肤的那种触感，但我一直保持着处女之身，仿佛处女就是一枚奖章，或者说是战利品，值得我反抗所有的入侵。

我认为自己年龄不小，却仍想保有处女之身，不仅和我成长时期所受的正统教义的教育有关，而且更和我对母亲的依恋有关，这是一种所谓母亲能好好保护我的非理性的感受。我难道认为自己是母亲的恋人，所以不愿将自己全盘交与他人，是怕“背叛”

她？这个想法虽未完全成形，但我觉得它一直是以某种尚未定型的形式压迫着我，令我对男人产生抗拒。有一段时间，我很担心自己和许多人一样都在这方面出了问题，由于女性发育的不完全，导致男人不能进入她们的身体。

后来，晚春的一天晚上，当时已经很晚了，差不多已到了凌晨，这个男人坚持不懈、小心翼翼地呵护着我，我终于屈服，于是就这么成了。我只觉得精疲力竭，而他比我还累；我们一起攀上了珠穆朗玛峰，俯视着自己四仰八叉地躺在乱成一团的床单上，面露春光。翌日清晨，我返回公寓途中，到电话亭里给母亲打了个电话，最近母亲要我别装圣母，所以我就把这消息告诉了她。

我将自己性生活中方方面面的细节全都告诉给了母亲，这么做虽然不恰当，但我一向坚信自己属于母亲，所以这么做也是自然而然的。“Mazel tov[1]”，她在电话那头说了这么一句，她的话一向是这么令人摸不着头脑。我本来期望的是截然不同的回答，更有温度，而不是这么装模作样。她为什么不多说点话，不多问些问题呢？她是现代正统犹太教的守护者，是星期五晚上点亮蜡烛的人，可她开放包容的态度是有选择性的。除非她是另外一种人，没那么开明，没那么迷人，而是更为扭曲变态。她其实是个——即使是现在我还敢这么想吗？——伪装的窥淫癖者，透过锁眼窥视男人揉捏我的乳头，俯身和我接吻。我们就是实质上的三人行，

1 “Mazel tov”为意第绪语，是犹太人的贺词，意为“祝你好运”。

我将她带到她一个人绝不会去的地方，而作为回报，她一直陪伴着我，始终如此。

•

那些年，我的身体已会表达自己的诉求，但我却对自己身上的那种性的魅力不甚了了。或者这么说吧，我是特意无视自己的外表，无法将充满吸引力的我和令人难以接受的我整合起来。充满吸引力的我颧骨高耸，大腿修长，还有一双使人“意乱情迷”的杏仁眼，有人这么说过我；而令人难以接受的我却对拉屎都感到害臊，永远深陷于童年时代走出洗手间，珍说好臭的那一刻。

大学毕业的那年秋天，我在《纽约客》的打字组上班，组里的年轻女性都是经选拔而来，都能每分钟打九十个字；午餐时，我们轮流在十八楼前台的办公桌前坐好。到了夏季，我就穿一身T恤衫和棉料的裤子，从不露肉，但几年以后，那儿的一个编辑对我说他和同事以前常会特意过来看我是否已经离职。我绝对不会把自己往这方面想，从来不会觉得自己具有女性的性吸引力，我想如果我表现成另外一种样子，如果我很了解自己那方面的价值，又会怎么样。我肯定会和那些帅气的漫画作者调调情，就像我朋友J那样，说不定还会和其中一两个人上床，结果闹得自己伤心欲绝。

事实上，在男人身边，我就像个手足无措的小兽，害羞得无以复加，可等到我觉得足够自在的时候，我会让自己放飞，说些尖酸刻薄的话，行为举止又没什么女人味，不像是当女朋友的料。我的乳房一向都能引起男性的注意，比如我家的小外甥，我们在泳池里游泳，他就会无所顾忌地死盯着，比如阿纳托尔·布罗亚德，他是《纽约时报》的书评人，在新校[1]教写作课，二十出头的时候，我上过他的课。尽管我经常会穿大号男式衬衫，打扮不男不女，不让自己的胸脯太显眼，但布罗亚德有一次在课堂上还是说我是“犹太人中的索菲亚·罗兰[2]”。把我和那位丰满的女演员相比，某种程度上我还是挺开心的，但我内心里仍然觉得自己是个冒牌货。（后来，我和布罗亚德有了一段短暂的恋情，班里其他几个女生也和他交往过。我记得他动作敏捷，没什么体味，阴茎不屈不挠；还记得后来我们在上东区的公寓里躺在小床上聊得挺投机的，公寓是他为了约会从朋友那里借的。）

现实情况是我并没觉得自己是个姑娘，不管像不像，反正在我的想象中，女孩都应该喜欢自己才对，而我的乳房却体现出了这种差异。它们似乎只属于自己，胸罩比我更像是某种生物，后来经过了再三犹豫，到四十多岁的时候，我终于去做了手术，从D罩杯缩为小号的C罩杯，时至今日，我依然觉得这个决定很明智。我在想缩小乳房是否是某种形式的忏悔，只有这样才不用和

1　新校是纽约一所著名的设计类大学。

2　索菲亚·罗兰（Sophia Loren，1934—　），意大利女演员。

其他女人竞争，而母亲和姐姐们就是首要的竞争者。

父亲几乎完全不关注我，我孩提时代的每一天，他看着我来来去去，却从未将我当回事儿，从这样的男人那儿，我是得不到自信心的。我记得自己很小的时候，想坐在父亲的大腿上，却像水一样地滑了下来。有时候，我没有小鸟依人般地试图黏他身上，他姿势古怪，我也就顺着他的姿势靠着他，他会抓着我的食指，把指头塞进他的一个鼻孔，用来掏鼻子。我一直都不知道这动作到底意味着什么，怎么从这隐藏的信息中读出其中的含义。这是爱的表现，还是轻视的表现，后者似乎更有可能？这是否意味着是父女间的关系熟络，还是他当我是种物体，我只是个替代品，替代他自己的手指？

不用说，这些想法都是多年以后才有的，只是迄今为止仍然没有完全想明白，虽然我一直在耗尽心力佐证这些想法。（即便今日，只要看见其他父亲在游乐园里、超市里温柔地对待女儿，我就会失魂落魄好几个小时，这使我明白父爱的缺失已经永远都无法填满了。）我发现自己既极端地渴求男人，又对男人充满敌意，这两者的合体，只能使我在浪漫的异性恋中成为一个狼狈的落败者。

•

让我失去贞洁的那个男人是个胡须男，人挺有意思，在我看来，这两点都是加分项。和我认识的其他男人比起来，他更像是我的男朋友，我住的小公寓在七十九街往东，是间地下室，他会去那儿帮我组装从康兰家具店买的书橱，我觉得这个举动很贴心，很温暖，我很清楚我那三个笨手笨脚的兄弟是做不到这一点的。我们的床上生活充满激情，于是他认为花钱买套睡衣是个明智之举，不用一晚上都这么折腾。

尽管如此，我们的关系仍然出现了问题，而非一帆风顺。原因是我并不知道怎么去应对一个男人，不知该如何去应对我自己的一片痴情。只要发生了性关系，我就爱得深沉痴迷。虽然对和我约会的男人，我都充满了狐疑，但吊诡的是，如果恋情出现了危机，我就无法轻松应对。我总是如丧考妣，认为我失去的那个人不仅理解我身上所有的复杂性，而且能接受我身上所有神经质的行为。就像那个正统派的医学院学生（也是个胡须男），一天晚上，在我父母家的客厅地板上，我们脱掉衣服，他称赞我的身体有股“亚马孙女战士”的气息，可后来一转身，他就去了以色列，和他表妹订了婚。一想起我写给他的那些肉麻的纸条，想起要把他引诱回来，我就觉得不寒而栗。

我害怕自己会露出真面目：我就是个卑劣的生物，大张着双腿，充满期待。我为人处世辛辣刻薄，可我内心里就是那个波比，波比是《交媾知识》[1] 里安娜-玛格丽特扮演的人物，这是

1 《交媾知识》（*Carnal Knowledge*）是美国 1971 年的一部电影。

一个令人痛心的角色，她总是渴求更多地占有男人，整日单相思，以泪洗面。或许我的无意识就具有这样的倾向，或许是因为主人与奴隶的动态关系早已在我的神经细胞中加密形成，在观看母亲和珍的互动时，我就已内化了这种关系。母亲总是心肠很硬，如同法老对以色列人那般强横，我在母亲的掌心里能体会到这种关系，于是我就义无反顾地发起了战斗，提出自己的要求。我很兴奋，终于可以展现自己的敌意了，敌意在缓慢流淌的亲密氛围里扯开了条条裂缝，而我终于有机会看到敌意竟也能带来和解。

虽然我觉得炽热的肉体交缠远好于抗抑郁药，可在炽热的肉体交缠中，情况也不见得好转，我折磨着胡须律师，撩拨着他脆弱的神经，取笑他身上那股子难以改变的土气（衬衫里戴了根金项链，拥有好几套不同的滑雪装备，同哥们一起出去看足球赛）。可他却没有如我所料那般咬饵上钩——先争论不休，再是激流一般地做爱，消弭先前的争论，永远是这般走走停停的模式——起先他觉得困惑，随后便对我这种策略很恼火。

一个周六的晚上，我们沿着第二大道风驰电掣，赶着去吃晚餐，路上我批评他迟钝、不敏感，他一怒之下，将这段恋情带到悬崖边，他猛踩急刹，要我下车。我记得一连好几天给他打电话，在话筒里播放琳达·朗丝黛[1]的歌曲《心滚滚如车轮》，听着歌，什

1 琳达·朗丝黛（Linda Ronstadt，1946— ），美国著名女歌手，专辑《心滚滚如车轮》（Heart Like a Whell）发行于1974年。

么话也不说，只是觉得歌词说出了我心中的一切。当时回想起这事的时候，我就觉得心好痛，只有伤得很深才会产生这种痛感。最后，我好说歹说，让我哥出面给他打电话，说我虽然控制不住毒舌，但这些话并不真的就是意有所指。不消说，我这位既是现任也是前任的男友礼貌地听着我哥这番天花乱坠的说辞，不为所动。

这件事之后，我的口味就变得愈发黑暗。当我嗅出某人既想勾引我，又厌恶女人的时候，我不会退缩，而会直接飞蛾扑火。我会挑那些被我的肉体吸引，却又对我其余的一切不予信任的男人下手，他们在哪儿都有，既有公园大道那儿的，也有读书圈子里的。其中一个是欲擒故纵的行家里手，把我弄得上气不接下气，初夏的一天，他开车带我去大西洋海滩，当时海滩上空无一人，我们就光着身子在泳池里游了会儿泳，像是要把身上的印记荡涤干净。

多年以后，我和一个男人交往，他是个律师，我和他玩的是我长期感兴趣的施虐受虐的游戏，我会给母亲看自己浑身上下的咬痕，胸脯、胳膊和肚子上青绿色的瘀痕。那天是星期五晚上，安息日晚餐已结束，她躺在床上，穿了件短袖棉睡衣，正在看最新一期的《纽约客》，我打断她，让她看看我身上发生了什么事——希望她能捍卫我，为我的现状掉眼泪——可她什么也没做，而是一如既往地站在我这一边。“我希望你这样能开心。”她干巴巴地说了这句话。我觉得自己毫无还手之力，毫无防御之力。那个被珍撞脑袋的姑娘现在已经长大成了一个女人，她正在以快乐之名寻求痛苦。这纯粹是我自己一手造成的，代价实在太高。圈子在我周围闭合，毫无出路，没有友善的旁观者站在边上，冲着我大喊，警告我快快离开。

18

我二十七八岁的时候，给《麦考尔》（*McCall's*）杂志供稿，专门针对时尚、美容和美食专题写些软文（还要碎肉吗？那老款的餐桌……），偶尔也会针对诸如爱情上瘾症、声音识人术之类的主题写些文章，一天突然有人告诉我，说一个名叫威廉·乔瓦诺维奇的人打电话找我。结果发现是戴安娜·特里林给出版社的乔瓦诺维奇看了我给《新领袖》和《新共和》写的几篇书评，以及我出版过的几篇短篇小说，他们看了之后就有了兴趣。在《麦考尔》杂志，我一直有种百无聊赖的感觉，于是把精力全都投入到情感扭曲、性欲炽热的恋情当中，那时候，绝望一直纠缠着我，我没法把它赶跑。我还记得要去见乔瓦诺维奇的那天，我忙得焦头烂额，费了九牛二虎之力才把自己打扮妥帖，补了些妆容。我很清楚给人留下好印象是相当重要的，但我又觉得乔瓦诺维奇会看穿我的种种努力是为了迷惑他，好掩饰我内心中隐藏的忐忑。

我不知道自己要见的那个人究竟是何方人士，但乔瓦诺维奇根本就不是我想象的那样。他身材高挑，帅气英俊，和优雅潇洒的威廉·霍尔登[1]长得有点像，他那清澈湛蓝的双眸洞察一切，说起话来酷似农场主，弯弯绕绕的。我不想把希望寄托于他的身上，可内心虽这么想，我却立刻觉得与他有种亲近感。

我们是在东五十二街的佩里戈尔餐厅用的午餐，那是乔瓦诺维奇最喜欢的法国餐厅，我们一边喝着香槟，一边讨论问题，他突然问我现在正在酝酿什么样的小说。我并不确定自己是否在酝酿什么小说，但我说想写性困扰方面的内容。小说里会有多少人物？我说三个，其中两个都是我。他挺喜欢这个答案，我们就这么谈成了。我辞了《麦考尔》杂志写软文的工作，因为乔瓦诺维奇给我预支了稿酬（两万美金，比我在《麦考尔》杂志一年的收入还要多），我就着手写小说了。

虚度了三年光阴之后，三十一岁的时候，我终于在哈考特·布雷斯·乔瓦诺维奇出版社出版了《魅惑》这本小说。这本书得到了许多我所景仰的作家的首肯，我当时一时兴起，把小说寄给了他们，那时候绝对没想过他们会评论这本书，这些作家有：沃克·珀西、弗雷德里克·埃克斯里、斯坦利·埃尔金[2]。玛

---

1 威廉·霍尔登（William Holden，1918—1981），美国演员。

2 沃克·珀西（Walker Percy，1916—1990），美国作家；弗雷德里克·埃克斯里（Frederick Exley，1929—1992），美国作家；斯坦利·埃尔金（Stanley Elkin，1930—1995），美国小说家，随笔作家。

丽·麦卡锡是乔瓦诺维奇旗下的一个作家，她的评论有些模棱两可，既对这本小说的“不知羞耻”感到震惊，却也承认“本书坦诚相见，饶有兴味”。最后，性困扰缩到了小说结尾处的一个场景，整个剧情一直在围绕着我和母亲之间想离却无法分离的关系回旋展开。

从许多方面来看，这本书又再度回到了自我糟践的习性上来，认为无人怜爱的感受都是自己不知餍足所致，而非母亲对我不管不顾导致的。不过，由于我是从内敛的正统派犹太教社区里出来的，所以书的出版还是引起了不小的骚动，部分是因为我家比较有名望，还有部分是因为这本书太直白，竹筒倒豆子一般口无遮拦，令人尴尬。事实上，我也左右为难，既想袒露自己的家庭，又想维护家庭的秘密，虽然说了够多，但省略的也是数不胜数；从这层意义上来看，这本书既有刻意的成分在内，又有无意识的因素在作怪。放眼广阔的文学界，评论大多是热情洋溢，透过《魅惑》轻快欢乐的表层，洞察到苦痛的现实，不过我永远忘不了星期日出的《书评》(*Book Review*)上的一个评论，文章指出这部小说就像是“对自我的屠戮，奇异而又空洞”。评论者是个南方人，我在小说里所写的这个世界想必与她的世界完全不同。但我内心又很不安，如果她懂的比其他评论者多，如果她透过我的尝试，想要塑造一个令人信服的虚构文本的尝试，设法洞察我内心世界荒芜的真相，又怎么办呢?

乔瓦诺维奇犹如一阵旋风进入了我的生活，他好似天赐之物，好似导师、父亲，其他许多词语也都可以用到他身上。他是个自力更生的人，是第一代黑山裔美国人，他父亲是矿工，母亲是波兰人；科罗拉多大学毕业后，他获得了哈佛的奖学金，在哈佛研究文学和哲学。起初，他在哈考特–布雷斯世界出版社担任教科书销售员，之后很快得到晋升，管理整个公司，最后将自己的名字嵌入公司的原名中，随后扩大投资，盘下了海洋世界这样的主题公园。我遇见他的时候，他也就六十出头，浑身充满了干劲，好奇心特别足，拥有极佳的专注力。他阅读了大量文学与政治方面的书籍，还与某些知识界的大腕儿交上了朋友，他为这些大腕儿出过书，也亲自帮他们编辑过书，其中有汉娜·阿伦特、玛丽·麦卡锡、戴安娜·特里林。

尽管“辉煌”这个词在通常的讲话中一般都能听到，但我很少见到能像比尔·乔瓦诺维奇这样的人，我确实觉得用这个词来形容他再适合不过。我记得有一次我们乘机飞往他在加拿大拉马尔拜的避暑别墅，坐的是公司的专机，我就坐在他边上的骆驼皮座椅上。仅仅因为他在场，我就觉得心里踏实。他给我解释了公司一些深奥难懂的战略，因为新项目的开始，他那淡蓝色的眼眸闪耀着兴奋的火焰。他对我说他很想当建筑师，但我觉得应该没有哪个行业能容得下他吧。

我对比尔的爱并非浅水微澜，我觉得他对我也是这样的感觉。有他在场，我也觉得自己变得迷人机智起来，一种品质与另一种品质再也不用彼此矛盾。尽管存在着罗曼蒂克的底色，比如他会蘸墨汁用斜体字给我写长信，向我提供各式各样的建议，如何在伦敦找一家合适的酒店（布朗酒店），如何处理图书发行事宜（如布卢明代尔百货公司：进去，达到自己的目的，离开），虽然八卦的出版圈有这样那样的传言，但我们的关系仍然合乎道德，纯洁如水。我记得有一次在他加拿大的家里，我和他在泳池边说话，当时突然想和他亲吻会是什么感觉，是真的亲吻，不是小鸡啄米似的亲一下脸颊。但我的幻想也就仅止于此，仅止于幻想。我后来渐渐了解了他的家庭，和他和蔼可亲的妻子玛莎成了朋友，他妻子是南方人，把怎么做蟹肉蛋糕的配方告诉了我，我还在她伦敦的公寓里和他们的女儿小玛莎住在一起。

小说交差之后，我就去了 HBJ 出版社[1]当编辑，直接从比尔那儿拿书，再也不用通过社论部和市场部工作人员之手了。他有一台传真机和一台王安文字处理机，机器就放在我家卧室那张粉色的乙烯基书桌上，这些设备，我们这些人压根就没听说过，如此一来，我就可以在家工作，因为他知道我更喜欢在家上班。他还很铺张，让我飞去海洋世界接受小宝宝莎木的亲吻，莎木是头逆戟鲸，出生后即遭捕获。我还记得当时当着一大群大呼小叫的观众的面，我爬上莎木吻部旁边的折叠梯时，吓得魂飞魄散的情景；我摸了摸它的皮肤，觉得鲸鱼的皮肤密不透风，就像是汽车的引擎盖。

---

1 HBJ 出版社就是 Harcourt Brace Jovanovich（哈考特-布雷斯-乔瓦诺维奇）出版社的简称。

于是，我生命中最多产的日子由此展开。几年前，比尔一天里辞退了 HBJ 出版社纽约分部的大部分员工，突然把公司的出版业务全都搬迁到了圣迭戈，当然他本就想离开纽约后在圣迭戈生活，这次事件在出版界历史上被称为“黑色星期二”，令他颜面无光。他一直刻意与出版界的喧嚣保持距离，经纪人和其他编辑可以说对他恨之入骨；许多人觉得他傲慢自负、反复无常，这两种看法也有一定的道理。不过对我而言，他能予人自信，既肯定了我身上的女人味，也肯定了我知识分子的角色，使我能够同时兼顾好这两个身份。我只要把建议书递给他，他总会停下手头的工作，很快进入状态看起来，而他也会给我提供财务上的帮助，让我去买下那些我的同事和其他出版社都无法拿下的大部头著作。有比尔在我背后支持，督促着我，我也就在图书出版业这个隔绝的世界里开辟出了供自己栖息的一席之地。

不久，我就掌握了独立操作竞拍的门道，竞拍的目的就是在不出高价的情况下，从其他感兴趣的编辑手上把书拿到手。比尔和我都很喜欢看电影，我很快就读完了吉格·扬和加里·格兰特[1]的传记，后者详细讲述了格兰特早年与兰道夫·斯科特[2]的同性恋恋情。比尔不喜欢人云亦云，他曾让我去购买一本有关艾滋病

1　吉格·扬（Gig Young，1913—1978），美国演员；加里·格兰特（Cary Grant，1904—1986），英裔美籍演员。

2　兰道夫·斯科特（Randolph Scott，1898—1987），美国演员。

的书，是保罗·莫奈特[1]的一本引人入胜的回忆录《借来的时间》（*Borrowed Time*），可其他出版社当时却还在避讳这个话题。我内心里已大致有了自己的书单，这份书单里既有文学书，也有具备商业价值的书，既有不合流的，也有主流书，重要的是要写得好。我很快就意识到那些归入“文学”虚构类的擅长细腻心理描写的小说很难有市场，虽然我还是会购入吸引我的那些小说和短篇故事，但我已越来越倾向于购买非虚构类作品，比如耐克神气活现的发家史，作家约翰·肯尼迪·图尔[2]的传记，讲述好莱坞圈子里吸毒谋杀的那些事，如娱乐界推广人罗伊·雷丁[3]的那件事。

我的日程表排得愈来愈满，飞往伦敦和法兰克福面见外国出版商，飞往洛杉矶和摩城唱片的老板贝瑞·高迪[4]见面，去华盛顿特区和罗纳德·里根的助手唐纳德·里根见面。我当时的收入超过了六位数，远多于以前，放在从前这样的收入我连想都不敢想，我还招了两名助理，不厌其烦地向那些精明的经纪人握手示好，请他们享用昂贵的午餐和晚餐，打消他们认为比尔对图书出版业

1　保罗·莫奈特（Paul Monette，1945—1995），美国作家、诗人，1995 年死于艾滋病。

2　约翰·肯尼迪·图尔（John Kennedy Toole，1937—1969），美国作家，生前郁郁不得志，32 岁时自杀身亡，死后 11 年出版的小说《笨蛋联盟》（*A Confederacy of Dunces*）获得 1981 年的普利策小说奖。

3　罗伊·雷丁（Roy Radin，1949—1983），20 世纪七八十年代的杂耍歌舞的推广者，因想要投资拍摄电影《棉花俱乐部》（*The Cotton Club*），而遭对手雇凶杀害。

4　贝瑞·高迪（Berry Gordy，1929—　），美国音乐制作人、歌曲作者、电影和电视制片人。

没有担当的质疑。这是一种令人头晕目眩的转变，我觉得很难全盘吸收。母亲那儿也不消停，她时不时就会嘲讽我鸡犬升天，每次见比尔派公司的车来接我，就会扬起眉毛，露出难以置信的表情。**我到底以为自己是老几啊？**后来，我给出版社带去了这么多年来的第一本畅销书，里根的《记录在案》（*For the Record*）（是由极有天分的查尔斯·麦凯瑞[1]当枪手代写的），这本书的编辑、营销和发行，我全程监督。该书在出版之日就上了《纽约时报》的封面文章，不久之后，我就当上了出版社的副总裁和副社长。

如果说比尔是个好父亲，我生命中遇到的第一个好父亲，那他出现得实在是太晚了。我仍然郁郁寡欢，对自我纠缠不休，白天，我尚需拼命应对工作，所以这样的情绪还只是流于暗处，但一到了晚上、周末，它就会肆无忌惮地现身。也许，我拥有足够的智慧和自制力，能和乐界大佬、前财政部长们分庭抗礼，可是透过表面，我其实就是凭借高超技巧用回形针把自己勾连起来，我早上仍旧爬不起来，晚上没药仍旧睡不着觉，仍旧便秘，仍旧需要母亲来告诉我什么该干，什么不该干。

对我这样一个矛盾重重、优柔寡断的人而言，在走向羽翼丰满的过程中，不管表面是何等景象，步伐注定会磕磕绊绊。我眼见哥哥姐姐想要飞向蓝天，结果却机毁人伤，落得个比起飞前还要惨的

1　查尔斯·麦凯瑞（Charles McCarry，1930—　），美国作家，主要以创作间谍小说为主，之前曾是中情局卧底，2013 年《华尔街杂志》称其为“美国间谍作家的元老”，《新共和》称其为“中情局的桂冠诗人”。

结局。有他们的前车之鉴，我很清楚万万不能向着广阔的世界来个胜利大逃亡，这样做注定会失败。我的意思是，你大可做出种种独立的姿态，上大学，交男朋友，找份工作，最后结婚生子，但只要你心里清楚自己要效忠的究竟是谁即可。效忠的对象当然是母亲，她才是万事万物的起始和终点。而对家庭，原生家庭，我们六个兄弟姐妹，还有父母两人，则会永远被痛苦绑缚。

这样坚定的信念，自然是无法对你说得晓畅明白的；这倒并不是说我这人懒散消沉，被绑住了手脚。对其他人而言，我看上去很自由啊，可以选择自己的目的地，选择成为什么样的人。确实，随着岁月流逝，旁观者都已将我视为“异类”：不再信守正统的教义；写了篇小说，其实就是加了点虚构底料的回忆录，里面的人物都能对号入座；嫁了个男人，与其说他对犹太教所知甚少，还不如说是异教徒更好；又离了婚；写的文章太露骨，尽写自己在性方面犯的错误，还写家人对钱的态度。

如今回首往事，我发现母亲早已指定由我这个孩子来解决她与她选择的生活之间那种难以言喻的冲突：因为生活要求的是把婚姻、孩子、宗教信仰放于其他利益之上。而她以自己的方式做出了背叛，毕竟她的家人在耶路撒冷一穷二白，她抛开家庭去了纽约，不再似自己的母亲那般恪守某些教义，比如婚后用 sheitel（假发）盖住头发，不穿长裤。她向外部世界开启了一条门缝，但又暗自认定我也理解这种不可改变的、荒唐的现状：**那就是毫无出路可言**。

现在来说说我的双重困境！我内心的一部分认为这种生活方式毫无理性、令人窒息，尤其是我从一开始就不愿置身于家庭的轨道之中。可是，这种经过一个又一个治疗师努力塑造的精神状态——我唯一的希望就是摆脱束缚，逃出母亲的掌控——却使我倍感迷失，只要一想到冲破樊篱，我就会倍感失落，如要和这种迷失感相抗衡，我毫无胜算可言。另一侧会有谁，有什么东西会等待着我？我可以想象得出，没人会等我，我也见不到任何东西，那儿只是一片广袤无垠、无动于衷的宇宙，只是摆出一副热烈欢迎的姿态罢了。这样的想法无时无刻不在陪伴着我，日子虽有不同，但几乎都会将我压得不可动弹。有时候，无须任何诱因，我便会急转直下。尽管事业蒸蒸日上，到了三十出头，我却仍然从功能性抑郁症一路滑入到某种瘫痪麻木的状态，最终进了佩恩·惠特尼在纽约医院的那家精神病诊疗所。

我在诊所只待了四天，状态却愈发糟糕，部分原因是我和迈克解除了婚约，我和他断断续续谈了六年，几分钟前我们还在准备一起去墨西哥度一星期的假。母亲举办了小型晚宴庆祝我们订婚，按自己一贯的作风，她把餐桌布置得很漂亮，细长的白蜡烛闪烁摇曳。但订婚没几天，我就忐忑不安，怕婚后这种不安感会继续袭扰我，它在我心里飞速成长，令我心生恐惧，彻底将我碾压。

自从十六还是十七岁的时候读了弗·斯科特·菲茨杰拉德的《夜色温柔》之后，我就一直对精神病院充满幻想，很想知道他们怎么治疗病人；我时常会想多姆勒医生在苏黎世那家爬满常春藤的疗养院，那家“治疗精神疾病的首家现代化诊所”，究竟会是什么样子。诊所的病人都是些有教养的人，会说多国语言，打开落地窗，就能望见“海洋一般湛蓝的天空”，这似乎是罗曼蒂克的绝佳背景，新来的精神病医生狄克·戴夫和年轻可爱的病人妮可尔发展出了一段罗曼史。后来又因为受到《扬帆》和《大卫与丽莎》[1]这类电影，以及《我从未许诺给你一座玫瑰园》（*I Never Promised You a Rose Garden*）之类书籍的影响，我慢慢地认为精神病院是一个能令人平静下来的幽静的场所，精密的医疗仪器和摇篮般的妥帖舒适奇妙地融合于一体。我当时觉得自己完全可以回归至那个状态之中，纹丝不动地待在那里，这样反而能结出硕果，使情绪保持健康。说不定还能和某个自以为是、以折磨自己为乐的人两情相悦，追寻性之愉悦，获得某种性的体验。

可现实令人十分沮丧。一到佩恩·惠特尼的诊所，我就心生恐惧，那地方更像是收容吸毒者、形形色色的歹徒无赖的牢房，而不像是能让人身心得到放松的场所。入了病房，我就在电话亭里疯狂往外打电话，病房里充斥着陈腐的尿液、口香糖，空气里弥漫着烟味。为了让自己平静下来，我就在一本活页本上草草地记下自己的观察，设法遵从亨利·詹姆斯的建议，他说作家应当“巨细无遗地进行观察”，这次住院，我就把自己当作待宰的羔羊

1 《扬帆》（*Now, Voyager*），美国 1942 年的电影；《大卫与丽莎》（*David and Lisa*），美国 1962 年的电影。

吧。我把听来的话记录下来，比如有个骨瘦如柴的女孩郁郁寡欢地在病房里游走，犹如现代版的奥菲莉娅："我吃冰块上瘾了，只要嘴里能嚼着就行，也许是想吸收里面的维生素吧。"我仔细地记下了自己的观察："我房间里有两颗图钉，你能用图钉把自己钉死吗？"我发现病房竟能有这样浪漫的用途，说这话的是个小伙子，留着胡子，第一眼我就觉得他这人郁郁寡合，神秘兮兮，因为他浑身都打着石膏，有传言说他扒窗子跳过楼。但当我终于鼓足勇气想去他那里看看后，却发现他的屋子早已空空荡荡。

不到一星期，我就出了院，正好赶上和比尔·乔瓦诺维奇的一个定期午餐。我对见他有些踌躇，他是否发觉我最近在精神病院消磨了整整一星期的时间？但喝完第一杯唐·培里侬香槟后，我的担心就烟消云散了。我们聊得很尽兴，和以前的聊天没任何区别。佩里戈尔餐厅精心营造出的气氛幽静舒心，水晶与瓷器发出碰撞声，银质推车上特别定做的闪亮的甜点舒芙蕾，伴随着号角声呈现于眼前。尽管也就几天前，我还因恐惧而步履蹒跚，可眼下在比尔的悉心呵护下，我又觉得自己可以战无不胜了。

19

我从来就未曾费力去做结婚影集之类的东西，以前许多人都喜欢做这样的影集（据我所知，现在也仍然如此），皮封上印烫金的“X和Y婚礼”这样的字眼，下方列上日期。过了这么多年，我家小房间里的架子上仍然还放着一盒相片，我应该进去挑些照片，并为此写一本，这本书母亲已经提前预订了。我一直在将这项查看和选择相片的任务往后推延，毕竟需要仔细翻看这些喜庆时刻摆拍的影像，相片上的大人和孩子全都身着盛装，可细细查看，只会令我倍感悲凉。因为风雅得体的相片和混乱不堪的准新娘体验充满了矛盾。那次订婚照是在我父母的公寓里拍摄的，但全套的新娘礼服是我急匆匆赶去著名的婚庆商场克莱恩菲尔德买的。反正，在为结婚影集挑选好照片之前，迈克和我就已经离婚了。

•

我对结婚一事胆战心惊，知道虽然已是三十四岁这样的高龄，对这事儿还没做好准备，但仍然应该对此持积极态度。事实上，名正言顺地将母亲抛于身后，我还没做好准备，我之所以做出结婚的决定，并非是因为我和未来的丈夫多么情深意切，而是因为某种极为怪异的情势使然。婚礼前近一个月，当时给我看病的女治疗师E医生给我母亲和我安排了一堂治疗课，我们三个在课上讨论了迈克和我之间的婚姻是否可行的问题，这给我的感觉就像我们在赌马，讨论下什么赌注。

你会认为几个月前我们解除婚约这件事对我们的未来并不是个好兆头，不过现在说什么都不重要了。E医生是个金发女分析师，盎格鲁-撒克逊白人新教徒，没什么经验，和我们这对厮杀良苦的犹太母女双人组相抗衡，她显然不是对手，母亲对她说我这人很“忠诚”。“达芙妮身上有个特点，”母亲用浓重的德语口音再三强调，“她这人很忠诚。”因此，一旦结婚，哪怕我一哭二闹三上吊，最后还是不会以离婚收场。这个推论的言下之意似乎和E医生不谋而合，而且婚期就定在三个星期后，所以我也没多少时间可以斟酌。

撇开所有这些事不谈，我仍然对自己身上的女性特质以及由此而产生的各种角色——女朋友、妻子、母亲——毫无把握，十一月底的晚上，站在扎着白花的彩棚之下，面对聚到父母客厅里的七十来号人，又能说明什么问题呢？我身着显胖的米白色礼服，背部扎了几朵似兔儿乱撞一般极不得体的小绒球，济济一堂的客人注视着我从楼梯上下来，有人肯定会认为这场仓促举办的婚礼纯粹是媒妁之言，父母之命。但对我而言，这就是另一种形式的化装舞会：我跑到这儿来究竟要干什么，还盛装打扮，穿上了新娘的服装，可我不是早已和母亲绑在了一起，难舍难分了吗？

人事变迁，我的第一反应往往是悲哀，这也能解释婚礼当晚，我们在距我父母家仅几个街区之隔的丽晶酒店纯米色的房间里时，我为何会傻傻地哭个不停，而我那位焕然一新的丈夫则坐在床的另一头，一脸难以置信的表情看着我。他为了这个场合，买了一条黑丝紧身短裤，他的这个举动既让我感动，又让我觉得有点做作，这让我哭得更伤心了。

•

在小时候对未来的幻想中，我压根就没想过丈夫这回事儿，但我想到会生一大堆孩子，至少得有三四个。早年对洋娃娃的热情，后来也就演变成了对婴儿和小孩子的喜爱，二十出头当上姨妈后，我就将积蓄的巨大的母性能量全部倾注到了孩子身上。

我很喜欢照看孩子，先是外甥，再是外甥女。晚上孩子们的父母出门之前，我就会早早地来到姐姐黛博拉和姐夫刘易斯的家里，给孩子们洗澡，穿上睡衣。前门一旦关上，我就会一门心思地逗诺亚和还在睡摇篮的艾丽卡玩，再哄他们睡觉。他们的卧房都是亮色系，红、蓝、黄，夜间的灯光犹如旋转木马一般给每一样东西都投下了迷人舒适的光芒。我和他们玩了许多游戏，许多都是我自创的，再给他们读上一两篇睡前故事，最后通常是以《晚安，月亮》结尾，这篇故事他们总是听不够。读故事的时候，我们三个会一起挤到诺亚窄窄的小床上，像是遭遇海难的人准备再次启航远征。有时候，艾丽卡的睫毛忽闪忽闪的，我就把她抱起来，放进摇篮里。然后我就会躺在诺亚身边，继续讨论世界上如果只有一种食物，我们会挑选哪种食物这样的问题。肉汁炒饭怎么样？通心粉呢？要不来点巧克力？

如果外甥不再说话，只听见他平稳柔和的呼吸声，我就继续躺在那儿不动，迷失于自己的思绪当中，不愿离开黑漆漆的屋子，跑到房门另一侧的明亮空间里去。如果思考得够猛，我就会把自己一劈为二，将我身上的一半一年一年地剥去，想象自己是个受人百般呵护的孩子，被成年的另一半宠爱着。这种扮演父母的练习有些超现实，这样一来，便无须讨论是否要去治愈那个内心遭到漠视和伤害的孩子，后来，在约翰·布拉德肖[1]之类的作者写的治疗方面的书籍里，我见识过这些说法。我觉得我就是自己的“好”妈妈，孩子若有未曾呵护到的地方，我都能照顾到。

1　约翰·布拉德肖（John Bradshaw，1933—2016），美国教育家、励志演说家。

我对小孩子有极强的认同感，觉得自己长大了，肯定会是个负责任的人，我会想孩子们所想，急孩子们所急，对他们的喜怒哀乐感同身受。（多年以后，有人对我说，你怎么看待流产，完全取决于你是认同母亲还是孩子。尽管我对流产秉持的是正确的自由主义观，但对那些认为流产是谋杀行为的看法也会心有戚戚，我也无法想象自己会去这么做。）后来，兄弟姐妹都成了婚，有了自己的孩子，经常去太平洋海滩我们家的避暑别墅参加家庭聚会，我的角色也就成了姑妈、姨妈。我喜欢和一群兴致高昂的孩子经过街区走到大海边，在沙滩上搭沙堡，给想象中的面包房烘焙蛋糕，我这人一向都很喜欢自创游戏，并美其名曰“寄宿学校”。

我后来编创的游戏有些奇怪，是将《小王子》、《雾都孤儿》、音乐剧《小孤女安妮》杂糅而成，孩子们都竞相要求参演。参演者必须是个孤儿，或至少有一个残疾的家长，才能入校读书；而且，一旦被我这个专断蛮横的女校长接收入校，就得每天干活，还得好好学习。我下达命令都是靠吼的，有的孩子总归会受到忽视，只能承受逆来顺受的角色。但这个游戏也有其自身扭曲的逻辑，电影里才有的那些暴虐行为，我的那些侄甥们竟然都觉得有意思。（许多年后，我给《纽约时报杂志》写丹尼尔·汉德勒[1]的人物简介，他是《柠檬史尼奇》系列童书的作者，我觉得我从书中那些恐怖故事里辨认出了某些与“寄宿学校”相通的精神气息。）

---

1 丹尼尔·汉德勒（Daniel Handler，1970— ），美国作家、音乐家。

从理想的层面来看，与孩子们的互动，扮演母亲这个角色，理当为我今后身为人母打下基础。当然，这件事我也已经思前想后了很多年，远远多过对妻子这个角色的考量。我很喜欢想象自己怀抱小孩的场景，无忧无虑的。这样的幻想能使我想象自己也会来到这个人生阶段，没有担惊受怕，不会和内心的魔鬼达成痛苦的交易。但这其实低估了魔鬼的能力，还有那团黑雾，我每走一步，它都会悄然潜近，伺机等候着，直到合适的时机来临。

•

我去夏威夷度蜜月的时候怀孕了，这是我人生中的第一次怀孕，时年三十五，我们当时入住的是一家毛伊风格的度假酒店，这家酒店能容纳数千名游客，对于喜欢私密的夫妇来说有些不合拍。在蜜月期，我们战斗不断，唯一消停的那个晚上，我和迈克做了爱，以期重温曾经的热恋。多年以来，我一直对避孕没怎么上心，部分是因为有个妇科医生说我靠自己怀孕会有困难（二十五六岁的时候，我被诊断为多囊卵巢，荷尔蒙失调导致我月经不规律，有可能会累及生育），部分是因为我一直有这样一种合理化的推论，即我想要有个孩子，不想有个特定的男人和我生活在一起，所以我也就不需要避孕。显然，我的心灵——或者说，我的荷尔蒙——需要合法的婚姻形式，来批准这次生殖过程。

可一旦踏入婚姻的大门，我就觉得自己几乎被婚姻束缚得无法动弹。我觉得自己身上的所有其他身份——作家、图书编辑、姑妈、姨妈、朋友、女儿——都消失得无影无踪，这将我降格为“妻子”这一个角色，而这个角色还是由“丈夫”来规定的。女权主义运动来了又去，虽然女性强烈地认识到她们的自主不见得会受到婚姻状态的阻碍，但当我们正式成为夫妻的那一刻，我却觉得自己只是一个嫁给迈克的女人而已。早在前往肯尼迪机场的路上我就恐慌不已，就好像我体内住了一个局外人，碰巧就是由这个局外人带着属于我的行李，我已经没有办法摆脱这个生灵，恢复自我。更有甚者，我内心悲恸欲绝，如丧亲妣，她在我生命中顶天立地的角色让位给了另一个人，一个男人，我的丈夫，我都不敢确定自己是否想和这个男人生活在一起。

如今，我在没有男人陪伴的情况下，独自生活已逾十年，一直觉得自己没有做好心理上的准备和他人确立可持续的亲密关系，对前夫所经历的一切，我深感抱歉。早晨，我会在海边我们那间毫无人气的漂亮屋子里醒来，木然地和迈克坐在露台上用早餐，迈克每天都会对木瓜赞叹一番。后来，一到漫长的沙滩上，我就往椅子里一瘫，读一本阴郁消沉的精装本大部头著作，这本书讲的是自恋型人格，作者是精神病学家詹姆斯·迈斯特森，而迈克则在海里逐浪畅游。他独自去看了珊瑚礁，还去了当地的其他景点，像是个独自度假的鳏夫，而我却一直全神贯注地埋首于书中。

我也认识到自己不是当妻子的料，但我又无助得很，没办法改弦更张。我仰头朝着太阳，吸吮着心爱的阳光，又一次问自己到底是怎么了。或许我应该过上集体生活，抛开惹事的自我，投身于更大的善，和其他女人穿上褪了色的修女一般的衣服，肩并肩地在热火朝天的厨房里干活。要不然我就独自穿行于这个世界，如同阿米莉亚·埃尔哈特[1]那样在刀尖上行走，要么生个孩子，当个单亲妈妈，写些言辞激进的宣言。也许，我这人天生不适合异性恋，所以不排除是女同性恋者。难道由于我内心恐惧，害怕自己无法适应家庭生活或与朋友相处，内心反而隐藏着萨福[2]似的冲动不成？考虑到我对母亲诡异的依恋，又缺少父亲的关爱，成为女同性恋者是完全说得通的，但有一个至关重要的事实是，我从来未曾对女人产生过性欲。

那段时间，迈克问我是否愿意陪他去观鲸，这是我最不乐意做的事。我只想散会儿步，偶尔游游泳。事实上，我心理上极其没有安全感，在浴室里照镜子时，我总会觉得自己正在分崩离析，仿佛我的脸正在自己眼前一片一片地碎裂，上演我个人版本的恐怖大片。我实在不明白为什么要来这座人人悠闲的岛屿，岛上都是T恤衫店，卖冲浪板的店，这个男人又总是时时刻刻地徘徊在我的身边。除了沉浸于这种几近分裂的状态之中，我还遭到了负疚感的围攻，责备自己不再如儿时那般恪守宗教信条。如今，我抛弃正统信仰已逾十年，可一直以来，在心情好的时候，我还是

1　阿米莉亚·埃尔哈特（Amelia Earhart，1897—1937），美国航空业先驱，1937年2月与一名领航员在飞越太平洋中部海域上空时失踪。

2　萨福，古希腊女诗人，从19世纪末开始，成为女同性恋的代名词。

会去正统犹太教背景的地方露个脸，周五也时常会去父母家享用晚餐，周六清晨，偶尔也会出现在犹太人会堂中，想象自己有朝一日会和一个同样毫无信仰，却又对宗教了若指掌的伴侣回归至犹太教之中。可现在，我嫁给了一个对犹太文化一窍不通的男人，而且他也不似我这般对逝去的一切心心念念，但他母亲倒是喜欢做些类似胸脯肉和荞麦粥之类的民族风味浓郁的菜肴。

•

过了十天，我就回了城，皮肤黝黑，情绪低落，也不知道那时已怀了身孕。照理说，一旦发现这个事实，我本应兴奋才对，尤其是我总是怀疑自己是否有能力怀孕，可我却觉得自己有了羁绊，那样的未来正朝我扑面而来。我仍旧把自己与母亲拴在一起，跳着古老的战斗之舞，仍旧渴望获得她的爱；但长此以往，我又如何能为人母呢？孩子的父亲又当如何？他也只是刚刚才成为我的丈夫，他自己也是这幽闭恐惧般的婚姻中不可缺少的一部分。我经过多年的摇摆之后，竟贸贸然就踏入其中，他又该如何适应？一切都是混混沌沌，无论有没有我的合作，生活都是照旧往前猛冲着。

20

最近，我读到一篇论文，利用 PET（正电子发射型计算机断层显像扫描），人们在大脑中发现了一个潜在的生物标志物，可预测一个抑郁症病人在接受心理治疗或服用抗抑郁药物时，是否能有正面反馈。这听上去应该是往前跨了一步，脑部扫描总有一天会绘制出绝望的 3D 影像。但我还是得要大量治疗，服用大量药物，来堵塞精神上的那些黑洞，就算有的药不行，总有一种药会有效吧。我想象得出我头脑内部经历过各种各样的战斗，如今已是疮痍遍布，鲜血淋漓。我已分辨不出是谁在应对眼下的衅端——自然 / 养育这个古老的谜题，是我头脑中在捣乱的化学成分，还是我随身携带的那些古老的哀伤又涌现出来？我只知道长此以往，我只会伤得更深。

四十多年来，我把时间和金钱全都砸在精神病医生的诊室里了，我努力在记忆中深挖浅凿，意欲理解它们对我所产生的有害影响；确实，对步履蹒跚的医疗行业而言，我可以说就是个特例，对他们助益颇多。就因为母亲一直不把我放在眼里，我对物体**恒常性**的看法难道就错了？我黏人，别人不在身边，我就会把他们记在心里，生怕他们跌落得无影无踪，这难道也错了？除了变化无常的母亲之外，我没人可以依靠，所以我才对亲密关系中的你来我往惴惴不安？还有，考虑到我和那位遥不可及、时常令人胆战心惊的父亲之间并不存在真正的父女关系，所以才不可避免地造成我现在既对男人惧怕，又对男人心向往之的怪象吗？我对跟我结婚的那个男人心里总是充满了狐疑，所以我才会不可避免地和这样的男人结婚，又不可避免地离了婚？小时候我内心备感孤独，那长大成人之后，我是否也只能孤独一生，再无任何其他可能了呢？

时至如今，我也不清楚自己对整个医疗行业究竟秉持何种看法，不清楚自己究竟是否已经好转，再也不会万劫不复。从许多方面来看，我认为治疗拯救了我的生命，向我提供了一种手段，得以让我理解自身以及我所源自的那个家庭。这一切都得归功于我看过的那些心理医生，所有的心理医生，无论天分高低，我可以用诗人约翰·贝里曼[1]《献给主的十一首诗》中的第一首来表达我的感谢："我仍然在此，遍体鳞伤，却还能活动。"至于自我揭示，尽管我已实践了多年，但这种技法窥探性太强，令人难以把

1　约翰·贝里曼（John Berryman，1914—1972），美国诗人与学者。

握；自尊就算早已苍白不堪，但你还是会去好好地维护，所以总是有许多东西你会设法避开，羞耻、遗憾和难以稀释的纯粹的负疚感隐藏着数不胜数的裂隙，一旦深入窥伺，便有性命之虞。很久以前，你在丝芙兰连锁店偷了东西，说明你这人性喜小偷小摸，表面上你可以称作道德的楷模，可你是否会向自己承认这一点呢？你是否一怒之下对着女儿大吼大叫，极尽詈骂之能事？你是否会在不偏不倚的氛围中坦诚自己的罪孽，任凭自己内心的不适翻腾不已，觉得这是一种释然呢？

有意思的是，我的父母皆已故去，可即便在治疗中聊及过往，我仍能感受到那种令人喘不上气的焦虑感。我几乎没法把话说完整，也没法提供有说服力的细节，可你认为过了这么多年，我拼凑而成的叙述应该能轻易地流淌而出。我为什么仍然要去保护那使我致病的东西，我为什么至今仍恐惧难抑，不愿做出最终的裁决呢？这是否是一种受虐的倾向，是否是一种自我保护的意识，或者两者兼而有之？当你得知自己的家庭，唯一的家庭，错得离谱的时候，又该怎么办？

我想起了一个有名的心理医生，那时他正在冉冉升起，我二十五岁的时候正在向着另一场抑郁症飞奔，就去他那儿咨询。他在佩恩·惠特尼那儿有间诊室，他擅长一针见血。我相信我去看他之前，他肯定已经和我父母见过面。一小时快要结束的时候，他往前凑过身，平静却断然地说：“你很清楚，你父母都疯了。”一听这话，我就觉得一阵悲伤猛地袭来，既为我自己，和父母纠缠不清，也为我父母，他们不知这位精神病学的名医竟把他们视为疯子。刚一听见这话，我就想把这话原封不动地复述给母亲听，因为我什么话都会和她说，而且在传话的同时，这些话也就会丧失其威力。母亲自然对这些话不屑一顾，只要不愿面对的，她都会这样，还会用发音奇怪的德语斥之为胡说八道。Quatsch！她会这么说，然后就将这事终结。

成为心理疗法对象，有一个要素至关重要，那就是倾听他者，而这个他者就是指治疗师。从这么多年来的治疗历程来看，我从未开发出一套标准，用来评估从业者的技能，但对牙医或水管工，肯定会有一套评估标准。我这人通常都很警惕，富有批判精神，所以会与最近看的那位治疗师关系更好，但之后的某个时候，等到他或她犯下了一个难以修正的错误的时候，比如喜欢说教，或者我认为至关重要的信息，对方却没有当回事，于是我又会另寻高人。尽管我对心理治疗的治愈潜力所抱的信心这么多年来饱受打击，我仍然坚信是潜意识将我引入了歧途，我坚持不懈地使自己深陷童年时代，无法自拔。我承认，这是一个缓慢增长的过程，也是一个挥金如土的过程，就为了在每周几次、每次四十五到五十分钟的疗程里，将某个人内心生活的乱麻解开，周复一周，月复一月。其他人认为这很愚蠢，既浪费时间，又浪费金钱，还缺乏实打实的结论，这种想法我能理解，但对我而言，这是无法用金钱来衡量的。

21

十月某个周六近中午时分，我在兄弟以前住过的卧室里，里面有两张双人床，我躺在其中一张床上，无法动弹，脑袋里聒噪不休，色彩浓烈的种种思绪向我蜂拥袭来。我没洗头发，穿了件皱皱巴巴的睡衣，仿佛一直都没恢复过来。我三十五岁，得了产后抑郁症，还没人将这个诊断告诉我。母亲在去犹太会堂的途中会过来和我打招呼，仿佛一切安好。其实她内心不会这样想，她很清楚我脑子里执念不断，总想着要把仅有数周的女儿淹死在浴缸里——珍以前一言不发地给我洗澡时用的就是这个浴缸——因为这个想法我和她说过。

我内心里的一部分深爱着佐伊，对她深深爱恋，从她洗完澡后身上散发的爽身粉的气味和尿布疹膏的气味，到她开心时对着空气双腿乱蹬的模样，我都爱之不已。我女儿的模样非常可爱，红色与金黄相间的一小撮头发如鸡冠一般竖立着，嘴巴好似玫瑰花的蓓蕾，性子也好。她不会像其他孩子那样哭闹个不停，只有脸变得红彤彤的时候，才会哭泣，而且也只是轻轻啜泣，像是为了讨好别人，而不愿去打扰这宇宙。

我觉得自己被她束缚住了手脚，她随时随地的需求将我搅得疲惫不堪。置身于这种感觉之下，我自己还需要他人照顾，还需要丰盛的营养来成长为一个充满自信的成年人，对此，我非常恼怒。当然，这世界上不可能有足够的地方容纳我们两人：如果我自己仍在寻求可以爬行的大腿，那我又该如何去保护她？她没出生，反而更好。我可以想象出我将佐伊小小的身子搂入怀里，将她的脑袋浸入浴缸的水中，她肯定还很信任我，毕竟她饥肠辘辘的时候，是我给她喂的奶，可是这种信任很快就会耗尽。我意识到这样的事太可怖，太"恶心"。没人会同情我，我当然也意识到了这一点。不管情况如何，只要我这样做了，别人就都会将我视为恶魔，美狄亚[1]附体。我会被押入监牢或精神病院，在那儿度过余生。一切都将不复往昔。

产后抑郁症大多隐藏于我们的文化之中，其他几种严重的抑郁症也是如此，可直至今日，也很少有人视之为真正的临床症状，不过最近政府成立了特别工作组，采取措施，为所有即将为人母的女性在分娩前后筛查抑郁症，这当然是往正确的方向迈出了一步。母亲处于这样的状况之中将孩子杀死一般都会被视为罪犯，

1　美狄亚，古希腊神话中的女巫。

不值得同情，完全应该受到最严厉的责罚。比如安德莉亚·耶茨生产后，带有精神病症状的产后抑郁症反复发作，在 2001 年 6 月的某个清晨，溺死了自己的孩子。蒂娜·布朗在离开《纽约客》后创办了《谈天》（*Talk*）这本杂志，她约我写写耶茨；我还没来得及写这篇文章，杂志即告破产，不过我还是对这件事做了调研。耶茨的医院病例和其他住院记录使我对她的病症有了更多的了解，发现她经受了极大的压力，一方面是她奇怪的宗教信仰，另一方面是她丈夫一直要她多生孩子。她不但心理上极度痛苦，而且又是高危妊娠，这两个证据确凿无误，可大家一开始就急于下判断，忽视这些因素。

分娩后，我马上就和迈克、佐伊搬往父母家，随同前往的还有婴儿护理玛丽亚，雇玛丽亚是为了让她帮助我顺利过渡至当母亲的阶段。玛丽亚是德国移民，虔诚的基督徒，年纪挺大，还没结过婚，她对如何哄孩子睡觉，却又不至于大动干戈确实很有一套。她会把佐伊紧紧地包好，放至已历数代的白色柳条摇篮的角落处，让孩子脸朝下趴着（她一直都让孩子趴着睡），一个劲儿地摇摇篮，轻拍孩子的背部。玛丽亚对橡皮奶嘴的威力特别信服，虽然橡皮奶嘴的效用早已遭人唾弃，她觉得婴儿围栏和学步车也很有用，这挺符合当今开明的婴儿护理观念。我发现佐伊很喜欢橡皮奶嘴，觉得孩子是在通过无往不胜的香蕉奶头学习如何自我安慰，照儿童发育方面的理论家的说法，这种心理过程就是“自我安抚”。我觉得这种技能我从来就没学过。

当时，我还在图书出版业工作，且刚被提拔为副社长，随之而来的责任也有如山重，我刚生下佐伊还在住院的那天，就谈下了两本书。我在西区的那间单居室空间有点逼仄，容不下这么多人，但我觉得搬回父母家住的主要原因是我无法拒绝母亲说要带佐伊，顺带也可以照顾我的请求，原本的计划是只待两周，结果整整多待了三倍的时间。她在男孩子的卧室里放了摇篮，还有一张临时弄出来的尿布桌，还在附近的伍尔沃斯超市买了卡特的婴儿涤纶连体服，这是我女儿衣柜里的第一件衣服。

一看见连体服，我就哭成了泪人儿，不是出于感激，而是因为我没想到母亲竟会如此慷慨，给我女儿买了这么一套很不错的婴儿全套用品，里面有婴儿毯和配套的服装，都是柔软的棉料，粉色系。80 年代后半期为了跟上对冲基金大量热钱的脚步，上东区雨后春笋般冒出许多高档童装店，那儿就有卖这样的服装。这样说容易使人误解我母亲的性格，认为她这人对孙辈百般宠爱，她自己都认为她不是这样的人，她这人很实际，是一家之主，让她溺爱谁是绝对办不到的，就连婴儿也不行。在喜庆的场合，她不会送什么喜庆的礼物；多年后，佐伊到了十二岁，是犹太女孩成人礼的重要年龄，本期望会收到一串珠子或者一只银镯，她的那些朋友在成人礼上收到的差不多都是这类礼物，母亲却送了她一只天美时的闹钟。爱也好，钱也好，钱也好，爱也好，母亲两者都很吝啬，她一向如此，有时我会把这两者搞混。那些卡特的连体服就像是致命的一击，因为这等于是扣除了一大笔税款，对与我有关的任何东西，她都不愿表现出母性的慷慨和大度，即便是外孙女的出生也不行。

迈克、佐伊和我最终横穿整座城市，搬回了我的那间单居室里，玛丽亚一直催我搬家，她这人心直口快，用浓重的喉音说我父母家的公寓有股“不良的氛围”。（她的工资是母亲支付的，可见她挺有独立思考能力的。）我认为父母对新生的外孙女漠不关心，她肯定是被吓到了，但我觉得她指的并不仅仅是这些。母亲有个至关重要的缺陷，这种缺陷并不仅仅是漫不经心、漠不关心到心肠硬的程度这么简单，不能把这说成是心如铁石，也不能说她缺失爱的纽带，从家庭的互动关系看，这些都只是普通的偏差，这种情况她肯定是见得多了。我指的是来自我们家庭内核的反常状态，纽带连得不是地方，错得离谱。使我小时候如此伤痛欲绝，如今仍然伤痛欲绝的正是这一点。

•

我们婚后没多久，还没出蜜月期，我就从母亲那儿接到一个电话，让我和迈克在随后的一天里去我父母家，也没给出解释。我们四个在父亲的书房里碰面，表明这是个正式的场合。我父母都不擅长给谈话预热，马马虎虎聊了几分钟后，父亲说之所以要在这儿问我们，是因为我们已经结婚，肯定也在考虑怎么供养下一代这个问题。他没有使用“成家”这个词，因为这种田园牧歌式的柔和语调不是他的风格。他说希望能帮助我们，给我们买一套公寓，他也给我几个兄弟姐妹买了房，但有一个条件：必须签一个协议，同意在我们的新家里保持犹太教的教规。我是兄弟姐妹中唯一一个不太遵守教规的人，父亲对此心知肚明，但从未明说，肯定是母亲告诉他的，绝不会是我，只有这样他们才能扭转局势，让我走上正轨。

我听着这席话，惊得目瞪口呆，丝毫没料到父亲的掌控欲如此根深蒂固，竟然准备监控我婚姻中的行为。我看了看母亲，她坐在沙发上，就在我边上，竟一反常态，一言不发。我觉得自己就像被扔到了压路机底下一般，我静坐了一会儿，然后就颤着嗓音说我不信这个。我说的“这个”，是指整个宗教体系，但我不想说得太细，以免羞辱到父亲。不过，我也不用太担心；他早已勃然大怒，说我竟然会不信教，仿佛不信教使他的权威打了折扣似的。“你信不信才不管我屌事。”他怒吼一声，“屌”字说得特别响亮。他脸涨得通红，口中涌出唾沫。我觉得单单是他的怒火就能将我撕成碎片。这时候，迈克仍旧老练地保持着沉默，也有可能是吓傻了吧。趁事情还没变得更糟之前，我们就起身离去了。

我们沿帕克大道一路走去，我感觉到自己的心脏一直在猛烈地敲击着胸腔。我建议我们俩自力更生，不让父母出钱。那一刻，我觉得我俩就像是一对生机勃勃的小夫妻，想要拥抱这座城市；

我们就像《裸足佳偶》[1]里的罗伯特·雷德福和简·方达那样，觉得这样的喜剧不过如此，遂逃离家庭。迈克犹犹豫豫地同意了，但我能感受到他有长远的考虑，他的心是向着父亲那个提议的。我不知道自己的心是否也是如此，但我觉得有一点很重要，那就是至少装装样子，表明自己根本就不屑于玩弄他们那种掮客的伎俩。

大约一周后，母亲寄来一张便笺，浅蓝色的信纸上说她也不同意父亲的那种做法，对之前发生的事表示抱歉。让我签协议的说法后来再也没提出来过，佐伊出生后不久，我们就从原先的一居室搬到了离列克星敦大道不远的三居室里去了；公寓的门脸气势不小，予人一种门后别有洞天的感觉，其实并不尽然，一旦过了客厅，公寓就迅速缩小，用餐区在角落上，几间卧室叠罗汉一般挨在一起。我把第三间小蜗牛壳似的卧室当作办公室，设法让自己喜欢上这套公寓。每次母亲来，她都会欣慰地环顾四周，说："感觉还是挺好的。"不管是为了说服她自己还是为了说服我，都在表明我的这个抉择很不错，但我自己从来就没有这种感觉。

---

1 《裸足佳偶》(*Barefoot in the Park*)，美国 1967 年的喜剧。

22

我在返回自己的领域时——佐伊差不多已有六岁——抑郁症又严重了。我没去出版社坐班，而是继续在家力所能及地办公，虽然我还在正式休产假。我买下了一本书的版权，给它做编辑，这本书对我意义重大，讲的是约翰·列侬和小野洋子之间共生共栖的诡异关系，作者之前曾和他们同住一个屋檐下，是他们的助理。出版社对这本书的前景充满期待，我经常在电话里和发行部门的负责人聊该书的营销计划，到时印量会很大。偶尔，我会去公寓附近的餐厅和代理商吃顿饭，假装对某个项目感兴趣，面带微笑，掩饰着内心的绝望，心想我的眼神是否会透露悲伤。

不过，大多数日子，我都会穿着睡衣在公寓里走来走去，挨到治疗的时间。我也会和密友苏珊见个面，她女儿比佐伊大九个月，我们会在中央公园散步，两个母亲推着婴儿车来来回回地走着。聊到最后，我就会坐到长椅上，泪眼婆娑，说再也受不了这样的话。我服用的抗抑郁药似乎没什么作用，只是让我变得死气沉沉，将我所余不多的活力尽数吸走。我发现自己已经不太去想如何杀佐伊这样的事，反而老是被自杀的执念纠缠。有时候，答应待长一点时间的玛丽亚带佐伊出去玩，我就会从厨房的抽屉里拿出把刀，想一刀插入自己的胸膛。

恰恰就是在这段时间，我耗费了很多精力的关于约翰·列侬的那本书竟然不出了，也没经过讨论，因为小野洋子让律师寄了一封勒令停止出版的通知函给新任社长，而新任社长碰巧又是比尔·乔瓦诺维奇的儿子。这件事来得太突然，比尔也没提前通知我说他卸任社长一职。彼得遗传了他父亲的些许傲慢，却全无父亲的魅力，他和我之间的关系也处得比较艰难。彼得如今已是万人之上，我认为他既欣赏我，又憎恨我在公司里平步青云，受到他父亲的宠爱。他打来电话说是因为小野洋子的那封信，才决定不做那本书的，我不假思索，脱口而出："我不是替你工作，我是替你父亲工作。"这句话充满了挑衅意味，毫无手腕可言。这通电话打完没几分钟，我就被乔瓦诺维奇出版社炒鱿鱼了，我的办公室受到两名保安的监视，以免我试图进入，我的这段满怀雄心壮志的生涯就这么黯然终结了。后来我再未曾踏足过这间办公室。

我觉得自己就像是被人在肚子上捣了一拳，内心的专业认同感变得支离破碎，刚刚萌发的不再纠结儿时饱受创伤的感觉也随风而逝。接下来几周，我觉得很难再接纳比尔了，他始终都很信任我的能力，我也一直觉得他比父亲还亲，他却未对我伸出援手。

我给他传真了一封信，说他和公司对我有多重要，但一直未收到回音。（多年以后，他给我写了一封信，称赞我的一篇文章写得很好，尝试重拾旧梦。遗憾的是，我就没回信，拖延了许久，直到很晚也没回。）

•

佐伊六个月大的时候，我让迈克和保育员照顾孩子，然后就住进了威斯切斯特的医院。这家医院是一名精神病学家推荐的，在母亲催逼之下我曾向他咨询过，他是个很有教养的奥地利人，名叫彼得·纽鲍尔，一直都想让我投身于文学创作。我进了他的诊室，一筹莫展，哭哭啼啼，他看了也很沮丧。自从不在出版社工作之后，我的抑郁症便来势汹汹，我刚住院的时候，甚至连饭都不吃，话也不说。

这一次，医院的名字朗朗上口，让人有种错觉，听上去更像是一座水疗中心，而非精神病院。医院坐落于市北，车程一个小时，某个工作日的午后，父亲的司机康拉德开车送我过去，姐姐黛博拉也陪着我，当时她碰巧刚从以色列回来。我们一路上几乎没怎么说话，我迷失于自己的思绪之中，即便能形之于言，也不想去讨论眼下的困境。经营这家医院的精神病学家负责照料我，他见我的时候乐呵呵的，让我很不安。我和姐姐哭着道了别，然后就住进了安排好的病房，“尖利物品”——任何会对自己或他人造成危险的东西，诸如指甲剪、玻璃容器——都被人从行李中拿走了。我在护士办公室里站在秤上称了体重，像件快递包裹。我至今仍然记得自己的体重（138磅，比怀孕后期的180磅下降了不少），觉得离开佐伊的身边有种不可思议之感。我已经对她相当依恋，老是琢磨她是否会注意到我没和她道晚安，吻别，给她唱“睡吧，睡吧”，母亲就曾给我唱过这首希伯来摇篮曲。

起先，医院就像是夏令营，有乡间的农舍、翠绿的草坪，还有一家挺不错的自助食堂。员工对一种名为心理剧的疗法特别起劲，你可以在剧里捶枕头，假装把枕头当作让人气恼或伤害了你的父亲、配偶、恋人，团队里的其他成员也会给你鼓励。尽管这儿充满着彼此扶持的氛围，但我很快发现这其实就是一门生意，健康人照料病人，并不是出于同情，而是出于冷酷的利润算计的本能。除了我自己，还有把发胶当饮料喝的著名政治家的妻子和在大都会歌剧院唱合唱的一个男人之外，我那儿的绝大多数病人都是公司里的蓝领，公司给他们提供了覆盖精神疾病的极好的医保，如IBM（国际商业机器公司）和联合爱迪生电力公司。我发现无论症状是否明显，他们都会住很长时间，一旦保险用完，即便前一天还在说要杀了自己，院方也仍然会立马把他们遣出医院。

我住院达五六个星期，母亲就来探望过我一次，慷慨地带了件T恤衫当礼物，T恤衫上印了间音乐厅，因为父亲的慈善事业，音乐厅以他的名字命名。看她选了这件T恤衫给我，我就很吃惊，难道她真的认为我会穿件印有“默尔金音乐厅”字样的T恤衫，在精神病院里四处溜达？这不会令我想起自己爬得高，跌得惨吗？如果是别人送的，没问题，但经母亲之手，怎么看都像是在惩罚我。医生表达了想要和她见面的希望，但她拒绝了这个请求。

这期间，父亲会往我病房里的投币电话每周打一次电话，聊个三言两语；他问我是否喜欢这地方，好像这儿是酒店似的。过了差不多一个星期，决定我可以外出走走之后，我就和其他病人出去走了个短途，去蛋糕店、咖啡店逛了逛，医院坐落于州北一座漂亮的村庄里，那儿点缀了许多这样的店铺。我们偶尔会坐大巴去看电影，我觉得自己就像在镜子的另一侧，成了“异己者”团队的一分子，受到“正常人”的观察。

每逢周末，迈克会让佐伊坐上童车，和苏珊以及她一岁的女儿艾米莉一起来探望我。他得费点功夫才能给佐伊穿上宽松裤、外衣和毛衣，这些衣服都是我从上西区[1]猴子与狗熊店里精挑细选买来的，但现在不是毛衣上掉颗扣子，就是宽松裤的面料上有个洞眼。这些微小的细节总使我毫无理由地悲从中来，仿佛我不在的时候，佐伊的幸福遭到了极大的忽略。我们聊天的时候，我会把她搂在膝上，可是我们之间的谈话有些磕磕绊绊。我很喜欢她扭来扭去的暖暖的身子，喜欢她那弯弯的细眉底下浑圆的棕色眼睛滴溜乱转的模样。我设法抵御住阵阵袭来的愧疚感，佐伊现在正在生长发育，这么关键的时刻，我竟然没在她的身边。“你好，

1　上西区（Upper West Side），位于纽约曼哈顿。

小面条。”我会一遍遍地和她打招呼，亲吻她的头顶和丝绒般柔滑的脸颊。“妈咪很想你，你知道吗？”

探望过后，我就会返回病房，返回虚假的家里，情绪消沉。我没法想象住在医院里，究竟会变得怎么样，和一个肥胖的女同性恋者没完没了地打牌吗？她总是这儿不舒服，那儿不舒服，不知道为什么，她就喜欢上了我。她告诉过我，说我能当女同性恋者之中的明星。我和室友有过长谈，她是个身材高挑、行事果断的女人，她说出院后就搬到以色列去住。我没觉得她有多抑郁，她来这儿住院似乎是为了暂停日常的生活，喘口气而已，所以随身还带了一大包放置得井然有序的洗浴用品。

我觉得并非每个人都会和我一样用夸张的视角看待精神病院——等到一切都无济于事的时候，我就把这儿作为最后的得救之地躲进去，同时又伴随着耻辱感和自我厌恶感。尽管抑郁症这个词无处不在，但我仍能深切地意识到对精神疾病，文化上的耻辱感仍如影随形，只要一旦承认自己精神失常，无法正常运转，这样的污点就会触目惊心。有人宁愿自杀，也不愿面对住院治疗所带来的在社会与职业上的后果，我觉得很有道理。精神病学家凯·雷德菲尔德·杰米森在其回忆录《躁郁之心》(*An Unquiet Mind*)中回忆自己当时只要一想起住院这件事就会觉得恐慌，即便最想自杀的时候也仍然难逃这样的宿念：“一想起自己要被关起来，远离熟悉的环境，不得不参加集体治疗，不得不在精神科病房里忍受有辱尊严的行为，让自己的隐私遭到侵犯，我就惊骇万分……但我最担心的是如果很多人都知道我住院治疗，那我的临床工作就只能暂停，种种待遇也就暂时得不到享受，这是最好的情况，如果是最差的情况，我会永久无法行医，待遇也永远享受不到了。”

我要么在逼仄的床上躺着，要么盯着天花板看，要么就在心理剧里捶枕头，在烟雾缭绕的“休息室”里打牌，和其他病人聊聊他们的生活。医院的院长是我的治疗师，他对自己很有信心，准备将我往昔生活的种种遗迹一扫而空，其中也包括迈克。“他配不上你，”他就是这样说的，“只有更好的男人才配得上你。”我不知道他的这个观点是基于何种分析而来，他并不了解我丈夫，也就是在迈克带佐伊来探望我时，他们点头打过招呼而已，我也不清楚他是怎样一个人，他的看法究竟从何而来，比如他说我父母道德败坏，为人卑劣，我应该过上作家的光明生活才对。不过，出院后我仍然由他治疗了一段时间。

出院时，我手里多了几个毛绒动物玩具，别人送的，权当是离别时的礼物。现在我又多出了一帮古怪的新朋友（其中就有那个肥胖的女同性恋者），病室的工作人员说我应该不会想和她们继续保持联系（我还真和她们继续联系了）；我也习惯了喝一种食堂里供应的名叫“水晶灯”的饮料，里面含有很多种化学成分；同时，我对医疗世界也不再抱有任何幻想。

我对出院还有些踌躇，那几个星期，我内心里应该一直在反复思考这个问题。或许我意识到根本就没有救治，心理剧也无法恢复我在出版社的工作，弥合我的婚姻，是否能把我与父母的关系修复好也已经变得无足轻重。我回到家，落下的生活逐渐得到了恢复，我很享受和佐伊玩耍的日子，我也和好几个月没说话的朋友恢复了联系。过了一段时间后，我甚至又开始写作了，劲头十足地接下了各式各样的任务，我原以为这种热情早已不再，偶尔我也会深挖自己的经历，用作素材。我给《纽约时报》的专栏《她的》写了一篇文章，讲述乘出租车时丢失一条围巾的事，这件事仿佛就是一个替身，代替了种种的失落，或大或小，或明或暗的失落。

23

四年里，我努力让自己浮在了水面，可后来又进了医院。我一直在做自由撰稿人，写各种文章，讲观看电影时内在的偷窥欲，讲为什么不愿参加大学校友联谊会；我还写书评，虽然稿费寥寥无几，但这种工作让我觉得自己还像个作家，挑剔却公允，博学却不会阳春白雪。可是由于没地方可以上班，也没有专门为某本杂志撰稿，我觉得职业上颇有种漂泊无依之感。我现在服药都是一把一把的，吃药让我头晕眼花，口干舌燥，却难解抑郁症发作时的痛苦，它稳稳当当地绕着我盘旋达数月之久，切断了我的氧气，封闭了我的世界。我对自己的存在充满了不安定感，久违了的悲伤与困苦再次降临。

我还觉得自己被推离了婚姻，越推越远，我也意识到自己从未给这段婚姻以机会，从未接纳迈克本真的模样，接纳的只是我心目中的迈克，这种模式正是我从父母那儿遗传来的。他曾经吸引我的那些品质，艺术头脑，与外界的轻松相处，我原本认为是男子气概游刃有余的表现，如今从我们所过的那种生活来看，这些品质竟都成了问题。

我父母一直都视迈克为一个异己的存在，一个喜欢耍嘴皮子的嬉皮士，不知道是从加州的哪个石缝里蹦跶出来的。他们认为迈克工作不顺心，没体现出价值，公公婆婆问题多多，父母的这些想法可以说毫无意义。迈克的母亲和他爸结过两次婚，迈克一岁半的时候，母亲第二次离开了她的丈夫，他母亲是个自力更生的女人，拥有大量资源，最终在洛杉矶管理一家女式内衣店。但她这人也很执拗，刚愎自用，对自己的独生子说一不二。迈克那位婚姻不顺的父亲只是一个小有成绩的华尔街金融家，他把迈克引入了自己这一行，却十分吝啬，给他的工资少得可怜，对待他就像手下的勤杂工，而非有待培养的经纪人。

孩子出生之后，迈克和我就争吵不断，争吵主要集中在：对佐伊来说，爸爸重要还是妈妈重要，究竟谁才有本事，谁才能从情感上更好地给孩子以慰藉。迈克的第一场婚姻留下了两个女儿，他认为自己才是照顾佐伊的理想人选，从饮食（他坚称，只要孩子长大到有足够的消化能力，就要每晚给她喂西兰花）到如何上厕所，无所不包。我不习惯父亲的介入，觉得自己的角色遭人篡夺。但真相是我和迈克从未进入到当下现实之中，从未将彼此视为真正的夫妻，视为我们孕育而出的那个孩子的父母。用我很喜欢的作家马尔科姆·洛瑞[1]的话来说，尽管过了这么长时间，我仍然是个“被怒火追逐的小姑娘”。

住院后几个星期，又出现了通常的那些症状：我因焦虑什么事也干不了，无法起床，无法做事，无法读书，无法吃饭。有时候，我会打包几件衣物，回父母家住，主要是为了逃避其他人的审视，让丈夫和牙买加的管家大妈黛茜来照看孩子。我不愿眼睁睁看着自己一天比一天消沉下去，尤其是不愿让佐伊见到。迈克或黛茜带孩子来看望我的时候，她还是一如既往地喜欢唠嗑，麦片粥盒子底部的插画是什么意思，电视节目《巴尼和朋友》里那个小男孩有多么可爱，反正什么都爱说。对我来说，她没感觉到不对劲，就已经万事大吉，可是她对我的感受丝毫无感也令我心痛不已，让我感觉和她离得很远。

我想把她搂入怀中，嗅着她刚用过香波的秀发——她的秀发呈焦糖色，总能得到其他女人的赞美，这些女人也花了很多钱给专业的美发师，想要做出这种色调细腻的焦糖色——直到心中的怒气渐渐消散。但我实在没有精力去回答她连珠炮般的提问，也没精力编出那些好玩的游戏。“就加装[2]玩玩吧。”她会这么对我说，对此我只能勉强一笑。当我只想永远躺下不动的时候，我又怎能像个母亲那样热情呢？

1　马尔科姆·洛瑞（Malcolm Lowry，1909—1957），英国诗人、小说家。

2　小女孩口齿不清，把“假装”（pretend）说成了“加装”（pwetend）。

我特别害怕出去，大多数时间都躺着。这么多天里，我轻了足足十磅——放在其他时候，这个成绩足以令我欢欣，此刻却觉得无关紧要。但凡我敢下床去见心理医生时，都会有人陪我，以免我找不到去的方向，或者又不想下床了。又一次，我痴心不改，反复咀嚼着自杀的念头，内心争论着究竟哪一种自戕的方式更好。跳楼似乎是一种最令人满意的方式，一气之下，啪一声，一了百了，但这种死法也最瘆人，有可能会很疼；吃药太女人气，不确定性太大；割腕似乎极具诗意，但我没法确定如何才能一刀真正了断自己。最后，我突然想到撞车而亡是最佳策略；看上去是个意外，晚上还要开灯睡觉的女儿长大之后，也不用受到母亲死于自杀这个事情的折磨。有一两次，我坚持说要一个人出去走走，尝试迎着来往的车辆行走，红灯过马路。一个司机紧急刹停，差一点就撞上了我，吼道："嗨，你疯了吗？"

我住的这家医院在曼哈顿的中城区，住院的那一天，我去咨询了一个精神病学家，有人推荐我去看他，说他的诊断技术很专业。他的诊所就在医院里，他是住院部抑郁症病人的负责人。母亲带我坐出租车过来，在丑陋的接待区待着，坐在水绿色的塑料模块椅上。医生穿着白大褂，和我见过的其他精神病医生不同，他身上多了股不怒自威的气概。他看上去是个讲道理的人，我就设法让他从我的角度来看问题。我吞吞吐吐地讲着，声音比往常要低，大多是在讲自杀对我有多重要之类的话。我说我对抑郁症的起因已经不再关心，不想去难为谁，也不想去怪罪什么事。费神费力地去给显而易见的事情做解释让我精疲力竭，现在除了自杀，已经没什么事可干。塞壬之歌我已很久没有理会，现在也该注意了。我煞有其事地说，我已经做好了死亡的准备。

医生坐在诊疗桌后，问我有什么想要实现的，比如报复某人之类，我说这么做是为了自己好。我只想找条出路，这就是我的解释。他提到了我女儿，我说没我她会更好。他说我不可能一直这样想，我说实在记不得还有其他什么想法。这时候，他提出了一个建议，是很随意地提出来的，他说住院对我来说是个不错的想法。我摇了摇头，但能感觉到如释重负。我内心里其实知道他也清楚我来这儿就是因为再也没法待在外面了，就像斯泰伦所说的，待在外面只会“一个痛苦接着一个痛苦”。那天近傍晚时分，我和母亲在医院食堂坐了一会儿，我几乎没怎么说话，就是不停地问她住院是不是件好事，别人究竟会怎么想我，后来我就返回医生的诊室，由他陪着我去了病房。

24

一旦住了院，我便奇怪地感受到了安全。我记得和几个失眠的病人深夜看电视时，感觉不再绝望。医生一直在给我开安眠药，其他所有病人几乎也都在服用，但这药对我不起效果（很有可能，这么多年来我一直在服用安眠药，已经不具有效果了），每当病房一片漆黑，唯有护士室的灯光和电视上闪现的斑斓光晕，我反而能更好地享受这舒适的时刻。

我会穿着病号服，看十一点的新闻，新闻里的灾害、危机似乎都抹上了一层人类学的色彩，与我如今栖息着的囿于一角的这个宇宙相隔何止是遥远。看完新闻之后，我们几个就会继续看电影或脱口秀，选的电影和节目大家都没什么异议。脱口秀的观众笑的时候，我们也会跟着一起笑。就像动物园关门后，你还在里面，发现自己和其他奇怪的生物一起被关在了笼子里，没想到还挺享受那儿的感觉。首先，我并不孤单，和待在家里截然不同。

尽管我没和朋友待在一起，但我身边没人比我更有希望，所以这也算是某种形式的合群吧。

如今回首住在西十一街时的往事——一间不上锁的病房里设了二十张床，占据了半个楼层——我立马就会想起乒乓球来回弹跳的声音，那是一间静悄悄的小房间，在明晃晃的日光灯和医院一两名护理人员的注视之下，大家没日没夜地打着乒乓球。绝大多数人都服用了大量的镇静剂，因此打球时还能有这样的竞争意识，是挺令人讶异的。我一般都会和布鲁斯打球，他三十五六，镇静剂服用过多，有些呆头呆脑，成天都穿着那件脏兮兮的圆领毛衣，裤子拖地。病人大多是女性，就几个男人，他是其中之一，我老是在琢磨：得抑郁症的男人都去哪儿了？难道都用酒精压抑悲伤，靠疯狂杀人来消遣吗？后来，我发现布鲁斯竟然是我儿时一个朋友的亲戚，我第一次遇见那朋友是在前往宿营地的巴士上，她扎了两条辫子，垂在脸庞两侧。我觉得能够从布鲁斯的身上看到我朋友的影子，有那么点饶舌，所以就对他有了亲近感，尽管很难跟他熟络。

我俩是打乒乓球的好搭档，截球都很稳，也很专心，要把小小的白球旋转着打过球网，每当小白球撞上橡胶球拍，就会发出啪的一声，令人心满意足。我很喜欢这样的治疗，有时布鲁斯和会我装扮一新，彼此男女般配，我觉得好玩，就像是米奇·鲁尼和朱迪·加兰德在全国各地打巡回赛。任何时候大家都能打乒乓球，但晚饭后打肯定得是乒乓球的死忠粉了，毕竟在外部世界，大家这时候都要去参加鸡尾酒会，或相约餐厅吃饭，或帮着孩子做作业。

病区晚餐的上饭时间是五点半。一盘盘饭菜放在钢质手推车上发放，手推车就停在一间装了窗户的大房间外头，那间房间就是餐厅，通常也是聚会的地方。你拿起自己的餐盘（饭菜都是前一天吃早饭的时候挑选好的，薄薄纸质菜单上的菜看上去不错，其实不然），端到房间里去，在乱糟糟的一排病人中间寻找空当，他们都在两排长条形的窄桌两侧相对而坐。最初几天，我一直没搞明白他们为什么都不愿在这儿逗留，毕竟这儿的社交环境还算相对正常。可我总能感受到某种无形的压力，催着大家赶紧吃完，尽快把托盘放回推车，或许这样，护理员当天的工作就能及时完成了吧。

房间的一头安了一台电视，另一头安了一部投币电话；大家都在磕磕绊绊地交流，只要电话响起，总能一成不变地中断谈话。不管是谁接的电话，都会显得一副怒气冲冲的样子，好像手头正在干什么大事似的。打完电话之后，话筒就会孤零零地晃在那儿，直到电话铃再次响起，另一个人拿起电话为止。有时候，年纪大的病人从大厅的一头拖着脚步，蜗牛爬似的往电话那头走去，十几分钟就这样耗去了。但常常去接电话的也就是那两三个姑娘，她们十八九岁或二十来岁的样子，总是有人给她们打电话，仿佛她们在外部世界获得了麻辣女王大奖似的，还把这魅力无穷的光晕带入了这家医院。

还有一个细节，我记得特别清楚，那就是气味浓烈，但还不算太难闻的洗涤剂的气味，这种洗涤剂是用来每天擦洗地板的。身着灰色制服的工人会突然现身，手上拎着大号铝桶，拿着拧成一股股的灰兮兮的拖把；他们离开后，地上米黄色的油毡就会闪耀着完全不协调的光亮。废纸篓也是每天清空，公用浴室和淋浴都会清理干净，虽然还算不上一尘不染。有时候，我觉得医院高标准的维护规格与护理病人的品质之间的关系有些颠倒过来了；显然，没人真正在乎我们这些人。尽管理论上，你住院是因为你需要获得比在外面更多的情感上的鼓励，可实际上，在日常化的监控之下，普遍的氛围却是善意的忽略，即：**如果你不管我们的话，那我们也就不会管你**。

一天中最难熬的时刻就是凌晨。我总是会在这时候从窄床上醒过来，床上铺的是医院提供的全套日用织品，一只睡不塌的枕头，一张用旧的棉料床单，床单的触感出奇的舒服，还有两张薄如纸的毯子。每次醒来，我都倍觉惨淡，一心希望能再次入睡。但和家里不同，虽然在家里醒来时我也会觉得惨淡，可在这儿，我不用戴上假面具面对生活和这个世界。我住进医院，不就是因为我早已放弃自我表现、假装开心、天天向上的那套烦人的把戏吗？外部世界的其他人只能奋力挣扎，巧取豪夺，尔虞我诈。你在这儿，只是暂时撤离战斗，疗愈你的伤口。病人吃早饭的时候都会正经打扮一番，但没过几天，我就意识到你要是不愿意打扮，也没人会对你咋咋呼呼，所以我也就和其他懒人一样套件起毛的袍子，趿拉着拖鞋走路了。

我一般都是最后一个去取大厅门口推车上的那份早餐。和西尔维亚·普拉斯的《钟形罩》里描述的一样，这儿也没有奢华的床边服务。没有蓝色瓷瓶和插在瓶里的白色雏菊，没有扇形的玻璃贝壳和盛在里面的橙色果酱，唯有孤零零的一盒玉米片，一盘炒过头的炒蛋。我生得太晚了：随着医疗管理保健制度的出现，住院天数急遽缩短，强调药物治疗，而非倾听，私人精神病院与生活中的其他许多事物一样，也都今非昔比，它的光辉岁月已是过眼云烟。当时，有钱的病人——如诗人罗伯特·洛威尔所言，都是“纯种的精神病病例”——可以在马萨诸塞州麦克林医院占地两百英亩的修剪整齐的草坪上随意溜达，弗雷德里克·劳·奥姆施泰德[1]选择在此修建医院，也是因为这里风景秀丽。

“医院里的时间沉甸甸地悬在那儿。”斯泰伦在《可见的黑暗》里这么写道。对我而言，时间并不沉重，而是多了一层不具强制性的截然不同的维度，退入背景之中。病区生活的奇怪之处在于，即便早餐时间已过，当天的日子也还没有真正地开始。时光在流逝，一会儿就是午餐时间，然后是午后时光，很快就又是五点半了。当然，其间也会有各式各样的事情，主要就是治疗和“发药”，发药时，护士室里会排起队伍，每片药会从单层塑料包装纸里仔细地拿出来，放入一只小巧的纸杯里。但绝大多数时间，你

1　弗雷德里克·劳·奥姆施泰德（Frederick Law Olmsted，1822—1903），美国园林建筑师、记者、社会批评家。

都可以休息，可以神游，可以窥探医院里的角角落落。当然，你也可以无事闲坐，可以在床上躺下，思考那个你根本无法给出满意答案的问题：你究竟是想活还是想死？

从某个角度来看，入住精神病院可以认为是对现状的挑衅，是对防御措施的公然羞辱，是对自我的保护，是让自己勉力向前。你究竟特殊在什么地方，柔弱在什么地方，竟会无法振作？（在简·凯尼恩[1]的诗《让忧郁遁形》里，一个朋友的建议是“如果你真信上帝，便不致如此抑郁”。我时不时会心怀愧疚地思忖，如果我坚守信仰，仍然是正统犹太教徒的话，是否就会少抑郁一点呢？）

记得有一天，我拿起一本杂志，一页页翻阅着聚光灯下那些名人扣人心弦的故事。难以想象的是，不久前，我自己也在为这样的杂志写文章，编辑急切想要得到稿子，就会请我享用昂贵的午餐，对我百般奉承。霎时间，我便恐慌不已。有人——不仅仅是炙手可热的文化人，而是任何人——真的会在乎我从这场战斗中脱身而出吗？如果我再也没有回来，再也没有重操旧业，别人会为我伤心难过吗？另一方面，脱身而出其实也是一个高尚的抉择：如果我的灵魂、我的心灵、我的神经化学崩溃了，亟须修复，我便会欣慰地想到那些只是受野心的召唤和驱使的人执念太深。

某天近中午时分，等到十点半的员工会议开过之后，我便拎

1　简·凯尼恩（Jane Kenyon，1947—1995），美国诗人，翻译家。

着一只手提箱和两个装了许多东西的购物袋出院了。我在里面待了三周，三周后我没觉得自己有很大的起色，而且我感到自己对住院这件事越来越厌恶，起初一直督促我住院的那位精神病医师此刻也在督促我快点回家。我的内心仍然深感恐惧，如果我不出院，我就会像病人莉莉安那样，像这个众所周知的无家可归者那样，这样的未来让我战栗不已。

莉莉安大概六十多或七十岁出头，在医院已经住了很长时间，自认为是医院的吉祥物。她过来自我介绍后，说第二天要领我到四处逛逛，好像她是这座水疗中心的负责人，要告诉我没注意到的那些设施有什么用。我注意到员工和其他病人长期以来都对她很宽容，没去制止她的社交。我发现她对这里封闭的医院环境安之若素，而且很享受被人照顾的感觉，就算冷漠无情也无妨。我一直在忐忑不安地琢磨她这个人：真有人会让自己如此赤贫，如此消极，想要一劳永逸地在此逗留下去吗？真有人会让病房成为自己的家吗？面对病房里刺眼的日光灯和无边无际打蜡的油毡，食之无味的饭菜和一成不变的日子。

恰巧，在我住院的第二个星期，院方就已在安排莉莉安出院的事情了。她经常和治疗师以及病区的社工见面。她和我们这些人谈起了她对抓不住机会的恐惧，尤其是每次用餐的时候会谈得更起劲。莉莉安会被安排入住布朗克斯的团体之家，她很担心，谁会负责提醒她吃药？要是和其他住户相处不来，该怎么办？附近又安全吗？

出院的那天，她和每个人道别，又搂又吻，对离开护士和护工尤其觉得痛心，她一直认为那些人是她的密友。她离开后，病区不知何故似乎少了些凝聚力，我发现自己也挺怀念她的。她给我打过几次投币电话，一直在抱怨。我答应出去后一定去看她，但我一直没去。偶尔，我也会想起她，就像在噩梦里想起了某个人，逃命时对着某个人大声呼救一样。

是母亲来接的我，她情绪很好，完全无视我对出院模棱两可的态度。事实上，出院一事我并不情愿。要重拾自己的生活并不容易，虽然一个月前你还想把这个往昔的生活统统扔掉，除了绝望令人窒息之外，没有任何东西实质性地发生了改变。理论上来说，住院期间，有时会意识到除死亡之外，其实还有其他选择，如果无法离开恶魔，你也可以决定和它生活在一起。但最终做出出院的决定还是需要靠意志力，至少可以让怀疑暂时消停一会儿。

我和母亲站在缓慢移动的扶梯上，心在疯狂地跳动，我告诉自己一切都会好起来的，可我不清楚是否真会这样。我心里很明白，我在医院里一直搜寻的母性根本不在那儿。我终于开始明白，想要使童年焕然一新，变得美好，等于自寻死路，等于逼停这个世界，再从这个世界离开，因此，一切都是在做无用功。想要别人全心全意地照顾你已不可能了，如果三十年前我没有得到这样的照顾，那现在无论我是多么执着，也都不可能得到了。

25

第二次冬季风暴又来临了，新闻广播员尽显嘲笑之能事，兴奋地预测周末之前还要下多少英寸或多少英尺的大雪。雪花斜斜地落下，仿佛是小孩子画出来的，一落到路上，就转成了灰色的烂泥。周四是我小时候最喜欢的日子，只要再上一天学就到周末了，晚餐还有肉丸子和通心粉可以吃。现在我发现周四预示着周六的来临，是个不祥的预兆，到了那时候，我仍然没有丝毫的条理，只能徒自挣扎。想要不落入忧郁的陷阱，不让自己毫无行动力，我费尽心力做计划，却仍然会泥足深陷。一个人要做多少个计划后，才会明白这是徒劳之举？难道要再吃一顿早午餐，再看一场电影，再来一场无法进行下去的谈话吗？为什么做这样的计划对我来说已经足够？为什么这样的消遣无法满足我？为什么我无法得到慰藉？

很久以前，我看过的一个心理医生 C 医生对我说，我的童年时期在我心里留下了一个洞，这个洞永远无法填满。有这样的洞，只能去求助于药物，或宗教，或真人秀节目，才能麻痹痛苦。医生还对我说过，换一种生活，不同的背景，我就会吸毒上瘾。我觉得这话很在理，我其实是想不惜一切让自己堕入遗忘之乡，给自己打上一针，让自己释然。我内心深处从未理解什么是未来，不知道如何做计划，鲜能自我约束，一旦想要投入便觉得天崩地裂，所以执行起来也是一团糟。

我同辈的那些人都选择了大麻这种毒品，可大麻对我没什么效用，还比其他药物有更多副作用，让我偏执妄想，彻底迷失。我更倾向于甲喹酮（Quaalude），这种药还有的时候，可以起到钝化感知的作用。可惜，市场上不再销售甲喹酮了。不过，还有一氧化二氮，也就是笑气，我有点被吸引到。还有摇头丸，我吃过几次，很受用；若有什么让我不开心，我就会吃摇头丸，C 医生通常对我乱吃消遣性药物睁一只眼，闭一只眼，但这次特别警告我要远离摇头丸，说这东西会在我脑子里烧出更多的洞。

周五的夜晚时隐时现，不像以前那样预示着安息日的来临，预示暂停工作，强制让你在二十四小时内享受神圣的休憩，至少不用多活动。我遵守安息日的规定已有几十年时间，安息日划定了世俗礼拜的终结时刻，引入了一个截然不同、高高在上的维度，令我充满了怀旧之情。我并不觉得自己是个有灵性的人（事实上，我一点都不喜欢“灵性”这个词，毕竟它暗含着来世的纯洁性），我从未与我生活中那些繁复的犹太教礼仪达成一致，虽然这些仪式在我的成长时期规定了我的生活。尽管我已抛弃这些繁文缛节，可我仍旧对犹太人的身份有强烈的认同感，也从未认为自己与希伯来人的这个教派划清了界限。我记得70年代末给《纽约客》当打字员的时候，对许多员工处事低调的犹太性格惊讶不已。当时我仍然住在家里，向单位解释说周五我得早点下班，虽然大家没说什么，但还是引发了一些震动，仿佛我就是一个初出茅庐的小孩子。

近来，我在思考放弃童年时代的正统信仰，这是否也就意味着放弃了共同体予以你慰藉的潜在可能性。我之所以说“潜在可能性”，是因为在我的成长过程中，丝毫未曾感受到共同体的存在。这部分是因为我家常去的坐落于上东区的第五大道犹太会堂是极具正统性的、表面上朴实无华的有钱人的地方，是我父母的舞台（相比我和姐姐们，我的几个兄弟与这座犹太会堂的关系更紧密），也有部分是因为那时候极少有其他正统信仰的家庭住在上东区。

我从来不会从正面的角度去思考共同体，我认为共同体有一种待人苛刻的群体思维形式，对背叛者百般抨击，对菲利普·罗斯以及其他犹太性格或特点不太典型的人狂轰滥炸。可是，我也相信站在纯粹宗教立场上的人，你若是与之发生关联，还是能从他们那儿有所收获的，你所获得的某种力量就来自于一些正式的场合，尤其是生与死的场合，他们会如你所料出现，超越了朋友间的纽带。前来参加七日服丧期的人，不会管时间地点是否合适，他们前来仅仅因为你就是他们中的一员。

如今我只在犹太新年和赎罪日才会去犹太会堂，大多是去姐姐们常去的上西区的会堂。我挺喜欢这两个节日的庄重感，某些低眉顺目的祷文能令我心绪平复，尤其是盛赞上帝和因各种假想的罪孽祈求上帝宽恕的祷文。Ashamnu，bagadnu。[1] 忏悔罪愆的祷文能令人振奋，可以驱除灰色的阴影。每件事都是非黑即白：或生或死。要么得救，要么堕落。要么踏上狭窄的正道，要么误入歧途——撒谎、偷窃、饶舌、背叛信仰。我的抑郁症在这样的环境下烟消云散，我们的命运并没有掌握于自己的手中，这让我如释重负。

我很清楚心理学家布鲁诺·贝特尔海姆[2] 的想法，他在一篇颇具争议的随笔中说他觉得集中营具有净化心灵的作用。（早年，他在达豪和布痕瓦尔德集中营被短暂关押过，当时的情况还不算太严重。）他后来越走越远，竟对一名法国记者说他这辈子也只有被关在集中营里的时候，才没想过自杀。

周末，我一般都应该工作，在外界看来，我这人就是个做事的人。我会写作，或者说尝试着去写点东西，回邮件，凝望虚空，起床，在冰箱里胡乱翻寻。兼职助理詹姆斯来了以后，就让我具备了高产的表象。他会替我回电话，编制我使用不到的一个文件系统，对我写的文章提出批评，付账单，给其他助理打电话，安排采访，要求别人把样书寄过来，替我发表的文章催收拖欠的稿

1　犹太教的忏悔祷文，意为“我们有罪”“我们背叛”。

2　布鲁诺·贝特尔海姆（Bruno Bettelheim，1903—1990），美国心理学家。1943 年发表了著名的论文《极端情境中的个人和群体行为》，论述了集中营生活对人的影响。

费。詹姆斯绝对是个奢侈品，我已经离不了他了。我搞不定的事情，他都能帮助我理顺。我一旦分心，他还会给我纠偏。我时时刻刻都在分心：我喜欢分心，想远离那些必须完成的事情，远离意识的栖息之地。后来我发现詹姆斯也有抑郁症，有时候，他会躺在我的床上，不工作；有时候，他会在下午两点跌跌撞撞地跑进来，醉醺醺的，一副深夜参加了聚会宿醉未醒的模样。有时，我们也会讨论彼此内心的黑暗，但总是小心翼翼的，像是两头大象慢慢地逡巡挨近，互相测试对方的态度，于自身的悲惨际遇中警惕地寻求着同伴。

入夜，我通常不会睡觉，看深夜的烹饪节目《切菜大厨》（*Chopped*），看厨师间互相比赛，看一篮篮异国的食材，如鹌鹑蛋和金橘。这只不过是我看的其中一种美食节目，我最喜欢的还是《餐馆、小摊和料理店》（*Diners，Drive-ins，and Dives*），主持人盖伊·菲耶里胖嘟嘟的，语速极快，一头漂洗过的大波浪金发。他开一辆红色的敞篷车，跑遍全国，搜寻家常小馆子，顾客都喜欢去那种馆子，吃一大盘一大盘鸡翅膀、超厚汉堡、塞猪肉丝的墨西哥玉米卷。这些节目会使我深感内心平静，觉得这个世界还不赖。我超爱看节目里那些无穷无尽的小步骤——切菜、削皮、倒油，一步步推进，一层层搭建，最终完美地呈现出一桌饭菜。

尽管我的味蕾高度发达，能分辨出菜里缺了哪种食材，知道添什么佐料会更美味，但我终究不敢亲自下厨。我女儿还小的时候，我告诉她炒鸡蛋是门高级的艺术，必须算计好添加多少牛奶，斟酌好加多少盐和辣椒，接下来还得仔细翻炒，这技术只有少数人才能掌握。每次炒蛋，她就会往凳子上一坐，睁大眼睛看我做，紧盯着每一个步骤，完了之后，吃得津津有味。我原本的志向是想给孩子做曲奇饼，反正不能和我母亲一样，我要成为唐娜·里德[1]那样靠谱的母亲，腰上围块方格围裙，手上拿把木勺，勺子上粘点做巧克力曲奇的面粉，但这样的情况多半不会发生。相反，我成了《奇异果女孩》[2]里的那个母亲，搞笑，反复无常，会做几道简单的菜，比如金枪鱼、通心粉、肉丸子，但摆盘极尽花哨，仿佛上的菜都是极品似的。

日子一天天地过去，我觉得愈来愈无力满足生活的需求，在92街男女青年希伯来协会教"阅读艺术"课令我有点力不从心。（阅读清单：《到灯塔去》《好兵》《看电影的人》《照着做》[3]。）于是，周三的一天晚上，我去了母亲家，心想有她在，情况就会变好。那些天，她守了寡，我见她的次数也多，她对我的写作和教学公开表示了支持。回到出生的地方也可以使我与自己的现状稍稍保持一点距离，所谓旁观者清；我已经不再受往昔的束缚，看到自己以前生活的地方一切照旧，还是能感到一丝安慰。

我一直在读《照着做》这本小说，已读了三四遍，我对精神

1　唐娜·里德（Donna Reed，1921—1986），美国电影和电视剧演员、制片人。

2《奇异果女孩》（*Gilmore Girls*）是2005年10月5日美国The WB开播的喜剧连续剧。

3　分别是英国小说家弗吉尼亚·伍尔夫、英国小说家福特·马多克斯·福特、美国小说家沃克·珀西、美国小说家琼·迪迪翁的作品。

颓废的马拉雅·怀斯极有认同感。我认真地做了笔记，按照习惯划出了特别喜欢的句子，并把要在课堂上提的问题和想法都草草记了下来。“一本短小精悍的完美之作。”我这么写道。还有：“她（马拉雅）算不算典型，或特别？”再有：“她（迪迪翁）独特的笔调——既亲密又疏离——愈走愈近，然后又走开了。许多文章风格都很冷静，影响了安·贝蒂、黛博拉·艾森伯格[1]等人。感情痛苦的萌芽期适合阅读这本书。”

马拉雅·怀斯是个三十一岁的离婚女人，说话言简意赅，她驾车在洛杉矶的高速公路上漫游，只为了逃避痛苦，而你是否能成为她，同时又能对她进行精确地观察呢？

简言之，这就是我的两难困境。

---

1 安·贝蒂（Ann Beattie，1947— ），美国小说家；黛博拉·艾森伯格（Deborah Eisenberg，1945— ），美国短篇小说家、演员、教师。

26

我在巴纳德筹款宴会上抽奖中彩，可以免费在度假酒店住五天，于是趁佐伊高三放春假，我就决定带她去塞多纳走走。通常，这样的行程会让我提心吊胆，因为只要离开日常轨道，出发前我就会陷入不安之中，但几个月前母亲诊断出得了肺癌，我就突然特想离开。

癌症似乎是从天而降。她不抽烟，但她父亲和丈夫都是烟民，所以她想当然地认为以后心脏会出问题。但在她这次四期诊断之前两年，拍 X 光片时已经照出了她肺部的阴影，但一直被给她看诊的医生忽略了。

当时已经开始陪床，我姐黛博拉从以色列飞了回来，说好的是六个人轮流值夜，可重担全落到了女儿们的身上，遇到这种情况通常都是如此。母亲告诉我说她得了致命的疾病，语气反常得有些幸灾乐祸，我虽然听到这消息时惊恐万状，却有种迟来的、从她底下脱身而出想要抓紧自己生活的想法，她只要身体好好的，我就不可能这么做。因此，我就做出了那个颇成问题的决定，去了亚利桑那。

抵达塞多纳的第一晚，我的情绪就跌到了冰点，理由各式各样，比如对酒店的洗浴用品深感失望，因母亲生重病我却出去旅游而带来的愧疚感，就算母亲有缺点，也不至于如此。事实上，甚至在离开纽约之前，我就已魂不守舍，很难接受她即将死亡这样的事实。而且，每次离家出远门，我都觉得自己弱不禁风，不知道自己究竟是谁，不知道该如何在一片陌生的土地上行走。我和女儿在飞离纽约的航班上发生了争吵，互不理睬，这简直是雪上加霜。我躲进浴室里上了锁，号啕大哭，仿真壁炉在房间里闪闪烁烁，我彻底被绝望淹没。做一事错一事，我的生活错得离谱，没有再婚，没学会开车，没写出第二本书，就连母亲都没当好，在她小时候最关键的时刻，我却让她暴露在我的自杀倾向之下。尽管我知道抑郁症不会像麻疹一样传染，但我始终害怕我对抑郁症的易感性会神不知鬼不觉地影响到她，她在面对生活中避无可避的困难时也许会模仿我的态度，步我的后尘。

佐伊还只有六七岁的时候，一天晚上，我因为某件事对她发火，她就说要去厨房拿刀自杀。我记得她当时穿着她最喜欢的睡衣，睡衣上印有粉色的蝴蝶结，这衣着和她的威胁毫不相称，而且说这话的还是七点半就要上床睡觉的小孩子。我跟在她后面，诚惶诚恐地进了她的卧室，把刀藏了起来。我想方设法安慰她，给她读书，直到她睡着。后来她再也没出现过类似的举动，但至今我对此都怀有深深的负罪感，因为我觉得她这是在学我的样，我和母亲话不投机时就会以自杀相威胁，她应当是偷听到这些话了。随着佐伊的成长，我绝望的情绪也越来越难以避开她了；情况最糟时，她见我深陷情绪之中，一动不动，一言不发。这也难怪，她和其他的朋友不一样，对上大学的前景似乎毫不兴奋；或许，她觉得她一旦离家，我就会彻底崩溃。

我们在塞多纳的那几天一直下雨，人昏昏沉沉的，佐伊和我没想去度假酒店周围的景点走走，我们只是透过窗子瞥见了巍峨耸立的红色岩石。我雇了名当地向导带我们去看美国土著的遗址，一天，天气放晴，我订了乘直升机飞临大峡谷的行程，我们飞入谷内，陡峭的崖壁在我们上方若隐若现，我觉得迷失于广袤之中令人心旷神怡。我记得和飞行员聊起了科罗拉多市的摩门教众，他和那些教众有来往。最近我一直在阅读摩门教生活的著作，要为《石岩》(*Slate*)杂志写一篇论述HBO[1]连续剧《大爱》(*Big Love*)的评论文章，我在文中批评了编剧的观点，编剧认为一夫多妻制虽然无趣，但也不坏，只不过是“一场漫长的后宫噩梦”而已。当时，我就一直有个想法，想深入直接地报道摩门教的文化。我在生活中其实也有精力充沛、积极向上的一面，每当受到什么东西的吸引，意识不再受摧残，我这一面就会冒出来。

---

1 HBO(Home Box Office)，美国一家著名的有线电视网络媒体公司，于1972年开播，制作有《欲望都市》《权力的游戏》等电视剧。

但大多数时候，我只是在度假酒店闻名遐迩的水疗中心穿件毛巾浴袍，闲坐无事，一边感叹自己体重超标，身体不适，一边喝着加味饮料，小口吃着新鲜蔬菜，等着做水疗，佐伊偶尔会做点作业。我试了瑞典式按摩，其间还认真考虑了搬来塞多纳，想让那儿的一个女人继续帮我做按摩，我和女儿从与她的闲谈间得知，她还是约翰·斯坦贝克[1]的近亲。她说有个对我很重要的人已病入膏肓，我往昔的经历很糟心。这两件事儿她都说对了，我想要是她能在我的生活中演个主角该有多好。

时间的脚步实在过于缓慢：我的日子过得毫无头绪，吃完晚饭后我会去礼品店瞅瞅那些故作姿态的商品，仔细查看印有口号的杯子和T恤衫，听听从未听过的民族风情和自然风情浓郁的音乐CD，店里还有各式各样漂亮的手工皮带，银质的带扣是由部落土著手工打造而成的，不过我从来不系皮带。逛街的时候，我极力克制住过于武断的想法，我想我为什么就不能对大自然的诱惑做出积极回应，我是不是太以自我为中心，所以才无法欣赏周围的天然之美。

在这儿的最后一晚，我决定去度假酒店昂贵的餐厅订个座，而不是像之前那样天天去咖啡店里吃。我和女儿又成了朋友，慢悠悠地品尝着好几道菜的大餐，我们点的肉块足有弗雷德·弗林

---

1 约翰·斯坦贝克（John Steinbeck，1902—1968），美国作家，1962年诺贝尔文学奖得主。

特斯通[1]这样的块头，菜是由一个笑呵呵的服务生端上来的。我让佐伊给她自己和我各点了杯葡萄酒，我们在几乎空无一人的餐厅里就像一对风雨同路许多年的夫妻一般聊着天，分享着生活中珍贵的点点滴滴，回想着这次行程中的所见所得。有时，佐伊会激动地对我说起我们听说过的那些部落背井离乡的惨状；我点头表示同意，对她富有同情心的心灵惊讶不已。我透过环绕餐厅的落地窗往漆黑的夜空望去，突然觉得困在这儿真的很开心，可以和日常生活中的洪流以及将我捆绑起来的种种束缚一刀两断。我想我应不应该走得更远，像诗人阿尔蒂尔·兰波那样浪荡世界，不再寻觅抛锚的那一刻，而是刻意让自己随风飘荡……

可纽约和濒死的母亲也正在等待着我回去。这次行程唯一能令我忆及的只剩下在度假酒店礼品店里买的三只小巧的陶罐，回去后我把它们放在了卧室的书架上。陶罐分别漆了青绿色、赭色、焦褐色，三只罐子里都装了少量的沙子，小沙堆里埋着一个既像马又似犬的迷你雕像。我不记得陶罐与哪个美国土著的遗址有关，但我认为它们应该是用来纪念死亡的。不管怎样，我挺喜欢它们传递出的戏谑却又实实在在的失落，和我对很久以前的记忆以及那些古老的冲突截然不同，更不用说在面对即将来临的死亡时，我临阵脱逃的行为。

没有母亲，我究竟该怎么办？我虽然对她恨之入骨，却仍然

1　弗雷德·弗林特斯通，20世纪60年代动画情景喜剧《弗林特斯通一家》里的人物。

希望她能了解我的每一个想法，甚至是自杀的念头。从我朝她卧室的门缝底下塞纸条那时候起，她一直就是我写信倾诉的对象，指望她能欣赏我信中流畅的文句，恰如其分的措辞。在这世界上，若是和她也打不通电话，我又该如何自处呢？这个难以言明的问题在整个行程中始终纠缠着我。我每天晚上都会打电话了解她的状况，这将我与她紧紧捆绑，仿佛我就在家中，环绕在她的身侧，和我的姐姐们激烈竞争，想要看看我们中间究竟谁才是最好的女儿。

27

“你就不能弄一下头发吗？”

母亲去世的那年夏天，我去斯隆·凯特灵癌症中心看她，母亲见到我时劈头盖脸就是这一句。她住的是VIP楼层的单人病房，房间足够大，可以放下沙发和咖啡桌，装修类似酒店套房，每天的住院费也是个天文数字。（尽管母亲觉得自己不是个娇生惯养的女人，也一直没受丈夫的影响——附近的店员还以为她是那栋房子的管家，而非什么女主人，有一辆车和一个司机供她差遣——但家里若有一点不尽如人意的地方，仍会惹她动怒。）你会念及她的病情，触手可及的死亡，她的一蹶不振，情不自禁吹毛求疵的脾性。我头发长什么样，谁会关心？这么问，难道不正是因为在这有限的时间里我们还能在一起相处吗？

自从怀了佐伊之后，我头发的质地起了些说不清道不明的变化，渐渐变得卷曲，也少了丝滑感，每逢夏季湿热，头发就会更加卷曲，从那时起，母亲就不再真正喜欢我的头发了。和认识的绝大多数女人不同，我自己从来就没掌握过用吹风机或什么随手可得的设备，如卷发机或熨斗之类做头发的本领；因此，我的头发始终都是天然晒干的，再用黏糊糊的昂贵发胶加以塑形，借此希望使这种毫无风格的乱糟糟的头发有点艺术感。年轻时，母亲一直毫不吝惜地赞美我的头发，我能入她法眼的事情寥若晨星，这算一件。我那时秀发低垂，晶莹闪亮，“像帘子”，她以前常这么说。我五六岁时，她不许我去剪头发，说要让秀发垂肩。（在这些事情上，她从来不会听我的意见。）珍会阴沉着脸用力梳我的头发，再编成马尾辫，有时，在安息日或某些特殊的场合，会再给辫子扎条丝带。

母亲的病房里摆满了录像和书籍，有最新出版的菲利普·罗斯的小说和最近翻译过来的讲述纳粹统治时期巴黎生活的小说《法兰西组曲》，作者是伊莱娜·内米洛夫斯基，她是法国犹太人，改宗天主教以及很高的文学地位也没能使她逃脱死于集中营的厄运。尽管母亲一向都是当代小说的狂热读者，读一些她称之为Schmerkers（这要么是其他语言中的德语习语，要么就是她自创的词汇，还有 Artfremd[1] 一词也是如此，她坚持认为这是希特勒说到犹太人时所用的词，以此说明犹太人本质上的相异性，但我一直都没找到这方面的证据）的口味清淡的小说，但她真正感兴趣的

1　作者母亲自创的德语 Artfremd 是由 Art（本性）和 fremd（陌生的）两个词构成，意思是“陌生的本性”。

还是影视。数次住院期间，母亲病情一直在恶化，人也越发虚弱，在家里，她喜欢坐在浅色的苏丹式的皮躺椅上，躺椅就在她自己的房间（以前是“女孩子的房间”）旁边，她会坐在那儿，看上好几个小时的电影，有时一口气会看上两部。

一天晚上，我在那儿和她一起看了《威尼斯疑魂》[1]。她穿着棉绒长袍，趿拉着白色的皮拖，尽管白天她总是穿得很正式，身旁总是放一玻璃杯的茶。她闻上去有股淡淡的 Vitabath（一种沐浴露）的味道；我小时候，她喜欢用羚羊牌香水，那种香味，我总是会和野生动植物联系在一起，虽然并不贴切。《威尼斯疑魂》是我最喜欢的电影之一，讲的是一对夫妇因女儿车祸离世，悲伤欲绝，遂去了一趟威尼斯，他们在那儿遇见了两姐妹，其中一个女孩是个灵媒。

二十多年后，我又看了一遍，被影片中半是情色、半是暴力的诡异氛围震撼到了，和许多年前看的感受一样。母亲看得很投入，我心想她看到朱莉·克里斯蒂和唐纳德·萨瑟兰之间漫长的性爱场景时究竟会做何感想，未删减的版本似乎极为真实，因为据说两个演员并不是假装在做爱，而是真的在**做**。母亲向来自豪于自己不为性爱所动的本事，记得几年前，她还没生病的时候，我和她聊过手淫，没想到和她讨论这样的话题竟会如此轻松。我生活在可以随心所欲的美国，对待性，怎么可能会比生活于欧洲

1 《威尼斯疑魂》（*Don't Look Now*），1973 年上映的英意合拍的惊悚电影。

这个旧世界的母亲还更保守呢？

我坐在她边上，偶尔会把手放在她那布满老年斑的手上，只听见空调扑哧扑哧的声音和紧闭窗户后隐隐约约的城市嗡鸣声。我在想母亲可能随时会走到尽头，她现在肯定很孤寂；她的孤寂也是我这么多年来一再思考的事，和我不善表达的父亲在一起，这孤寂与她不离不弃。她能做到冷若冰霜，却也能出其不意地令人觉得温暖。我很享受她难得一见的拥抱，我去她家见她时，她会张开双臂，将我紧紧搂在她的胸前，仿佛我刚从伯罗奔尼撒战场上回来。我还有许多话要向母亲倾诉，还有许多话没来得及说（“我从未感觉到你真正地爱过我”），或者说得不多，没达到最佳的效果（“我希望你能成为一个更优秀的母亲”），我始终希望她最终能接受黑暗的真相，为自己严重的错误真诚道歉，再出现妙不可言的和解场面。我们会扑进彼此的怀抱，号啕痛哭，我也终于明白我还是个受人疼爱的女儿。我一辈子的忧郁将会治愈，无穷无尽的困扰——她这种漠不关心的古怪态度为什么还要延续到下一代人身上，她这个外婆为什么对外孙女毫不疼爱？——也将烟消云散。

但只要有我们在场，电视上不管什么节目，她都看得专心致志，压根儿不愿切入风花雪月、寻根究底、潸然泪下的交流之中。无可否认，这也是一种关联的方式，和她坐在一起，默然无语地观影沉思，也使我更深切地意识到时间所剩无几，她只想在剩余的这段时间里给所谓的亲密关系设定一个界限。我认为她觉得自己很安全，不会受到伤害，只要能逃入电影之中，她就能将自己牢牢封闭，不受死亡的影响，不让自己的内心漾起丝毫波澜，当然，能漾起波澜的肯定是怒气，而非哀伤。

她生气的时候很可怕，仿佛在这宇宙中，被选中去死的只有她。她仿佛再一次感受到了不公平，自己的孩子竟然比她更优越；以前赠予的是金钱，现在赠予的则是生命本身。我认为她感到自己遭受了欺骗，七年前父亲去世，她本以为自己还会有个崭新的开端。没有父亲，她很享受，就像劳碌了许多年后终于可以退休了，她一直期待可以这样再活上许多年。看着她完全的独立自主，倒使我不禁想起了她的婚姻以及婚姻给她带来的损害。母亲有个密友坚称我父母彼此深爱着对方，这种爱是排他的，甚至包括自己的孩子。但我记得她以前顺口对我说过，她曾经找过治疗师，但咨询了一两次后，就不去了；她认为如果继续咨询的话，婚姻就会结束。她说的时候一如既往地淡然，但我却因这则故事而觉得天摇地动。

母亲一向恬淡寡欲，并以此为豪，就算觉得不适和痛苦，也不会大惊小怪。这个特点源自她的童年时期，那时每逢夏季，她都会同几个哥哥和深爱的父亲在德国乡村长时间徒步，从不知厌倦。我记得多年前，有一次，在帮助我姐黛博拉移动一个柜子的时候，柜子倒了，砸到了她，在她鼻子上留下了一块让她破了相的硕大的瘀青。我以为她鼻子骨折了，她说挺疼的，但从未去看过医生。

显然，母亲早已做好准备，她就是以这种方式来迎接即将来临的死亡。我们得知她和内科医生达成了一个协议，医生是位临终关怀方面的专家，我们以为如果她得了致命的疾病，一旦接受化疗，服用实验性药物，她是宁可不活的。（令人遗憾的是，尽管她很信任这位医生，但几年前忽视了她癌症早期迹象的也正是此人。）可是当濒死的现实落在她头上时，这样的决定根本维持不下去。最后，她尝试了各种各样现有的治疗方式，从医生上班的西奈山医院转至斯隆·凯特灵癌症中心，就因为后者拥有最新的医疗护理技术。她一直对家中事务和日常琐事紧抓不放，动辄发火，对管家颐指气使，还会颤颤巍巍地为周五的晚餐和安息日午餐写定菜单。

住院期间，在极偶然的情况下，她也会做一些反思。有一次，母亲对我说，没人愿意和她讨论死亡这样的事情。她指的是一位好友，她讨厌朋友的来访，因为这位朋友只愿讨论自己身上的病，心脏不舒服、视力越来越差之类的，而不愿聚焦眼前的这件事，那就是母亲濒死这个现实。我想冒一下这个险，就问母亲是怎么看待死亡的。她立刻就做了回答，显然，她老早就已想明白了，她说死亡就像 1918 年，那是她出生之前的一年。

她的回答令我大吃一惊，觉得不寒而栗，表明她内心已然接受自我毁灭的命运。单从这个层面来看，人出生之前的世界与人死后的世界是极其相似的：这说明人根本就不存在，死亡能彻底抚平创伤。母亲觉得自己在整个宇宙中微不足道的想法，除了她的直系亲属之外，对任何人都说得通，这令我不禁悲从中来。这样强势的人物怎么会和其他人一样殊途同归呢？就像李尔王踉踉跄跄地穿过石楠地，衣衫褴褛，充满愤怒。我想保护母亲，不想让她思考面对宇宙自身渺小这样的主题，她曾经对我和我的兄弟姐妹投射过这种幽灵一般的阴影，但我意识到如今为时已晚，我也已无法确定这个深刻且自明的真理对她的困扰是否也像对我的困扰那般强烈。

她是个自恋狂，完全以自我为中心，她这人冷漠到极点，无论是对自己，还是自己的孩子，再痛苦的事情，她也不会去给予点滴的安慰。我想起 T.S. 艾略特对人类所做的那个著名的评语，他说人类无法承受太多的现实，可我没想到这话竟然完全不适用于母亲。比如，她一向都恪守宗教的仪轨，可她从不假装虔诚，即便抵达人生终点，亦是如此，而许多被连根拔起的犹太人却愈来愈转向灵性上的东西，希冀来生能够得到保全。母亲在最后的日子里不愿有拉比在场，我也未曾见她拿起过 Tehillim[1]，而病人和濒死者都会诵读这些礼拜用的诗篇寻求慰藉。我问她既然不信教，为什么还要如此恪守正统，她回答得言简意赅，毫无悔意：“为了秩序。”父亲是个例外，不似这么清晰，我相信她看父亲时，镜片上定然涂了凡士林，如此一来，那些不雅的角度也就看不清了。

---

1 Tehillim，在希伯来语中，指《圣经》中的《诗篇》。

我试着做好准备，将母亲视为一个亡者，遵照正统教义的传统，安葬于普通的松木棺里，可这样的努力却像是一种侵扰，令我双腿颤抖得厉害。我实在无法想象若是没有她，我将怎么办，这世界该怎么办？我想起了马塞尔·普鲁斯特，他心爱的妈妈去世后，他短暂地想过自杀。没错，我从未离开过她，很难相信我如此忠实于她永恒（无常）的在场，却得不到奖赏。实在难以想象若是没有她来划定界限，我会孤身一人与生活做斗争。这个荒芜的前景压得我透不过气来，我只能用其他设想来进行反击，有了这种可能性，我才会感受到释然和解脱。毕竟，我们之间的关系有恨也有爱，这样的基调继续为我与男人之间的许多关系做了标定。从心理学上来看，从她的死亡中挣脱出来确实是一件好事。

我就是这样告诉自己的。可我为什么会因哀伤而寸步难行，无法想象其他的可能性呢？自从我写了那本自传性质的小说，讲述了她对我的影响之后，过了这么多年，竟然一切都未曾改变。我在书中这样写道：“没有母亲，谁能为我将这世界切成一小块一小块，好让我轻松下咽？”回到十年前，我在大学的写作课上写了一首诗，诗名叫作《未割的绳索》，诗里是这样说她的：“你将我覆盖／犹如树皮覆盖树身：／你将我覆盖／从头到脚。／我做的每一件事／都在把你讲述。”我将最好的观察、最好的诗行都献给了她。

我能认清现状，明白这种心理上剪不断理还乱所蕴含的危险，就好似母亲与女儿之间的疯狂爱恋，可我虽能认清，加上有大批精神病学家的干预，我却为何仍无能为力呢？难道一切都要归结于母亲的强大无比和其他人的羸弱不堪吗？若是没有其他解释，只是因为两者之间存在巨大的差距，那听我大倒苦水的那些专业人士应该能有所进展，亮出肌肉，证明自己是一个值得认真对待的对手才对啊。我并不怀疑他们中的大多数人均已按照各自的方式做了尝试。但所有的尝试一概无效。我不需要母亲的替身或替代品，我只想要母亲本人，只想要飘忽不定、反复无常、头戴光环的母亲。

•

在医院进进出出治疗了好几次之后，母亲最后还是回了家，身上插了管子，管子插入胸腔两侧，以免被体液呛死。七月初，我飞往欧洲，在那儿待了几天，完成了一个写作任务，是周一晚上到的家。尽管她和几个女儿去巴黎剧院看了最新的电影，但我进她卧室和她道晚安的时候，还是发现她难逃变化。她很警觉，但似乎又飘得很远，仿佛已扬帆远航，而我们这些人仍停留在陆地之上。到星期三，她几乎已经不再说话，不再吃东西。到周四下午，她脸朝下倒在了浴室地板上，因为她坚持不让人陪。周五晚上，她的医生建议我们提高吗啡的用量，其他药全部停用，他说母亲此刻正在朝着死亡行进。最小的弟弟说不让她吃药违反犹太教的律法，但最终还是勉强同意了。次日下午，来了一名临终关怀医院的护士。

从周三晚上起，我就睡在父亲的床上，躺在母亲身边，她去世之前一晚，我搂着她，悄声对她说她会没事的。她瘦了许多，轻若羽毛；那时候，我觉得我们的角色颠倒了过来，她成了孩子，我成了母亲。我吻了吻她的脸颊，嗅闻着她那布满老年斑的苍白皮肤，她的皮肤不可思议的光滑。她下颏的轮廓似小姑娘一般紧凑。周六晚上，几近午夜，我和兄弟姐妹站在那儿，注视着母亲最后一次喘气，事实上，她总共喘息了五次，我数了。她的下颏没有合拢，我凑过去，帮她合上了。

28

我倒数第二次见母亲是在第五大道犹太会堂举办追思会的前一天晚上，她的身子已经被擦洗干净，准备由名为神圣团体（Chevra Kadisha）的犹太治丧协会负责下葬，犹太会堂的这个团体有男有女，他们都是志愿从事这些事务的。履行犹太治丧协会的任务堪称大德，她也是这样义无反顾地从事这样的任务，其他人会觉得做这种事浑身不舒服，觉得毛骨悚然，而母亲活着的时候，就是这个经过精选的团队中的一员。

她躺在一张轮床上，身上罩着白布单，这儿是上西区河滨追思礼拜堂的一间小房间。她身上裸露在外的地方只有双脚，那双脚看上去泛着青光，孤零零的。有人叫我和姐姐狄妮把亚麻鞋绑在脚边，以符合德国犹太人的葬礼习俗，但鞋子很难弄，治丧协会的一个女人见我们笨手笨脚，就很不耐烦。我一直在打量着母亲的双脚，剪短的脚趾甲相当干净，我很想见到那双脚能微微抽动，就像《六尺之下》的那个奇幻场景，我希望她能坐起身，和我说话，仿佛什么都没发生。

母亲裹在白色的亚麻寿衣内，看不出个所以然，说是其他人也行，不过，我还是在她真正的葬礼上见到了她，纽约的追思会结束之后一天，她的葬礼就会在耶路撒冷举办。第五大道犹太会堂的追思会挤得满满登登，好几百号人挤满了楼下的男士区域和女士的楼厅区。我和其他少数几个人都在诵经坛上讲了话，面对这么多留着胡须的拉比，我有些畏惧，担心我在悼词里讲母亲接纳我那些直露的作品，是否有些过分。“在这么多人中，唯有我母亲最有生气。”这是我的开场白，嗓音因紧张而干涩，“她有各种各样矛盾的念头，但会对所有的念头一视同仁，今天她不在场，要去讲述她会很困难。我总是将信将疑地觉得她仍然在某个地方仔细地倾听着，凡是有可能讲错的地方，语法有误，理解有误，她总会挑出来。我几乎能听到她说话的声音，说得很慢，很清晰，她说的是：达芙妮，要记得，你自己的童年，没人愿意多听一句……”

追思会结束后，我们六个便径直去了机场，登上以色列航空的飞机飞往以色列。（考虑到母亲的身份，我们坐的是商务舱，可她一直觉得坐商务舱太浪费，太过分。）按照耶路撒冷公墓的规矩，母亲的尸体被从棺椁里抬了出来，安葬到父亲墓地边上的一小块地里，墓地就在安息山（Har HaMinuchot）幽静的山坡顶上。周边风景怡人，庄严肃穆，但周围落葬的都是以色列的亲戚，许多人我都不认识，置身其间，竟使我有点迷失。我环顾四周，寻找母亲，对她葬礼的印象，只能和她讨论，可哪儿都找不到她。她的缺席犹如一阵劲风吹透了我的身体。她这一辈子只是断断续续地在场，我却指望她能使我脚踏实地。她的离去使我强烈地感受到了错位感，仿佛这世界已然飞离了原先的枢轴。

七日服丧期过后，我返回了纽约，如果一切仍照其旧，那她过世的那间公寓就能保存下来，圈起绳子，向公众开放，好似托马斯·杰斐逊的故居那样。可兄弟姐妹却另作他想，在某个时刻，我们几个聚在用餐区椭圆形的餐桌四周，各自申领母亲公寓里的物品。用品的分发过程颇似抽奖，我们对之前拿到手的物品竞相喊价；如果有两个人想要同一件艺术品、家具或装饰时钟，他们就会争论不休。

对她的遗留物品这样处理，实在古怪，可这是母亲在遗嘱里特地写明的，这像是她对我们开的最后一个玩笑，把我们全都变成了捡破烂的人。就我一个没有配偶为我撑腰，我悲伤，愤怒，早早离开了。等到所有的东西都分类清空之后，公寓也就出售了。我大部分时间都未参与这个过程，返回公寓也只是想看看留下的那些书，把写有母亲名字的书或她喜欢的书拿走，以纪念我们对文学共同的爱好。（我把这些书放入仓库，仓库的费用我每个月都会付，这些书继续腐朽着，直至今日。）

其间，我姐姐狄妮负责查看母亲书桌的抽屉，把她认为没用的东西全都扔掉。事后她才通知我，扔掉的东西中，有一张纸，母亲在纸上明确写下了自己的观察："达芙妮很像我。"姐姐的擅作主张令我愤恨不已，这么私密的资料，怎能一扔了之，而在三姐妹中，狄妮和母亲最疏远。

我想要那张纸，并不仅仅是因为这张纸能解释许多事情，让我知道母亲对我的认同感超过了其他姐妹，从另一个方面来看，这张纸能将每一件事都解释清楚。我希望它能证明我内心的想法：她没能看清真实的我，对她而言，我只不过是她那些野心和梦想的承载者，无论那些野心和梦想是好还是坏，所以从这点来看，我也承载了她对自我的憎恨，从而使所有这一切尽情投射到了我身上，压得我喘不过气。难怪，不管我做什么，写什么，就算洞察了这种状况的毒害性，也仍然无法将她摆脱。我们纠葛不清，好似床上用品堆在一起，也似廉价项链上两颗金色的心缠在一起，而这种项链只有地铁入口处才有卖，要买的也只有那些醉生梦死的早恋儿。

29

母亲去世后的头几年，久久期待的自由感并未来临；相反，她经常会出现在我的梦里，令我忐忑不安。其中一个梦，她身上戴了根阴茎，我们俩做了爱；我记得醒来的时候觉得莫名的快乐，就好像无止境的求索终得圆满。我有些不解的是，我为何仍旧会感受到生命中的这个大洞，还时不时地想要与她在一起。问题是我并不相信来世（她也不信），所以即便我马上死去，也绝无可能与她再次相逢。与此同时，我也在慢慢变老，佐伊也在长大成人，不再是我志趣相投的朋友了。

过了冬天之后，我们一起去了特克斯与凯科斯群岛，下榻于奢华的度假酒店，我利用自己旅行作家的身份弄到了打折价。度假酒店风格质朴而时尚，白墙粉瓦，天然材料，名人和普通的有钱人都纷至沓来，既可招摇铺张，又可尽享私密。美丽的海滩绵延不绝，日复一日地坐在海滩上，几乎没人会闯入我们的视线，波光粼粼的湛蓝海水一览无余，私密的氛围唾手可得。就连去泳池边上的餐厅用午餐和晚餐，我们也是随心所欲，边上仅有两三名客人用餐。我发现缺少人气有些令人不安，易于使人陷入孤独，我像往常那样到了一个地方就想早点离开。但没多久，我就离不开佐伊无时无刻的陪伴，每天的日子过得毫不费力，平静如常，我们聊聊天，看看书，在海里游游泳，有天晚上，度假酒店的菜品很少，我们为点什么菜争论得不可开交，而这么做纯粹只是为了开心。

我们在沙滩上长时间地漫步，假装英国或法国游客，特意变换口音说话，笑得歇斯底里。回到沙滩椅那儿后，佐伊会来到遮阳伞下，坐我边上，她戴顶草帽，T恤衫和长裙将她细腻的皮肤遮盖得严严实实，俨然是从布鲁姆斯伯里场景里出来的妙人儿，成了瓦内萨和弗吉尼亚的妹妹。我很喜欢将自己裸露于心爱的阳光底下，几乎不抹防晒霜，后来佐伊看不下去了，就嚷嚷起来："妈！你都快烧焦了！怎么搞的？这样会得皮肤癌的。"这时候，我才会涂上防晒霜，够不到的地方，佐伊会帮我涂。

没多久，佐伊就要毕业了，她现在更喜欢和一帮同学玩，而不是和我待在一起。我知道本来就该如此，可一想到她会上大学，我就陷入无言的绝望。自那年年初起，我就步入下滑的轨道，尽管平常的那堆药我也会吃，胳膊上也会绑上Emsam[1]贴片，据说这

1　一种针对成人抑郁症的药物。

种贴片经由皮肤能减轻抑郁症的症状。想到佐伊将会离开，分离的焦虑便令我惊恐万状。她会过上自己独立的生活，这无法避免，可我还是措手不及，丝毫不愿接受这个事实，更别提欢迎这个事实了。母亲去世之前，我也曾千方百计想要脱离母亲，完成这样的转变，但我失败了。我这次抑郁症相当严重，无法置之不理。我没有食欲，四五个月的时间，我就轻了三十磅。我醒来时（也就睡几个小时），就会感觉到极度疲惫，就好像在一片焦油池里游泳。电话不接，邮件不回。

处于这种呆滞迟缓却又焦躁不安的状态下，我根本无力集中心思阅读，也就看个报纸的通栏标题而已，对我而言，写作的念头就像速降一样陌生。埃德蒙·威尔逊[1]在论述文学创作的灵感时，有个“伤与弓”的理论很吸引我，他说，受难最终会产生创造力。但就我目前身心俱疲这一点来看，这个说法更像是一种美好的愿望，丝毫不具有现实性。詹姆斯·鲍德温[2]严肃的反向思考倒是一箭中的：“没人会因焦虑而大放异彩，这是文学界一种不可思议的狂妄想法。”

那年六月，佐伊高中毕业，之后不久我就住进了偏僻的纽约州立精神病医院的病房，病区就隐藏在河滨大道的一栋小楼内，邻近178街。医生建议我住院，但我尽可能地拖延着时间。就算

---

1 埃德蒙·威尔逊（Edmund Wilson，1895—1972），美国作家、评论家。

2 詹姆斯·鲍德温（James Baldwin，1924—1987），美国小说家，社会批评家。

再孤立无援，留在家里总会更安全，总比期望治好病，而把自己和其他无望的人关在一起要强得多吧。我之所以拒绝，还出于这样一个原因，我为《纽约客》写了一篇我十五年前最后一次住院的文章（我四十五岁的时候，成了该杂志的特约撰稿人，负责人是蒂娜·布朗），对精神病院天使与魔鬼交相辉映的形象与官僚主义庸常现实之间的裂痕做了一番思考。我认为抑郁症的体验一旦曝光就会永世不得翻身，但这些感受是由我体内的作家身份，而非病人身份表达出来的，我觉得这篇文章的部分力量与我上次住院留下的印象有关。所以，返回精神病院就等于背叛了我的文学人格。

另一个让我宁可在自己家里放逐的因素是休克疗法，亦即阴魂不散的电休克疗法。给我治疗的 K 医生主攻现代弗洛伊德精神分析疗法，他给我看病已有好些年，他对药物治疗的有效性一直不是很确定，曾建议我停用所有药物，看看会有什么结果，我照做之后，情形急转直下，没想到现在他竟成了电休克疗法的鼓吹者。我不会考虑这种疗法，不明白他为何要紧抓这个想法不放，为何要从谈话治疗转至电击治疗。电休克疗法会使大脑产生病变，六七十年代，《飞越疯人院》[1] 上映之后，这种疗法就已销声匿迹，如今又东山再起，专门用于治疗极难治愈的抑郁症。我曾和 K 医生谈过，说想彻底放弃治疗，这话应该吓到了他。我说我会以平

---

1 《飞越疯人院》（*One Flew Over the Cuckoo's Nest*），一部由米洛斯·福尔曼执导、杰克·尼科尔森主演的美国电影，1975 年上映。

静的心态看着自己摔倒，我知道自己结局已定。

精神分析聚焦的是主体的心灵，神经生物学聚焦的是物理性质的大脑，他从精神分析的立场转向神经生物学的立场令我恐惧，难以信服。我并不怀疑电休克疗法有过成功的个例，有两个病人就获得了很好的结果，他们都很相信这样的疗效，但我并不认为这个疗法对我有效。这种疗法用电流（或者随便什么东西）连通大脑，我觉得这种做法本质上就是错的，是认识论上的错误，混淆了不同的范畴。我知道电休克疗法的现行疗程已得到修正。不会令病人痉挛，不会捆绑病人，除了极个别的情况之外，也不会采用双极电流。可是，自己的脑袋被人用电流反复刺激，轻微的休克，再加上电流通过身体时冒出的烟雾，这种搞笑的形象仍然令我害怕。

我最担心的还是失忆，虽然只是轻微的失忆，但严重的后果必会接踵而至。要是电休克疗法使我与自己形同陌路，只能隐隐约约地记得以前的生活和治疗之后近期的生活，该怎么办？若连近期的事情、形象或谈话都记不起来，我怎么承受得住。深藏于我内心深处的往昔生活怎么办？我或许百般憎恨我的生活，但那些记忆仍然弥足珍贵，即便是不开心的记忆，虽然这么说听起来有些吊诡，但我坚信自己的写作正是基于我记忆的能力。我的生活依赖于细节，我以前的作家生涯曾使这些记忆变得鲜活生动。我还发展出了自己的理论，认为可能正是电休克疗法的后果导致了欧内斯特·海明威和大卫·福斯特·华莱士[1]走上自杀一途。当然，这种事谁也无法证明，但我完全可以这么设想：强行令人忘记过去的羞辱感已远远超越了绝望所致的无助感。

最终，虽然想保持不变，但我已耗尽了力量，不再想抵抗。住院之前的那个周末，我住到了姐姐狄妮的家里，抑郁症的严重程度已无以复加：我住的是外甥的卧室，我躺在床上根本无法动弹，内心争论不休，聒噪不息，是从屋顶上跳下去好呢，还是撞车好？又出现了背景声音，有姐姐的、朋友的、医生的，说我最好还是待着别动。我能隐约听见他们说话。我想死，但又不愿死，没这么决绝。自杀可以等等，姐姐就是这么说的。我为什么不能给医院一个机会？她将两个医生的话传递给我，说他们愿意在病房里好好照料我。没人会强迫我做任何事，包括电休克疗法。我实在是精疲力竭，争论不动了。

周一早上，我回家，收拾了两个小包，往包里塞了许多书，多到不成比例（之所以说不成比例，是因为我根本无法专心阅读），几条亚麻裤，几件棉T恤，我最喜欢的晚霜（虽然已经有好几个星期没用了），还有一张我女儿的相框照片，只有她的相片才能让我有所依靠。正是因为女儿，我才会说出自己“自杀的思维过程”，我担心没有我，她会怎么办，如果我夺去自己的生命，是否会给她造成无法修复的伤害。（西尔维亚·普拉斯和安妮·塞克

1 大卫·福斯特·华莱士（David Foster Wallace，1962—2008），美国作家。

斯顿是如何对待这种负疚感的呢？我很想知道。她们比我更无情，还是比我更坚决？）

我同意参与几项由联邦政府资助的研究，其中需更换药物，接受电休克疗法治疗，作为回报，我无须支付任何费用，即可在中 4 区想住多久就住多久。我姐坐出租车来接的我，我记得一路上我哭个不停，看着上西区棕色与米黄色的楼房一掠而过，心里涌动着离别的哀思愁绪，我一直觉得自己的生命原地踏步已经太久太久，我始终在追念往昔，丝毫不知悔改。

姐姐把我的名字报给了护士，护士便出现在通往病区的上锁的玻璃门后，将我们领了进去，我发现这地方我根本就不想来。十多年前我就在这儿住过，精神病院的环境一成未变。每一样东西似乎都显得空空荡荡，悄无声息，头顶悬挂着刺眼的日光灯，只有一个穿 T 恤衫和运动裤的四十来岁的男人在走道里来来回回地奔走，对周围发生的事浑然不觉。墙上挂了一个在火车站经常能看到的那种光秃秃的时钟，下方安了两台破旧的付费电话；这些设施的陈旧触目惊心，令人不觉悲从中来，只要一看到它们，我就会想起医院和第三大道贫瘠的角落。眨眼间，姐姐就要和我道别了，她让我放心，说我肯定会好起来的，我现在只能孤身一人，自己照料自己了。

接下来就是熟悉的入住流程：我带的包被拿到玻璃后的护士室，进行常规检查，以免包内藏有“锐器”。手机也不准用，医院工作人员也不清楚是为什么，也许是和手机的拍照功能有关。再往下就是住院前的面谈，面谈的时候，我声泪俱下，再三说要回家，像个哭哭啼啼的孩子不想在外宿营。接待我的护士和蔼可亲，平易近人，对我凄苦的状态深表同情，但不为所动。我只想待在房间里，和她没完没了地说话，就是不想回病区，那儿只有一些少得可怜的过期杂志，木质家具贴着青凫色和紫红色的贴面，丑陋不堪，还有密不透风的电视机房，一台完全放不了，另一台很小，早已老旧不堪。我感到了麻木和绝望，这儿的一切就是为了避免使我成为自己，将我强行塞入这个地方，让我硬生生地暴露在外，让我无名无姓，彻底遭人遗忘。

第一天晚上，我早早上了床，盖上破破烂烂的白色毛毯，努力使自己平复下来。我住的小房间就在护士室的对面，和我共居一室的是个漂亮的中年妇女，晚饭前她自我介绍了一番（也就她这么做），心情出奇的好，就像是来到了鸡尾酒会上。她上床睡觉时仍然贴着芙蓉妮贴片，据说这种专利面膜只要贴上几小块就能祛除皱纹，身处这种特殊场合，她还能如此淡定，说明她认为来这儿只是普通的休养。显然，她心里还有未来，可我没有，正是这个希望促使她想要永葆青春。过去几个月，我都不太洗脸，而有人竟会如此在意自己的相貌，哪怕置身于精神病院也绝不马虎。

和其他地方一样，这个房间是由头顶的电灯泡来照明的，亮度并不高，不会觉得刺眼。屋内摆了两张床，两只床头柜，两只五斗橱。与挪亚方舟的设计思路一致，房间里也放了两个硕大的垃圾桶：一只放门边，犹如阴惨惨的塑料棺椁，另一只在逼仄的浴室里占据了大量空间。淋浴用水是从一个装在墙上的扁平的横向装置里流出来的，后来我得知，传统的莲蓬头容易诱人上吊，而且水流太弱，水温不高。

没有阅读灯使我更加恐惧，即便抑郁症无法让我全身心地投入到书本当中，但我还是觉得入夜之后缺少阅读用的光源就意味着文明的终结。（后来发现可以自带电池驱动的阅读灯，可有个卡夫卡式荒谬的限制措施，不准使用玻璃灯泡。）我的脑海一直翻来覆去围绕着那些连珠炮似的问题旋转不休，像是一个不达目的誓不罢休的警探：我是怎么到这儿的？我同意自己来这儿了？我为什么就不能狠下心待在外面？过了这么多年，为什么没有丝毫改变？二三十岁得抑郁症是一回事，那时候年轻，抑郁症也会染上一层令人心动的感觉，洋溢着破败的魅力；中年得抑郁症完全是另一码事，这时候你只能和不如意的生活以及自己达成妥协。

我拍了拍像是在兵营里用的瘦薄的枕头，拉过床单和毯子裹住自己，整个医院都开了空调，很冷，我蜷起身子，努力想要睡着。我设法安慰自己，**没什么好抓狂的，你又不是囚犯，明天就可以要求出院**。我听着同屋平静、均匀的呼吸声，真希望我能成为她，要不成为任何人也行，就是不能成为自己。我真希望自己再也不要患上这么严重的抑郁症了。

我想起了佐伊，她现在应该在家里，躺在床上，很有可能正在手提电脑上聚精会神地观看情节离谱的连续剧，看了一集又一集，一念及此，我就非常失落。我那捉摸不透的亲爱的女儿，仿佛飘浮于世界的另一边，却又和我这个母亲难舍难分。一想起女儿，我的心就隐隐作痛，每次见我无法正常交流，她就会给我鼓励，建议一起出去散散步，看一场电影。我希望马上回家，回到自己的房间，和她的房间比邻而居。我凝望着黑暗达数小时之久，最终还是从床上爬了起来，穿上衣服，决定克服那种想法，不要认为自己只是供人展示的样本，是 12 号精神病人，于是我就走向护士室，想多要点安眠药。

屋外的灯光令人目眩。两名精神病院的护工坐在接待桌前，在电脑上玩某种文字游戏。他们面无表情地抬头看着我，等着我说出自己的要求。我说睡不着觉，沙哑的嗓音中充满了焦虑。其中一人站起身，来到屋后查看分配给我的住院医师是否同意病人多服安眠药的请求。她递给我一只小纸杯，里面放了一粒药片，我用湿冷的双手接过杯子，嘟嘟囔囔的，说觉得很紧张。“睡着后，就会感觉好点。”她说。我点了点头，说：“晚安。”内心很沮丧。“安。”她随口回了一句。对她来说，我谁都不是，对我自己来说，我也谁都不是。

30

我在中4区待了三周。对那段时间记忆最深的是“放风”时的超现实感，病人每天可以放风四次，一旁看着的护工还算友好。“放风”时间也是吸烟时间，可讽刺的是，吸烟区就在有围墙的水泥花园里，一侧是西缘公路，一侧是河滨大道。花园里栽了一丛丛绿植，几朵孤零零的花，整个空间被一圈高高的铁丝网封锁在内。里面有两个烧烤架，几袋应该从未打开过的粪肥，空落落的花架，一堆桌椅。这倒是让我觉得像野餐区，只是不见野餐者，也有点像老电影《放大》[1]里的场景，60年代的几个时髦人士装模作样地打网球，只是没有网球和球拍。

临出院前，我和病人R建立了一种还算友好的关系，他是个作家，住院前刚完成一部小说。他会穿件不合时节的开司米马球

1 《放大》(*Blow-Up*)，意大利导演安东尼奥尼执导的电影，1966年上映。

衫，独自一人坐在长凳上吞云吐雾，脚敲着地面，敲击的节奏丝毫不变。他的两侧时常会聚上一堆人，衣着破破烂烂的，都是医院各个病区聚到这儿来的，其中也有我所在的病区，这些病区主要是为了治疗抑郁症病人或饮食失调的病人。（R 把患厌食症的女孩叫作“鹳鸟”，这些女孩都处于各个康复阶段，只是康复极慢，她们都喜欢黏在一起。）花园也是南 4 区和南 5 区病人的家，南 4 区主要接纳华盛顿高地社区附近的病人，南 5 区主要治疗精神病和药物滥用失调症患者。

第二周快结束时，我已不用全天候待在病区里，和我关系不错的一名男护士会请我去六楼的小食堂喝喝咖啡，那儿也是医院员工的休息场所。这样的外出时间一直都很短，每次从未超过十五分钟，我总是能深切地感受到中 4 区和外部世界之间有着人为划出的实实在在的分隔线。前一秒你还置身于一个封闭的世界，那个世界的人都大有问题，整天在谈论着自己的内心状态如何如何不稳定，仿佛只有这些事最重要；而后一秒却又允许我返回正常的生活，在那儿，谁都可以随心所欲地四处徜徉，心里似乎也都拥有明确的目标。稍不注意，你就会头晕目眩。

我焐着咖啡，看着医学生进进出出，手上拿着笔记板和笔记本，充满了敬畏之情。他们怎么才能辨清生活之途，而不使自己深陷于阴影之中呢？他们的活力究竟从何而来？想想自己只能在这儿漫无目的地消磨时间，等着付费电话的铃声响起，去“社区聚会”坐坐，参加聚会的人苦苦哀求配发调光器和打孔机，出院的病人对病区的每一个曾给予自己帮助的人感激涕零，每念及此，我实在无法想象自己还能重回这个世界。

尽管还存在着大把未知的时间、大片大片的白色空间使人怠惰滞涩，使原本的麻木迟钝更是变本加厉，但张贴出来的每周时间表让人觉得病人还是些劳劳碌碌的蜜蜂，心理辅导课程、瑜伽、散步、创意写作团队课，不一而足。周五早上的“咖啡谈话会”，我最喜欢，主导这个课程的是个和蔼可亲的女人，像个健身教练，她会负责地查看我们的练习是否认真，我们玩的是问答类的棋盘游戏。不过，真正吸引人的还是提供蛋糕和现煮咖啡的承诺。虽然我胃口极差，但对甜食来者不拒，我发现医院提供的餐饮根本无法满足我。尽管当时是夏季，除了秋天的苹果和偶尔可以看到的香蕉之外，新鲜水果可以说难得一见。有时也会给病人做些好吃的，比如父亲节那一天就会供应奶油卷，有个星期二，员工在病人专用的停车场上举办了烧烤午餐，我大口吃着热狗，和大家玩起了类似于猜字谜的指手画脚游戏，不过普遍的水准都太低。过了一会儿，我又要来了几瓶雅培安素（Ensure Plus）液体营养补充剂，有巧克力味和香草味两种，这是厌食症患者菜谱的标配；如果闭上眼，还以为喝的是奶昔呢。

我觊觎的并不仅仅是厌食症患者喝的安素液体营养补充剂。从第一天晚上起，每当听到聊天声和笑声从她们那儿传到我们这桌阴沉萎靡、几乎默不作声的抑郁症患者耳边时，我就特别想成为她们中的一员。和我们这组人不同，我们吃饭用时也就十到十五分钟，她们用午餐和晚餐得整整半个小时，营造出浓厚的社交氛围。我后来得知，她们中有一两个人是被人用担架抬进来的，她们得的这种病特别凶险，极难治愈，甚至会有生命危险；虽然如此，可她们仍旧让我羡慕不已。

她们形销骨立，但都很年轻（从二十多岁到三十五岁不等），充满希望；不参加专门为她们设计的活动，如“自尊”和“身体意象”之类的讲习班时，她们会聊自己的男朋友、担惊受怕的父母，会不知疲倦地记“日志”或从事艺术活动。令人痛心的是，她们都是文化的牺牲品，一旦瘦得不厉害，有人就会说你太胖，你就会把这个信息牢牢记在心里。没人会因为她们的状况去指责她们，也不会将这种病视为道德堕落的表现，我觉得那些治疗抑郁症病人的护士也是这么看的。照许多人看来，她们只不过是身患疾病而已，而我们之所以深受折磨，是因为我们这些人太难伺候，整天只会愁眉苦脸，有人还会说是因为我们太放任自己。

在病区，人和人之间的关系都是浅尝辄止，很难建立友谊，因为病人来来去去如过江之鲫，彼此间唯一的关联就是缺少人身自由。另外，是和活动范围有关：有的病人一来病区便如归故里，让人见了心里难受，而有的病人死活都想出去，让人同样难受。我对室友的依赖日甚一日，她这人很有意思，而且总能做到超然事外。在我住院中途，她因诊断出其他疾病，需服用新的药物而出院，这令我悲伤不已。

但是否接受电休克疗法仍然是我最担心的问题，这个问题在整个住院期间一直令我寝食难安。从一开始起我就没丝毫松懈过，因为我刚进入病区见到的头一个病人就长期在接受电休克疗法，他在过道上走来走去，只要有人愿意听，他就会大声嚷嚷，说电休克疗法正在摧毁他的大脑。确实，做完电休克回病房后的病人总显得呆头呆脑，茫然无措，就好像身体里的器官放错了地方。

差不多在住院的头一个星期，几乎都不会谈这事，因为这时候我得戒断之前一直服用的药物，努力适应中 4 区的住院生活。有个年轻的住院病人，我第一晚就见过，之后每天都能见到，我们经常讨论为什么我应该立刻出院，还可以开发哪些药物治疗的方法之类的。她手上戴的订婚钻戒和结婚戒指尤其显眼，我的目光总是会落在这些戒指上面，每每都会痛心疾首地觉得并非每个人都会如我一般千疮百孔，觉得她肯定有很多选择，要什么有什么，事业、丈夫、孩子，一样不缺。在半小时的心理治疗过程中，我试图也像她一样，让自己充满希望，透过她慈悲为怀的眼神来洞穿自我。我提醒自己就算我觉得自己无趣，别人还是会觉得我这人有趣，我之所以有那些感受并非是自己的过错。可这样的缓解时刻稍纵即逝，她离开后不到一个小时，我又会重蹈覆辙，与自己日复一日的狂躁进行战斗。

住院第二周的一天，我在治疗时，有人叫我出去和一个负责电休克疗法的精神病医师见面。我不知道这次短暂的会面是否关键，是否会把我吓跑。从她的人际交往技能来看，说她是女医师，还不如说是典狱长更为妥当；我们还没说上两句，她就宣称我体现出了明显的“植物神经系统”方面的症状。她说我说话口齿不清，思维散漫，还说如果我继续保持这种状态，想再要写作根本不可能。她的这些话冷酷无情，我很受伤，就好像我已经一无所有，只有这种疾病了。电休克疗法肯定符合治疗规程，她斩钉截铁地下了结论。我点了点头，生怕多说多错，像个白痴，但我头脑里的警钟已经响起。我心想，**不行，我不做。不行。别这么咄咄逼人，医生。我可不是什么软柿子**。这么长时间以来，我第一次感受到内心自主产生了积极的意志，它就像一朵脆弱的绿色萌芽，虽然轻易就能被碾碎，但我仍能感受到它的力量。

J 医生是电休克疗法最强烈的支持者，为人最宽厚，他在医院从事精神病学研究，三十年前就治疗过我，当时美国食品和药品管理局尚未批准百忧解的时候，他就让我服用这种药，在说服我住进中 4 区的过程中，他也起到了举足轻重的作用。他在一次比较正式的场合中善意地对我指出，我的抑郁症程度不低，没必要去忍受这种疾病，能给我带来实实在在缓解的最好的机会就是接受电休克疗法。周五晚间，我吃晚饭的时候，他又这么强调了一次，我一边听，一边假装啃一块难嚼的鸡肉。其他病人都已经走了，姐姐狄妮正好过来看我，我便求助于她，因为一向行事稳重的 J 医生在我这件事上特别起劲，喋喋不休地说这是一种极难治愈的抑郁症，电休克疗法成绩斐然，利绝对大于弊。虽然我希望如此，但我实在信不过这种疗法。我一言不发，内心却在哀求姐姐，**帮帮我，我不想做这个**。泪水顺着脸颊潸然而落，我就像个哑巴，虽无法用言语表达，却仍能展现焦虑。姐姐替我把话说了出来，像是我沉默的翻译者。她对医生说，看样子我不愿接受电休克疗法，我的想法必须得到尊重。

31

住院已有好几个星期，我没觉得自己的心理力量日益虚弱。我生活中那些无足轻重的细节——账单、预约、截稿日期——在我最后仍然居家的数月期间即已中断，之后就被彻底抛诸脑后了，一想起还得重新拾起这些东西，我就受不了。服用的新药使我极易疲惫，用过早餐，我就会沉沉睡去。即便是在严格规定的探视时间（工作日 17:30 至 20:00，周末 14:00 至 20:00）里有人拜访，坐在大而无当的休息室里与人聊天，谈谈巧克力、熏鲑鱼，对别人给你的用来打付费电话的一些 25 美分硬币表示感谢，我都会感觉累。我觉得就像有人在一遍又一遍地祝我旅途愉快，我虽一直都在准备出门远行，可永远无法成行那样。

在说好的出院时间之前一周，有一天，我坚持要出门，院方犹豫再三，勉强答应，允许我每天出去走走，为重入社会做好准备，虽然每次外出都很不成功。炙热的周六午后，佐伊来接我，我们步行前往附近168街和百老汇交界处的星巴克。新服用的镇静剂令我昏昏沉沉，和她根本说不到一块去。当佐伊在银行门前离开我几分钟，跑开去打电话的时候，我开始嘤嘤哭泣，像是发生了天大的悲剧。我内心忐忑不安，不知见我处于这种状态会对她产生何种影响，她对我住院这事会做何感想。她之前唯一一次来精神病院看我的时候还很小，应该理解不了。她是否会将我视为负担，她一辈子都将承受这个重荷？她是否认为我所谓的抑郁症就是在装模作样，只要愿意，就可以抖落干净？我们都喜欢对一些小事情、奇怪的事情嘲笑一番，所以我觉得对她而言，我并不是什么陌生人，只有对自己，我才是陌生人。

院方踌躇再三之后，同意我离开中4区，从我住院之后第二天算起，我住院整整三个星期，他们认为我尚未做好出院的准备，但没有切实的理由阻拦我这么做，我的东西都堆在一辆推车上，方便我穿过附楼离开医院。我把从家里带来的枕头和我朋友黛博拉送给我的竹子盆栽留在了医院，盆栽之前就已被院方扣下了，也没有明确的理由。出院的那天正好是六月，和来时一样炎热，车子停在那儿，从车窗往外喷涌着热气。一切都显得嘈杂，一切都带着夸张的印记。能离开医院令我震惊，我知道这次彻底不用回去了，我再也不会返回病区了。

我回家的时候带了氯硝安定，这是一种我必须终身服用的抗焦虑药，除此之外还有两种药物，瑞美隆（Remeron）和郁复伸，因这些药可能具有强烈的刺激效果，故被称为“加州火箭轰炸机”。没想到，这两款药对我毫无刺激效果，至少不似听起来的那么好。到家后，我又被自杀的念头攫住，黏在床上不愿起床，害怕出门，即便和女儿绕着街区散会儿步都会担惊受怕。睡不着的时候，我就凝视虚空，对遥远的往昔极度恐惧，继而又转变成了对现在的恐惧。我是和珍一起回来的，我觉得她在屋子里就是一个阴沉沉的存在。姐姐和我朋友苏珊觉得我不该独自一人在家，于是她们轮流过来陪我。但这样的安排只是一时之计，到周末快结束时，给好几个医生打了电话之后，我同意周一再次住院，尝试电休克疗法。

准备返回中 4 区之前的那个周日下午，我的头脑出现了轻微的变化。直到如今，我也不清楚那次变化的确切起因，也许是对电休克疗法的恐惧，也许抑郁症已然走到尽头，踏上了消退之途，也未尽然，有可能是其中一种因素造成的，也有可能是诸多因素的合力使然。首先，我停用了瑞美隆，开始服用新药安律凡，这是一种抑制精神病的药物，若是少量服用，即可使抗抑郁药产生良好的功效。我在绝望的时刻，曾去见过 C 医生，早前他就是我的精神病医生，佐伊很小的时候，他便说服我住院了，他对采用新的疗法治愈棘手的抑郁症颇有心得，曾偷偷给我服用奥施康定（Oxycontin）。

这样的交易之所以要暗中进行，是因为奥施康定名声不佳，容易致人上瘾，极易滥用，还因为官方并未将使用鸦片制剂治疗抑郁症放至议程上。所以，C 医生给我这款药只能自担风险，当时我状况极差，他的这种举动触动了我。如今回想起来，他这么做应该是有理论基础的，和他对松果腺，也许是杏仁体的研究有关，但不管C医生如何解释奥施康定的效果，我仍然无法弄明白其中的道理。我认为能缓解肉身痛苦的药物也能缓解感情上的痛苦，这似乎具有显而易见的关联，人们在急于解构抑郁症的时候，或者说在避免作为解毒剂提供虚假的“刺激”时，很容易忽视这样的关联。

C医生指导我早晚各服用两片奥施康定，和服用阿司匹林一样。周日下午两三点，我觉得心灵有所平静，卧室也不再像一个陌生之地。珍的幽灵也已烟消云散。就在这间歇片刻，没人在家，我决定起床，出门走走。我去了美食广场，细细打量着那些谷类食物，惊讶于如此丰富的食物陈列，犹如刚从古拉格劳改营里回来。我买了些纸巾和草莓，然后步行回家，又上了床。那次外出并不是尤卡坦半岛之旅，却是一个良好的开端。第二天，我没去医院，之后那天也没去。

我就这样慢悠悠地度过了夏季余下的日子，生活在渐渐恢复，我也在耐心地让自己走上正轨。不可否认，我经常想重返医院，当然是指有待发现的新的医院。我内心仍存有一丝怀疑，觉得这种错误其实与我无关，只不过是我选错了地方而已，就像选错了丈夫那样，而适合我的“正确的”医院仍然是有的，只是到目前为止一直被人忽略罢了。没错，医院是不会提供我所渴求的那种心灵上的净化的，就像给心灵灌洗，将你体内所有陈腐污秽的东西冲洗干净。所谓程式化的治疗就是在幽静的、纯白色的背景中展开的，可这种程式化的治疗很容易使人产生幻觉，它其实就像心理病毒的耐药菌株，现实所施予的矫正根本无法将其击破。

我情绪消沉的时候，时常会觉得医院就是理论上的庇护所，整个夏季，我就这样熬过来了。八月底，我去朋友伊丽莎白在南安普顿租来的房子里小住了几日。房子里只有她和我，还有三只很吵的腊肠狗。我随身带了本小说过去，是安妮·恩莱特[1]的《聚会》，残缺不全的人物和不幸的家庭，这种书总归能使我产生共鸣。自住院以来，这是第一本能够吸引我的书，也是第一本我能从头读到尾的书。来朋友家小住的第三天午后，我读至最后一页。当时大约是四点半，八月中的天气，已可嗅到夏日将尽的气息。我仰头凝望着湛蓝的天空，一只腊肠狗就坐在我身边，它温暖的身子抵着我的小腿，将我刚游过泳的湿漉漉的身子烘得干干的。我能看见前方秋天匀称的轮廓。到时，会有新的书可以读，新的电影可以看，新的餐厅可以和朋友聚餐。我想象自己又开始执笔写作，看上去不像是一个荒唐可笑的念头。我有许多话想要说出口。

1　安妮·恩莱特（Anne Enright，1962—　），爱尔兰作家。

32

对过去充满执念的人，一到年尾习惯会怀念往昔，而非对来年满怀憧憬，我便有这样的习惯。《纽约时报》每年一度的专刊《他们经历的生活》（内部人士也称之为《亡者专辑》）都会纪念某一位名人，我的这个习惯便是通过写这样的文章得到了合理的佐证。除了生平有值得关注的地方之外，我所写的那些逝者究竟还有什么样的共同点呢？我觉得可以这么说，他们全都遭受着时断时续的抑郁症的折磨，只能用药物、食品、酒精和名声来驱离抑郁症，只是都不怎么成功。我母亲去世那年，专刊纪念的是帕特丽霞·劳福德，之前一年是桑德拉·狄，再之前是马龙·白兰度，而在他之前则是琳达·拉芙蕾丝[1]。

像我这样的人有个软肋，极易对弱者产生同情，所以对我而言，巴不得能接受这样的写作任务，只要八百到一千字，我就可以利用这最后一刻的机会，为那些饱受误解和非议的人恢复名誉，使更多的人能同情他们。兴致一来，我便投入到这种堂吉诃德式的激情之中，查阅许多文章和书籍，搜集帕特丽霞·劳福德的各种信息，希望能通过她隐秘的生活觅得一条路径：这样的生活犹如主线生活的两翼，高高地盘旋往复，虽并不尽是悲剧，但也不会耸入云霄。我是这么写的："许多有权有势的家庭都是如此，肯尼迪家的房子可谓是金碧辉煌的监狱，时髦铺张的飞地……帕特丽霞除了父辈赋予的姣好容貌之外，还极有天分，她对肯尼迪家族的传奇投入了极大的精力，你可以问问帕特丽霞，如果她出生于另一个尊重女性的家庭，不将她们视为生殖机器，也不会利用她们来达成男性的野心，那她是否会更易于塑造出属于她自身的身份。"我是在替帕特丽霞·劳福德沉默的内心代言，但我这么说的时候，也想起了其他女性的形象，尤其是我母亲。

今年十二月，距母亲去世已有好几年时间，可无论多少篇幅的文章，我都难以下笔。一切又都卷土重来。当你认为总算重获

1　帕特丽霞·劳福德（Patricia Lawford，1924—2006），美国社会名流，肯尼迪总统的妹妹；桑德拉·狄（Sandra Dee，1942—2005），美国女演员；马龙·白兰度（Marlon Brando，1924—2004），美国演员，电影导演；琳达·拉芙蕾丝（Linda Lovelace，1949—2002），美国色情女演员，因1972年出演色情片《深喉》而名声大噪。

自由的时候，黑色季节却倏然而至，大有暗无天日之势，形势相当危急。你的脑海乱作一团，骂骂咧咧，它们彼此追逐，冷酷无情，互相狙击。**你就是个失败者、负担、窝囊废，令人讨厌。你拉的屎比其他人的都臭**。自我灭绝：抑郁症隧道尽头的黑光耀眼刺目，星星点点一直闪烁不停，犹如杰·盖茨比[1]码头尽头的绿灯一般充满魅惑。**过来，和我一起休息一下吧**，它说，**别再挣扎了**。

对我而言，最后总会返回到这个问题上：你抑郁的时候，能去哪儿？这不就是问题的核心吗？你不可能消失不见，没入自己的皮肤里去吧，虽然那是一个理想的方法。你也没法隐匿起来，永远躲藏于自己的房间里，像亨利·詹姆斯的姐姐爱丽丝那样。从前，有人就是因为这些原因而出海数月，至少电影和小说里是这么写的，但如今合理的康复形式只剩下精神病院了，可我认为精神病院本身就很瘆人，局限性也很多。但我还是会寻找出一方小小的圣地，我可以在那儿徜徉，还可以在上面做流连忘返的清梦，梦见自己带着一窝孩子迁居另一个国家，闲暇时间，做做园艺，现实生活中我还从未尝试过这项活动。有时候，我只是躺着不动，双眼紧闭，像是从极度的震惊中逐渐清醒过来。

新年前一天，我一直睡到下午两点，而不是四点。没想到天已经黑了，我也不管三七二十一，草草化了妆，穿上衣服，戴上耳环，套上高跟鞋，没穿日常所穿且穿旧了的运动鞋或平跟鞋。

1　美国小说家弗·司各特·菲茨杰拉德的小说《了不起的盖茨比》中的人物。

下午还早的时候，我还想迫使自己投入文字工作，着手撰写欠下的人物稿件，搭上走走停停的列车，让自己果断、坚定，运用自己的技巧为他人的存在塑形。可除了纯粹从理论的角度来看，我已不再相信这些技巧。我只要不在键盘边上，身为作家的自我便会轻而易举地从纸页上滑落下来；我的作品经常会出现在刊物上，但我只有在感觉良好的时候，才会瞬间拥有这种专业上的身份认同感，有时候，甚至都不会有这样的想法。

由于A的邀请，我去72街附近的中央公园观看烟火，之前，我参加了纽约一场文明老派的晚宴，和一群完全不相识的人聊起了文明人的忧虑，对孩子、学校和戏剧的忧虑。活的理由与死的理由正好相对。此刻，子夜刚过，我凝望着绽放的斑斓色彩：红、白、蓝，曲曲弯弯的绿色，丝丝条条的紫色，一团团的银色，香槟色的火花。佐伊就站在边上，和我朋友B在一起，我望着烟火，将自己的乞求寄向天空。**让我好起来吧。让我记住这个全神贯注凝望烟火的时刻，烟火中蕴含着巨大的能量。不要去听开场的击鼓声。要留意日常来电，自动答录机上让你振作的留言，这些都是关心你的前夫、兄弟姐妹、朋友打来的。要让自己勇往直前。**

33

我写这本书的时候是2011年，母亲已故去五年。地球旋转不休，海啸摧毁了日本，远方的政府遭到颠覆，其他地方在举行选举。一个七十多岁的女人，是个作家，她的小说精致却令人焦灼，她的家就在中央公园西路上，她笔直地坐在客厅里，CNN[1]或半岛电视台正在播放，她已守了许多年的寡，对生活了无奢望，一年前因长期患病而离世。这个女人是我的好朋友，我心甘情愿为她悲伤。她说："我实在无法想象，实在无法想象他竟然不在了。"面对死亡的决绝，我对她的困惑深有同感，逝者已矣，永远无法追回。

谁知道服丧究竟需要持续多长时间？我们生活于疾速飞驰的时代，可我们的大脑边缘地带，我们的感受所栖息的地方，却仍

1 CNN，美国有线电视新闻网（Cable News Network）的英文缩写。

一如往昔般运转，几乎不曾受岁岁年年流逝的影响。母亲的身躯此时早已化作尘埃，我的头脑却仍然和她在一起，躲闪着她的批评，她锐利的眼神，细细审视时反对的眼光，只是如今我已不再认为没了她我就根本没法活下去。

我记得大约十五年前的那年五月，我那时也就四十出头，精神状况很差。父亲去世后，母亲有时会去耶路撒冷，在自己的公寓里一住就是几个月。如今，我离开自己所在的城市，去她那儿，要去寻找自己的母亲，寻找并非自己母亲的母亲，想要让自己不再陷入风暴眼之中。这次旅程究竟是如何开始的？是愤怒和孤独，是世界的里里外外都出了差池，才会导致这样。我不再吃饭，几乎不再说话，有时，内心想要自杀的声音会忽然冒出，然后再次马力全开。

我把女儿留给前夫和忠心耿耿的女管家照顾，驱使自己上了飞机。虽然我没法给自己安全，但我信任以色列航空，觉得他们会保证我的安全，至少暂时如此。我决定一到那儿，要么跳楼——母亲家是酒店式公寓的高层，大楼坐落于乔治国王街上——要么让她把我治好。有时，她只要承认自己的错误，我就会感觉好很多，但要她悔恨，根本不可能。有时，她只要人在那儿，我就会开心，即便我已不再是个孩子，可仍然会有这样的感受。

我是晚上到的耶路撒冷，那天晚上，我发现就算服用了足够多的安眠药，多到足以让头大象昏睡个几天几夜，可我仍然只能睡上一两个小时。凌晨五点，太阳还没出来，我就醒了，站在母亲的床旁。

她究竟是个什么样的人？我数十年如一日，始终想把她矛盾重重的个性如拼图一般拼凑出来，可她的内在总有一些东西令人捉摸不透。她怎么会生这么多孩子，尤其是在丈夫本身还需要她精心照料的情况下？她完全不像普通的母亲，她对我们毫不上心。比如，她从来不担心我们是否穿得暖，在学校过得怎么样。为什么就没人及时阻止她，既然她喜欢损人利己，无力照顾好自己的孩子，为什么还要让自己和孩子住一起？她给我灌输的是要对自己狠心，任何外在的源头都没法和她的灌输相提并论。

“你毁了我的生活，我一点机会都没有。”我这样对母亲说。我一边咆哮，一边哭泣，脸面都不顾了，痛苦将我吞噬，将我粉碎，就像我的体内有一只恶犬正对着我狂吠不止。“你毁了我的生活。”我又重复了一遍。

母亲最近做了旁路外科手术，但她肯定能活得比我久，我相信这一点，因为她身上拥有德国犹太人的强硬血统。我知道的那位有名的精神分析学家曾说母亲有“阳物崇拜”，还将她与那种以孩子为食的神话中的鸟儿相比，但像往常那样，我觉得就算其他人能认识到母亲身上的那种摧毁欲，又有什么帮助呢？事实本来就是如此。她太强硬，一向都很强硬，而我却太软弱，我这种人既没有内在的精神寄托，也没有勇气。

“你把我给毁了，我们全都被你给毁了。”我冲着她大喊大叫，她的卧室一片漆黑，我们躺在一起，肩并肩地躺在双人床上，就像她和父亲以前那样。光亮缓缓地破空而入，又带来耶路撒冷的一天，阳光明媚，令人发指。

我觉得我什么都没有了，我走得这么远，现在一切都结束了。除了现在，根本就没有未来，而置身于现在，我又一无是处。比一无是处还糟：一文不值。我面对母亲的时候，怀揣着幽闭已久的哀伤与怒火：我小时候，这条使人生不如死的恶龙就朝我猛扑过来，但没人发现，我为什么就得在这样的黑暗中生活这么长时间？是她安排了这一切，是她毁了我。

母亲那时七十五岁，穿了件印有花朵图案的淡色棉料睡裙，裙长及膝。她已起床，站在我面前，手上端了杯咖啡，告诉我一切都会好起来的，说我以前就是这样想的，一直都没变过。她能承认我内心焦灼不堪，面对我抛向她的那些指责，她面不改色心不跳，我竟有种奇异的踏实感。或许我这人太容易软化，但事实上，她不至于意识不到我内心的不安，也许那都是我自己的一厢情愿。没有她不知道的事，也没有什么能扰了她的清梦。她之所以表现出这种弹性，或许就是为了避免展露过多爱的迹象，不愿让我知道她甘愿默默守护，将我洞穿的事实。我怕她离去的那一天，我溢出的泪水，那喷涌而出的泪水，哀伤的源泉，没人可以擦干。

•

与此同时，我也在努力尝试，真的。你会问，究竟有哪些

"尝试"？我要将我自己和抑郁相分离，我要飞越到它的上方，就像飞机从机场跑道上起飞一样。我一直在努力尝试，强迫自己与日常生活中琐碎的以及不太琐碎的事情交战。我会接电话，回邮件，淋浴，给杂志写文章，讲讲新出现的较为温和的整形外科手术，讲讲如何不用手术也能整容。除非我平躺于地——除了住院，什么也干不了——否则琐细的事物总能激起我的好奇心，使我暂时远离那种持续不断、念念不忘的独白：**我究竟是死还是活？**（可我又怕这样的思考会使我越来越老。菲利普·拉金在他的诗歌《神经症》里这么写道："百念俱消始终青睐年轻人，而且坚持不懈。"二十多岁时希望摆脱自己是一码事，毕竟这时候，生活还在你的前方晃来晃去，挑逗着你；而中年时思考自杀却完全是另一码事，因为这时候，生活无论是好是坏，都早已定型，除了自杀之外，你还能期望什么呢？）

细节将我吸纳，好似油膏涂抹于我溃烂化脓的心灵上，我要围绕细节写一篇文章，让它们再次流转：我为《纽约时报杂志》写稿，也许会写紧身褡，评论罗兹犹太区的小说，或给汤姆·斯托帕德、凯特·布兰切特、爱丽丝·门罗[1]写人物专访，不管是人还是物，只要能将我从自己的内心引开就成。

我认为希望就在于能长期思考上述这些事物，从而将自己和

1 汤姆·斯托帕德（Tom Stoppard，1937— ），捷克出生的英国剧作家、编剧；凯特·布兰切特（Cate Blanchett，1969— ），澳大利亚女演员，戏剧导演；爱丽丝·门罗（Alice Munro，1931— ），加拿大短篇小说家，2013 年获诺贝尔文学奖。

黑暗拉开距离。比如，有一天我和戴安娜·基顿在电话里聊一篇小说，我能感受到她对视觉世界的兴奋之情，她对什么都充满了热情，房子、纳瓦霍毛毯、某些字母的形状，图像是她洞察世界的方式。那一刻，我觉得她的活力感染了我；后来，我就兴冲冲地去找好看的毯子，冲到市区买窗帘布料。那一刻，我觉得自己浑身都活跃了起来，正在穿越一片风景。当然啦，其实我一丝一毫都没挪动，我就坐在书桌前，面对电脑，哪儿都不想去，甚至都不想穿上衣服出门逛逛。

当然，我的行动力始终是个问题。希望需要的是有准备的行动，可我缺乏的恰恰就是这个。随遇而安总好过枯守一地，哪儿也去不了，却又忐忑不安。在出版社上班的时候，只有用过工作午餐，我才会出现在办公室里；早晨对我来说是个煎熬，从儿提时代起就是这样，我最不想做的事就是和人互动。多年以后，我成了《纽约客》的员工，在二十楼有一间谁都会垂涎的办公室，热心的编辑还给我拿来相匹配的绿色的桌上办公用品，帮我把空间陈设得更舒适，但我去那儿办公，总共也就屈指可数的几次，但许多作者都会在自己的办公室附近晃来晃去，他们这么做只是出于纯粹的喜悦，喜悦于自己也能成为这个环境的一分子。我写书评和个人化的随笔，后来又有一阵子与安东尼·雷恩合写影评专栏。我本可以和许多人聊聊，搜集有意思的素材，那儿有许多人头脑聪明，见多识广，我可以愉快地和他们讨论讨论库切的最新小说或者罗伯特·阿尔特曼的《迷色布局》[1]，可我却选择了在家办公。

我觉得在办公室里反而更孤单，我的办公室就夹在另两位作家的办公室当中，他们也极少过来。说实话，阻隔我，使我无法在办公室上班的恰恰在于这样一个事实，即身处这种与其他作家情谊深厚的环境里，我却不知道究竟该如何应对。置身于团体里，我会觉得别扭，早前在六个兄弟姐妹当中，我就有这种感觉。我不知道这个自傲的集体是否拥有自身的仪式，亦即正确的行为模式。我是应该走来走去和同事们互动，说些机智的俏皮话？还是应该像个作家那样保持旺盛的创作力，对着电脑，房门紧闭？这些事情令我焦虑不安，非言语所能形容。如今看来，我之所以要保持距离，不愿与人同乐，是因为我生怕别人会“发现”我就像自己所想的那样是个没用的人，是个连个门面都撑不起来的人。我一直在想自己究竟错过了什么，毕竟本来是可以培养那样的友谊的……

每当看见别人能如此轻而易举地步入这个世界，乘地铁、巴士、出租车，在城市里快速游走，我就觉得惊讶。哪怕连步行这样简单的权宜之计，我也做不来。我很难让自己适应告辞、穿衣、拎包、交流这些举动。我周身弥漫着忧郁，无名无姓地行走于马

1　库切（J.M. Coetzee，1940—　），南非小说家、随笔作家、语言学家、翻译家，2003 年获诺贝尔文学奖。罗伯特·阿尔特曼（Robert Altman，1925—2006），美国电影导演、编剧、制片人。

路上，走过那片街区，没人会关注我，唯有萦绕不散的幽暗思绪，无穷无尽、坚持不懈的争论——**我现在是否应该走到巴士跟前去，现在真要这么做吗？**——如影随形。对世界，我无所谓期待，所以很难想象邂逅也会令人欣喜，或者说得更确切些，邂逅也能使我从自己身边逃脱。

我不会找各种各样的理由出门，比如看牙医，和朋友聚餐，看电影，衣服送干洗店，买一箱牛奶，可是出个门为什么会这么挣扎，我为什么始终都想蜷缩在自家的屋顶底下？当然，在自己家的四壁之内做事，自由自在地按我所愿与抑郁症抗争，不用整天在那儿装着，肯定会令人轻松自在。到了外部世界，就得满面笑容，点头应和，像中上阶层的妇女那样对自己的健康未雨绸缪，检查身上是否长了可引发癌变的痣，做乳腺造影和结肠镜检查，检查激素水平。

我呢，继续活着，吃药，和女儿吵架，看令人昏昏欲睡的电视节目，为写这本书充满挣扎，去治疗，想要租一栋避暑别墅。你可能会疑惑，既然我都想要自杀了，怎么还在想租一栋避暑别墅，这个怀疑合情合理。因为我总觉得我本身要比我这个人来得更强大，能靠自己的双脚立足，好处是我和她不分彼此。我能看见自己坐在临水的小屋子里，读书，写作，招待朋友，散步。可要是我周六醒来没法动弹，就像我在城里那样，该怎么办？要是我缺少必备的精力，无法给冰箱塞满东西，连纸巾都置办不动，又怎么办？要是没人来看我怎么办？要是来的朋友让我讨厌，觉得他们不愿伸出援手，该怎么办？

当然，我也从来没学过开车。绝大多数人十几岁就掌握的这项技能却把我给难倒了。（三十五岁时，我上过驾校的课程，学得挺好，但后来突然觉得恐惧，就取消了接下来的那堂课，之后也再没去上课。）近来，我难得偶尔有几次精神焕发的时候，一次，我从纽约州机动车部门订了一本《驾驶员手册》看。这本小册子很有意思，封面的色彩很亮堂，三辆蓝色的车子沿着一条上标虚黄线的Z形黑色马路行驶（47页，“单虚线：可以超车或变道，但需注意安全，不得影响其他车辆”），但我很少会翻看书里的内容。驾驶，也是我未曾学会的一项技能，就和生活一样。

34

每逢夏日周末，待在城里，我总会觉得漂泊不定，其他人全都出去玩了，我像是被遗弃了。如今，人到中年，我才参与到曼哈顿这场特殊的逃离城市的仪式中来。许多年来，我一直都很依赖大西洋海滩上的家，纱门总是摔得砰砰响，灼热的烧烤由我殷勤的姐夫操刀，佐伊和一大帮兄弟姐妹玩得不亦乐乎，兴奋之情溢于言表。父亲去世后不到五年，这栋房子就出售了，当时我提出了强烈的抗议，却无济于事，在反对卖房的那几年里，我拖着女儿在两地来回住。为了使晚饭吃得有声有色，我还会带些可爱的小礼物，假装玩拼词游戏玩得入迷，设法将餐巾折成女主人喜欢的那种形状。

后来，大约六年前吧，我不再求助他人给我提供逃生出口，决定自行设计安全门。我开始搜寻夏季出租屋，虽然喜欢的房子，我根本租不起。最后，我挑中了一栋刷白的小屋子，原是用人房，坐落于南安普顿附近一座名叫诺亚克的小村落里，距萨格港也就六七公里的路程。这栋小房子也拥有一弯小小的沙滩，到处都是观景窗，甚至浴室里也有。我认为租下这栋房子可以使我心胸变得更开阔，生活更有意义，而且也有场地招待周末来的客人，和他们一起打打槌球，顺便再为客人奉上丰盛的早餐。我希望能成为这样的人，虽然我不会开车，最基本的家务活就能把我难倒。房子本身就像是一艘舒适温馨的小船，诺亚克名义上属于南安普顿，但能步行前往的地方也就那么几个，一家气味有些难闻的杂货店，一家比萨馆，一家酒馆。

在诺亚克待了两个夏天后，我又跑去东夸格租房，东夸格是座迷你的蓝领村落，不到五分钟就能逛个遍，村落的西南部是风景更加秀丽的夸格，东边则是熙熙攘攘的汉普顿贝斯。村里那条迷你的主干道上有好几家汽车零配件商店，两家熟食店，一家美甲店，一家迷你到不能再迷你的寿司馆，一家中餐外卖馆子，一两家卖T恤、帆布包、干花的小铺子。那儿有个市场不错，肉都是上好的，还可以买到意式干拌面和手工巧克力这类高档食品，除此之外，我实在不知道还有什么理由可以让我去镇上，除非去镇上乘小巴回家。那儿的租金比起汉普顿的其他地区也相对便宜，这也是它一开始就吸引我的地方。

房子带一座大花园、一座泳池，但我始终都无法习惯这个地方。我很讨厌屋里那种满目荒芜的伪禅修装饰风格，但也不想冒什么风险，在光秃秃的墙壁上挂相片，以免留下什么印迹。房子就一层，内饰容易让我产生幽闭恐惧症，觉得自己与世隔绝，不管真的是孤身一人，还是有人来访，我都会产生这种感觉。我唯一觉得满意的是周末午后，太阳还在，但已不再高悬空中，我会坐在躺椅上读读书，晒晒太阳；我浅色的皮肤日益变成深色，令我有种蚕蛹化蝶的感觉。这块地上有一座鸡舍，房主把鸡舍租给了附近的农民，当时我正好在那儿避暑，原先我对叽叽喳喳的鸡非常厌烦，可后来反倒觉得这是很不错的背景音。

那年夏天，我的情绪开始跌落，到八月份，一切都被投上了不祥的阴影。当时天气异乎寻常的燠热，我这人本来就怕热，抗抑郁药更是给我火中添柴：过去两个月来，我就在不停地流汗。豆大的汗珠积聚在我的额头上，密密麻麻地从我脸上蜿蜒而下，其他人就是脸色稍微燥红而已。生怕这样的形象太尴尬，我只能一刻不停地用纸巾轻抹闪烁的皮肤。

随着八月的过去，我感觉自己的思维和语言都慢了下来，句子的成型需要更长的时间，语言磕磕绊绊，令我烦躁不安。我不允许自己去思考当下之外的时刻，因为只要跨前一小步，将自己投射至未来，就会引发很多的焦虑。有一段时间，我一直在练习，不让自杀的念头浮出水面，让自己就这么活下去，毕竟我别无选择，只能专注于日复一日的存在。我必须坚定信心，控制下坠的趋势，别让它茁壮成长，使自己沦为半植物人，可我又担心自己是否有力量将它遏制住。

佐伊帮我把东夸格的房子里的几件家具重新摆放了一下，在卧室里留出一个小小的办公空间，每周末我都会雷打不动地把一台新买的轻便手提电脑带过来，但大多数时候我都会避免在书桌前坐定。现在已经没有什么东西能阻碍我写书了（确切地说，是写这本书），能阻碍我的也只有我自己了。以前就有的那些自我怀疑的恶习又开始对我发起攻击：我说的这些话，谁会感兴趣？我说不到点子上，就算写了几十年文章，认定自己是个专业的作家也没用，可我确实是个专业的作家，还有读者在等着读我的作品。我没怎么怀疑自己的写作能力，但我想象不出被吸引过来的究竟会是些什么样的读者。另一方面，我也想象得出一群不喜欢这本书的批评家会怎样把我的每一个词语拆开检查，指责我写这样的自传就是在无病呻吟，许多地方写得太露骨，过分自恋，危害性太大。

从我正在写作的这本回忆录来看，对于什么能写，什么不能写，我还是挺担心的。我很清楚我轻而易举就获得作家的名声，是因为这么多年来我一直都在透露私密的细节，有时候透露的细节还挺尴尬，可事实本身远比表象复杂得多。在描写家人时，其实有许多我省略了没写，尤其是牵扯到五个兄弟姐妹，他们的隐私我是不会随意践踏的。

这种选择策略在我很久以前的那本小说，以及之后我为《纽约客》和《纽约时报杂志》所写的那些个人化的文章中，发挥得都很不错，但后来就不行了。我的好几个兄弟姐妹都有心理障碍，尤其是患有严重的抑郁症，我发现母亲对这些情况欣然接受，于是我也就夸大了自己这方面的脆弱性。我知道成为一个合格的废物对所有人都有好处，可以得到母亲全心全意的关注，其他方式做不到这一点，而且还可以使她显露出平时难得一见的母性的关切之情。换句话说，在通往成长的道路上，磕磕绊绊的并不是只有我一个人，但如何才能做到既能将整个前因后果和盘托出，又不致破坏我家的公众形象呢？有些作家竹筒倒豆子，口无遮拦，对是否会伤害与自己亲近的人无所顾忌，我很佩服他们，可我清楚自己是不可能像他们那般决绝的。

过去十多年，我先后和三家出版社签订了完成此书的合同，当我对如何写这本描述抑郁症的书不感到焦虑的时候，我就会逼迫自己去细读汉普顿那些便宜的报章杂志，每时每刻都能从中获得许多有意思的内容。那些光鲜靓丽的夫妻和当地的名人在不参加烛光荧荧的慈善晚宴时，会从事一些创意十足、报酬丰厚的爱好。不消说，女人的身材清一色纤细苗条，即便最近刚生过孩子也不例外。丈夫都是清一色前程远大的模样，油光可鉴的大背头，裁剪入时的休闲西装；许多人都穿平跟鞋或驾车鞋，不穿袜子。我在床上一躺就会躺到很晚，想象着这些人的生活，他们出身如何，如何成为夫妻，是否有人喜欢读书。

一个周日，一对夫妻带着小家伙来我家做客，我们开车去了夸格，在那儿的一家兼送外卖的咖啡馆吃早午餐。我点了一份一磅重的龙虾沙拉，没问价格，感觉自己就像杂志上看到的那些人那样，在奢华的世界中游刃有余。但等账单一过来，发现龙虾沙拉要 90 美元，我立马就要求改成半磅，给我上菜的女人腰上围着白围裙，面露不悦之色，这种沙拉说不定就是她发明的吧。

我始终觉得母亲在坟墓里凝视着我。夏日周末，母亲极少会买足量的水果，事实上，任何种类的食物她都很少买，所以每逢周末早晨，父亲的午餐也就只剩下一两个孤零零的桃子和一片小之又小的熏鲑鱼。她会说，我是谁啊，竟然想大手大脚地花钱？我对自己的内在价值从未有过清晰的认识，一旦涉及物质世界，我就会疯狂摇摆，贪求与恐惧共舞。这东西是否值得我买？我是否配得上它？我要不要讨价还价？我是不是被人耍了？即便是像买午餐这样简单的事，到了我这儿也会突然变得危险重重。

日子日复一日地流逝，我一直在设法将自己头脑中重新冒出的那些致郁的念头打消掉，它们使人变得焦躁不安。比如，关于我父亲：他为什么对我毫不在意？他在世的时候，我就在思索他为什么这么漠然；他去世之后，这样的思索仍未中断。十五年前，我是《纽约客》的专职影评人，杂志派我出差，我便和年方八岁的佐伊乘坐了一个星期的邮轮，下榻于奢华的半岛酒店，后来突然得知父亲病危的消息，我缩短行程，从香港急匆匆地回国，想趁父亲尚未咽下最后一口气之前，赶到他的床边。可这样做有意义吗？有必要这么麻烦吗？我这么做是为他，为我自己，还是为了母亲？

从某种程度上来说，我对威廉·福克纳的那句讲述往昔的箴言（过去从未死亡，它甚至都未曾过去）心有戚戚，但话又说回来，我也能理解在现实生活中，我们都在往前行进，或者说假装在往前行进，以免最后落得如同田纳西·威廉姆斯或尤金·奥尼尔[1]剧中那些人物一般的下场，如《玻璃动物园》里的劳拉，我对她就有很强的认同感。我极其憎恶自己的纠结，却又不知该如何解开死结。我不止一次地在想，如果上次住院期间有人推我一把，我又没有拼尽全力抵抗，接受了电休克疗法，情况会怎么样？也许电休克疗法会采用和休克疗法一样原始的手段，能使我偏执的头脑踏上崭新的征程……至于这种疗法是否经过改进，过了这么多年，是否变得更能让人接受，我一概不在乎。

我的心理医生不在城里，但我们会定期通电话；他做得很棒，从不会让我不舒服，他一直都在设法提醒我，虽然每年夏季他都要去缅因海岸的岛上度两个月的假，但一切都在他的掌握之中。他治疗我已有两年时间，我觉得他就是同盟者，耐心、体贴，在我差不多都要放弃时，他出现了；换句话说，现在总算有一个人可以让我利用一下了。有他在我的身边，我就有可能摆脱往日的恐惧，不再对从未感受过的犹太家庭的温馨氛围充满幻想，对自己有这样的母亲——我的眼里只有她，而她却以此将我牢牢掌控——也能坦然面对。

1　田纳西·威廉姆斯（Tennessee Williams，1911—1983），美国剧作家，下文提及的《玻璃动物园》即为他的作品。尤金·奥尼尔（Eugene O'Neill，1888—1953），美国剧作家，1936 年获诺贝尔文学奖。

可我的内心仍然无法将他作为实实在在的人加以依靠，我无法留存于**他**的头脑中。就好像一旦我的面前见不到另一个人，我就会从地球的尽头坠落下去，也许其他人也会从地球的尽头坠落，或是两个人双双坠落。所有人似乎都已消失不见，唯独剩下我在月球表面徜徉，丝毫不见可以让我依赖的人类踪迹。

那年夏末，我是靠专心读书度过的：回忆录、传记、小说。有一本发生于东京的真实犯罪小说，书名叫《吞噬黑夜的人》，仿佛有催眠的作用，我从头至尾两天读完，把书放下后，我都不敢关灯睡觉，就怕有什么邪灵或什么恶人借着夜色的掩护潜到我的身上。读完一本书后，我又会马上抓起另一本书。思考的意义究竟何在？**闭嘴吧**，我对自己说，**闭上你的臭嘴。外面的世界很大，远远超过了你那偏执成性的小小的脑容量：想要改变的话，就得多留个心眼**。

在东夸格的那栋房子里度过最后一个周末时，我和佐伊一起把厨房收拾得干干净净；我们俩天性喜欢囤积，翻来覆去地争论哪些零零碎碎的食品或半成品的饮料可以扔掉，哪些可以塞入盒子或购物袋带回城里。一想到终于可以回家，我就如释重负，毕竟整个八月一直住在这儿，没有中断过。过去，夏末总会使我伤悲，但这次截然不同。我会怀念花园和叽叽喳喳的鸡崽，怀念闭目养神，直面阳光的那个时刻，又不会太过伤感。汉普顿的那些报章杂志我已经看腻了，对步行穿过破破烂烂的小镇去乘坐小巴这种事也已经厌倦，所以不明白为什么自己会花费两个半小时，甚或三个小时，来此栖息。秋天尚未挥手召唤，只要回了家，就会有好转的机会。

返回公寓，又有数千本书这样的一群好友相伴，不亦乐乎。无论新朋旧友，都会从书架上向我呼唤，我可往四面八方漫无目的地周游一番。一切都是那么的新鲜，我的抑郁症也仿佛因我的归来而退至后方，腾出空间，让我踏步向前。可我忘了若是没有它留在我身上的污秽印迹，我该如何自处，不知道若是没了黑暗的警告，我又该如何辨认自己的生活。

35

周四晚上，我去看一个精神药理学家，他原本是神经科医师，长了一张娃娃脸。我们超越了病人与医生之间的界限，结下了友谊。比如有时候，如果我是他当天诊疗的最后一个病人，结束后他就会和我一起坐出租车横穿整座城市。他对我很重要，所以我就给他介绍了许多人，总共有十到十二个人吧，我对他的技术和理解力绝对信任。可一旦涉及我自己的困境，我就对他的专业技能持怀疑态度，觉得那些药物都是用来胡乱蒙人的，靠碰运气（**为什么没人知道那些药片到底是怎么起作用的？**），我坚持认为我的疾病与生化反应完全没有关系，而是和小时候缺乏良好的成长环境关系极大。

“哪有这么非此即彼，”他说，“我指的是易感性。并不是每个上战场的人或者遭到强奸的人都会得创伤后应激综合征。但病原学在这点上是没有差别的。发生了什么，就是什么。”

难道就没有解决办法，没法返回过去，让自己——化学反应——走上正轨？如果发生了什么，就是什么，那我现在究竟是在哪条战线上战斗？我们之间一直都在对自然与养育、大脑的可塑性，对心理分析疗法还是药物治疗有效这些问题争论不休。首先，如果现在是五六十年代，那么养育论肯定风行一时，我不会一开始就让精神药理学家给我看病，关注点应该在精神分析学上。从生物角度出发治疗情感疾病的方式正处于上升阶段，心理治疗也就不具有什么效力，环境因素也就变得无足轻重。

除了文化因素造成的波动之外，关键还在于：如果家族史上有罹患抑郁症的案例，那你得抑郁症的概率就会达到 50%。如果抑郁症并未出现在你的基因库里，你的童年即便像狄更斯笔下的人物那么凄惨，也仍然不会得抑郁症。尽管很难兼顾自然与养育这两方面，但抑郁症的产生确实是因为遗传倾向**和**引发这种倾向的条件双双合力导致的。对精神分裂症的最新研究表明，精神分裂症涉及的基因不少于 108 个，所以抑郁症也不可能只涉及一个或几个基因。

我对 M 医生解释过不止一次，说我家人得抑郁症的特别多，主要集中于兄弟姐妹之间。我说这话是指我父母都没得抑郁症，他们也有抑郁的时候，但这在德裔犹太人中间很正常。真的，只要深入探寻任何一个家庭的背景，你就会发现要么这儿有个舅舅生性忧郁，那儿有个远方亲戚经临床检查患有抑郁症。也就是说，我终生抑郁的概率不超过 50%。

我说太累了。“现在还是死了的好，”我说，“非常感谢你所做的一切，但我不需要这些。”（“这些”指的是生活。）“我活的时间已经够长了。”他说这是我的抑郁症在说话，不是我的本心。“你患有严重的抑郁症。”他的语气充满遗憾，仿佛他这是头一次得出这个结论。

“是吗，”我问，“你确定吗？”我的健康状况确实很奇怪，那就是我自己都不相信是身体出了问题，只不过是一种机能紊乱，一种可以确诊的疾病。大多数时候，我都不屑一顾，根本不放在心里，和其他人的做法一样，只要它变得听话老实就行。**振作点，别老想着自己的那些感受**。我想忍耐，却又对这个请求充耳不闻，我就像个中西部地区的会计，除了自己身上的那些个性缺陷之外，对深入骨髓的疾病，心灵上的癌症，绝不宽恕。

M 医生说我以前的状况比如今差，多年前第一次接诊的时候，我几乎连话都说不清楚，在当时治疗我的那个专家的建议下，我停用了所有的药物。“你看上去很糟糕，”他说，“像个溺水者。”现在，他决定让我主要服用其中一种药物——安律凡。问题是安律凡会让人体重剧增，只是没人会提前告知你这种副作用。我原本的体形相对来说还算苗条，但现在已不可同日而语。我不知道服用好几年安律凡之后增加的三四十磅体重是否加深了我的绝望感，毕竟女性以苗条为美的训令在我们的文化中占据极其重要的地位。我有个患躁郁症的年轻朋友，对自己的容貌极为在意，因为这种副作用而停用安律凡，结果马上就减肥成功。“我变瘦啦。”

她说这话的时候甭提有多高兴了。

郁复伸和安律凡这两种药还有其他缺点，可M医生事先并未告诉我有什么样的副作用，时间一久，我自己也就发现了，如血糖升高，肝酶升高，后者的指数极高，两年前我不得不做了肝活组织检查，结果没查出什么明确的疾病，只有脂肪肝。

我仍然能感受到M医生对使用该药有些犹豫，但我又说不出个所以然。我只是怀疑服用该药后，最终可能会导致迟发性运动障碍，而这样的症状正是服用安定之类精神抑制药物所产生的副作用。这种失调症状会导致不自主的运动，尤其是在面部，如扮鬼脸、吐舌头、反复咀嚼，而这种不自主运动是不可逆的，时间越久，症状会越严重。偶尔我们会在地铁上看到患有迟发性运动障碍的人，会觉得他们的举动极不协调。

“安律凡会不会有坏处？”我问。

“没有，”他说，“但它毕竟是治疗精神病的药物。”

“什么意思？”

“你不会想长期依赖这种药物吧。”

“明白了。”我说。我想象得出，自己就是个老女人，穿着拖沓的外套，表情狰狞，陌生人看了我就觉得害怕。

“**你**会服用吗？”我问这个问题是想将他一军。

“如果有你这样的症状，我会。”M医生回答道。

我又变成了自己，拥有独特的过往，“发生了什么，就是什么”，虽然我根本不想成为这样的人。有时候，连着好几分钟，我会忘了自己身处M医生舒适的诊室里，而是把我们俩想象成星际战士，对他所谓的抑郁星球上的邪恶力量及其蕴含的危险了若指掌。每当那时候，我就觉得自己英勇无畏，面对绝大多数人见不到的敌人，下定决心，绝不屈膝投降。

36

再过几个星期，我就到了弗吉尼亚·伍尔夫和黛博拉·迪格斯自杀的年纪了。如今，极富想象力的创意人士，特别是艺术家和作家经常会罹患抑郁症，这些都有据可查的，许多专著都说过该群体中单相抑郁症和双相抑郁症发病率极高。放眼所及，处处都能见到郁郁寡欢的诗人、画家酗酒嗑药到不省人事的地步，有的甚至还割腕，自缢，开枪射杀自己，跳楼，驾车跃出桥面。所以，我能好好地活到现在确实让我惊讶，毕竟我会产生周期性自戕的欲望。我竟然没被暗流卷走，连自己都大吃一惊。

也许，我自始至终都低估了生命的力量，它总能偷偷摸摸地将你吸引过去。往下沉沦的时候，这样的吸引力一般不太管用，不过仍然非常真实。阅读是项极其纯粹的消遣，友谊使人心满意足，母亲予人呵护，微小的快乐予人慰藉，比如聆听尼尔·扬[1]哀伤缠绵的情歌，觅得一件既漂亮又贴身的大号白衬衫，这些都是生命予人的诱惑力，当然并不止于此。万勿无视自己内心难以抑制的好奇心，通常来说，我总能在美好的事物中获得特定的欢乐，比如薄如蝉翼的暗褐色丝巾，夏末午后蔚蓝的天空，五月某个夜晚在巴黎圣礼拜堂聆听维瓦尔第的《四季》，仿佛那是刚刚谱写的新曲。没错，每当我有所感受的时候，就会发现正是爱的力量把我牵引住，使我不舍得离弃这个世界。

我有多少次徘徊在死亡的边缘，刹住了自杀的念想，最终又与生活休战？我又有多少次慢慢悠悠、磕磕绊绊地向心理医生解释自己头脑中自杀的想法，心理医生起先威胁说要打911，然后要我先别急着自杀，等到下次治疗后再说，听他的口气就像是要我推迟理发那么简单？我承诺，暂时不会去完成这个赴死的愿望，至少眼下不会。可是，在最终拥抱自杀的念头之前，这样的虚与委蛇还能延宕多久？斯波尔丁·格雷[2]，虽然我没看过他的演出，但他的日记我却读得津津有味，大有惺惺相惜之感。他共有九个不同的身份，其中一个是“自杀受害者”（其他还有“禅师”“影星”等），后来有一天，他从斯塔顿岛的渡轮上一跃而下了。

我幻想自杀的时候，从未想过要写遗书——一是觉得没这个

1 尼尔·扬（Neil Young，1945— ），加拿大摇滚歌手。

2 斯波尔丁·格雷（Spalding Gray，1941—2004），美国演员、作家。

必要，二是觉得煽情——但近来，我倒是觉得遗书至少能给女儿一个解释。遗书的好处是，至少能向对方道个歉。（在《死亡成全了他们》一书中，有一章叫《遗书的艺术》，里面写道："遗书是写给兄弟姐妹、丈夫妻子、恋人、老板、朋友、粉丝、导师和敌人的。"很奇怪的是，这里并未提及孩子是遗书潜在的接收者。）

母亲自杀，孩子所受的伤害经久不散，这方面令人胆寒的统计数据我听过不少。这让我想起尼古拉斯·休斯，他是西尔维亚·普拉斯和泰德·休斯的儿子，一个动物学家，专研"溪鲑的生态"，2009 年自缢身亡，时年四十七岁。据报道，他也患有抑郁症，从极其有限的资料来看，他是个不合群的人，可如果没有母亲的榜样在先，他是否还会自杀呢？

对于我的抑郁症，我女儿也耗费了很多精力，我很肯定她有所厌倦了，毕竟这病已经拖了太长时间。另一方面，我也担心自己无休止的凄苦状态会令她无从表达自身的不幸，而她的不幸在程度上是与我等量齐观的。绝不能忽视她的**不幸**，我害怕我会阻碍她表达这种不幸。她情绪多变，却处处自我压抑；我情绪爆发时常不分场合，她却似乎在刻意保持距离，她说我这是在"袒露真实"，却又语带轻蔑。

她极不情愿谈论自己，只有参加社交聚会喝得酩酊大醉时，才会破例。那时，她会像花儿一样怒放，乐于向陌生人倾吐自己最为隐秘的内心，而不再是一个时刻准备的聆听者。你会发现每当那个时候，佐伊就像变了个人似的，可以与这世界轻松自在地周旋。有一次，我们一起去参加一个亲戚的婚礼，坐她身边的是一个口风极紧的男人，她稍稍试探了一番，那男人便袒露了妻子身故之后自己孤独难耐、性欲难消的苦恼之情。其他时候，喝酒就是坏事，令她沉浸于悲哀之中无法自拔。这时，她就会给我打电话，含糊不清地表达内心无尽的悲伤，我生怕这才是真正的佐伊。让我感到慰藉的是，她还是愿意通过聊天来摆脱郁闷的心情，这种状态至少可以保持到下一次开始之前。

我想在这点上，伍尔夫是否会比我做得更好，毕竟她写了这么多书，和丈夫伦纳德创建了霍加思出版社（Hogarth Press），通过交谈和信件与许多人保持着联系。这倒不是说我一无所成，我也出版了三本书，写了几十万字，涉及的话题也很广，身为母亲，虽然并不怎么靠谱，但还是深爱着女儿，对姐妹们也挺照顾，是个称职的朋友，还是个尽心尽责的阿姨，但这一切与我的希望还是差了一截。

我觉得你们会说，我至今仍在挣扎这件事本身就说明我充满了力量，我战胜了恐惧，不再优柔寡断；但我也在思忖，遵守自己的诺言是否算是一种失败。我承诺自杀，和别人承诺要买一辆锃亮的新车没什么区别。我觉得我理当得到这样的回报，毕竟我得忍受令人难以忍受的状况，忍受单调乏味的日常生活，忍受恶意一而再，再而三地向我猛扑。我很清楚，剥夺自己的生命本身当然不是什么积极向上的事情，它只是转变自我的一种极端的方式；但我仍然认为，自杀可以被视为一种仁慈，可以对一个人彻底的沉沦付以极大的关注。

因此，我内心始终坚信，自杀者定会意识到自己将再次踏上这条路途。我觉得如果足够抑郁，你就会视死亡为摇篮，轻轻摇晃着自己，步入鲜活的生命，周身闪烁着崭新的光彩，不再有玷污。如果足够抑郁，你就会做好准备，从日常生活中一跃而起，跃入遗忘的怀抱，你内心里拥有一种完全无法证实的信念，认为遗忘终将退却，代之而起的将是一片广袤翠绿的田野，田野上的野花星星点点，你不息地奔跑着，身上再也没有沉甸甸的重负——那是你一直背着的重负，似乎会永远地背下去。

这一秘密的信念与宗教信仰类似，它一无所求，也毫无回报，所能给予的只能是非理性。由于我对自己身上这种可疑幼稚的信念产生了怀疑，于是我就把里尔克[1]《哀歌》第九首里的几句诗抄录了下来，这首诗的说法相异，诗人承认虽然幸福难觅，它只是不幸的前奏，但这个世界仍然是我们唯一的入场券。如果我能对诗中不动声色的信息多加留意，勉力度过当下以及接踵而至的黑暗季节，就会发现一片更为经久、永恒的天地：

> 而是因为此间很丰盛，因为此间的万物
> 似乎需要我们，这些逝者
> 跟我们奇特相关。我们，逝者中的逝者

1 里尔克（Rainer Maria Rilke，1875—1926），奥地利诗人，《哀歌》即是他创作的组诗《杜伊诺哀歌》。

每一次，仅仅一次。一次即告终。
我们也一次。永不复返。
但这一次已在，哪怕仅仅一次
……

——林克 译

一路这么过来，我似乎已将这信息完全内化，写下了自己的版本。某个夏日，我遥望着长岛海峡，犹如祷文一样将那些诗句交付于自己的记忆：**哦，主啊，这样的生活是多么的悲哀可怕，诡异却又奇妙。我的唯一，我们的唯一，将它紧紧地搂抱，远离蠕虫，经受它的磨难，将你所得的每一个机会都付与它。**

•

我这人习惯丢三落四，但弗吉尼亚·伍尔夫玩偶，自从第一次收到起，四十年来都未曾丢弃过，我设法通过至少四个步骤将它牢牢留在了自己身边。无可否认，我的弗吉尼亚，衣着上已经有些破损了：一只黑袜子，以及兜里塞着的那个迷你信封都已不见。但她仍然是第一次来时的打扮，里面是一件灰色的羊毛裙，外面套一件栗色的针织羊毛衫。我的这个弗吉尼亚韧性极强，她会写下许多令人震惊的著作，会和伦纳德坐在花园里，太阳落山，他们的头发也会变成白色，20 世纪下半叶就这么照射了进来。

如若弗吉尼亚·伍尔夫得到正确的诊断，服用正确的药物，她逗留的时间是否会更久一些呢？是否调整一下血清素的吸收量，提高多巴胺的注射量就能起作用呢？或者说这只不过是一种愿景，一种时髦的做法？治疗抑郁症的精神药理学历史比较年轻，大约也就半个世纪而已，大脑复杂的通路究竟以何种方式影响情绪，至今仍不过是看起来有理有据的猜测而已。毫无疑问，越来越多的人想要对脑化学中的心灵故障进行治疗，认为情绪发展的起伏变迁（亦即“情感性精神病”）根子就在遗传的性格上，他们自然会认为伍尔夫女士的病完全可以治好。

其他人对枯燥乏味的生化理论并不感兴趣，认为是人的脾性与生活经验之间复杂的互动在起作用，他们会选择规避风险的方式，将伍尔夫所受的创伤考虑进去。她十三岁时，深爱的母亲去世；不到七年，她深爱着的同母异父的妹妹斯黛拉也撒手人寰，这些都是需要考虑的因素。继兄乔治·达克沃斯对她性侵，父亲脾气古怪，对她严厉苛责，而且那是一个歧视压迫女性的时代（虽然已近尾声），所有这些因素都不容忽视。可是即便采用最先进的治疗方式，将药物与心理治疗以理想的方式结合起来，一两年后，或者十年后，弗吉尼亚最终选择自杀的可能性也始终存在。虽然不能说不可能，但要对这些事情进行测定，难度仍然很大。“生命就是长期疲倦的过程。”塞缪尔·巴特勒如是说。总会有这样的人，他们知道其他人也疲惫，可他们早已身心俱疲，等待得太久了，所以现在到了踏出这一步的时候了。

37

有的东西我想要，却没法拥有，补偿也是万万不可能的。没人会听我的意见，现在不会，以后不会，永远都不会。情况不该如此，可事实就是如此。这个简单的道理令我勃然大怒——我可不想这么惨淡——可我的怒火根本没地方可发泄。如果你是个社会化的人，自然不会将怒气撒到最近的目标身上。你必须学会与之共处，用某种方式将它升华，或者用适得其反的方式给自己找条出路，比如暴饮暴食、酗酒如命、嗑药上瘾。难怪我会对连环杀手如此痴迷，通宵观看电视上连环杀手的传记片，读有关他们的书，从泰德·奔迪到约翰·韦恩·盖西，可谓不一而足，中途还会停下来，了解一番英国和俄罗斯的情况，使自己这方面的专业知识可以为匡提科[1]的连环杀手侧写部门提供一份助力。

1　匡提科（Quantico）是美国联邦调查局训练学院的所在地。

如今，我已经要戴老花镜了，最近还诊断出了糖尿病，得吃药控制血糖。（不过，我并不会为了健康而停止吃糖和意面，佐伊为了我的健康着想，不让我吃曲奇，我就把曲奇藏起来，不让她收走。）后来，我的膝盖又出了问题，我一直有关节炎，只要在台阶上走上走下，双腿就会疼痛。我这人爱慕虚荣，不会因为抑郁严重，就对自己的相貌不管不顾，偶尔我也会去做整容，我注射的美容填充物以后有可能会出岔子，堵塞主动脉，就算不导致死亡，也会引发失明。你看，我老了，越来越老了；尽管我还是个小姑娘的时候，就已梦想着自杀，在七楼的卧室窗旁探出身子，想象自己悄无声息地跳到马路上，远离家庭带来的种种错误，远离无尽的泪水。在简·里斯身后出版的未完成的自传《请微笑》中，有这么一句话能精确地阐明我这种困境："哦，上帝啊！我只有二十岁，还得这么活下去，活下去，活下去。"

换言之，我假装自己理解成年人生活的基本特质，成年人必须坚持不懈地为自己的福祉着想，可事实上我对自己的福祉毫不在意，最多就是些表面化的自恋举措而已，比如，不能让头发变白，要使用眼霜和润肤露祛除严重的衰老痕迹。除此之外，就和死亡调调情，我最想得到的是父母的呵护，却始终得不到；所以，我一般不会去理会健康问题，除非有一天觉得不舒服或者疼痛。我并不是说枯燥的日常卫生工作不需要做了，我也刷牙，洗澡，定期洗头发，可即便这么做了，我内心仍然有所抗拒，很想知道保养自己的目的究竟何在，为什么这些事情必须一而再，再而三地重复操作。牙齿坏了就坏了，头发一缕缕地黏结就让它黏结呗。有时候，疾病会胜出：我已经有十五年没拍摄过乳腺 X 光片了，但我有个姐姐得了乳腺癌。我觉得自己目空一切，确实有点像在玩俄罗斯轮盘赌：能抓得住我，就来抓吧。

可到了夏天，你发现我还在，虽然我断断续续地一直渴望自杀，就像安妮·塞克斯顿在一首诗里所写的那样，那是“一种几乎无可名状的情欲”：我躺在花园的泳池中，身后是一栋漂亮的小房子，那是我在长岛租的房子，生机勃勃。这是我住过的第四栋房子，也是最适合我的房子，因为可以走路去村子里（我仍然没学开车，到现在这个份上，看来我是不可能再去学了）；空间也足够紧凑，一个人住，也不会觉得孤单。我过了一段时间才习惯于住在租来的消夏寓所里，才对房子里的陈设、囤积的物品安之若素，毕竟还得为别人选择的那些家具和餐具买单，但我最终还是渐渐熟悉了这种感觉。

我已经有八年没去医院了，但这期间摇摇欲坠的时刻也不是没有，每到那个时候，负面情感就会喷薄而出，来势汹汹。我曾梦想过要一劳永逸地克服抑郁症，但后来逐渐明白抑郁症就是一种慢性病，它就像我对文学的爱好一样，是我体内的一部分。直至今日，我仍然不知道抑郁症是否像癌症那样是一种名正言顺的疾病，抑郁症虽然表面上昙花一现，可我仍然费了九牛二虎之力给予其以应有的地位。尽管我耽于空想，想要永久断药，可我仍然会预防性地服用药物，而不考虑药物的副作用，我也在一直看心理医生，这两种方式两相结合，成效不错，也有了盼头。如果我对战胜抑郁症没有十足的把握，我就会对它发起挑战，在它周边探查，告诉自己抑郁症的对立面并非是某种难以想象的幸福状态，而是一种几近满足的状态。也许，抑郁症患者**不**抑郁的时候，就会对生活的希冀太多，对标准的设定太高。去年冬天的某个晚上，我反复对佐伊转述我朋友 E 对我说的话，一遍又一遍，连我自己都觉得惊讶。“生命是礼物。”我告诉女儿，接着为了强调重点，我又补充道：“很棒的礼物。”我料想佐伊会翻白眼，尤其会不待见我身上发散出的这种近乎虔诚的情感，可她却只是露出困惑不解的神情。

我第一次听朋友说这话的时候，觉得不可思议，就像逛麦迪逊大道时，在商店橱窗的清单上看到的那句箴言：“唤醒自尊。”我不明白这话究竟意味着什么？要么拥有自尊，要么没有；自尊是没法简单“唤醒”的。我还记起色彩鲜艳的约翰逊·阿德勒枕头上绣的一句话：“希望是别致的。”仿佛希望是崭新的舰队，装饰性大于实质性。我不知道是否该相信“生命是礼物”这句话（因为你从娘胎里出来前，并没有人问过你是否愿意降生人世），但我还是愿意去相信它。或许，这就是年老的标志吧，只是就连我都觉得，没人会领这个情。

我闭上眼睛，随波而去。这是七月一个柔和的周六午后，天气不算太热，微风吹拂着树叶。我请来度周末的两位朋友都躺在躺椅上看书，我等了一天的佐伊不出所料来晚了。这并不是一个多么特殊的场景，以前我也没料到自己还会安排这样一次聚会，毕竟这样的聚会需要我事事亲力亲为，不能指望一切都由他人代劳。我站在泳池里，本想多游几圈，却突然真真切切地感受到了天空中母亲的存在，她比以前要和善得多。那一刻，我深切体会到了失去她的那种感受，以防万一，趁没人注意的时候，我便仰头冲她稍稍挥了挥手。

兴冲冲来回游了几圈后，我从池水里出来，用一条塔利特[1]式的毛巾裹住肩膀，往朋友身边的躺椅上一窝。她们正在讨论心理学的可信度，逻辑缜密的J认为心理学家都是能说会道的骗子，我为之撰稿的其中一家杂志社的编辑L则坚持认为要对心理学持开放的态度。我拿起一直在读的书《KL》，这本书有八百页之厚，讲的是集中营的历史——我典型的消夏读物——读之引人入胜，令人心碎。这时，佐伊忽然出现在花园的入口处，身上是日常的宽松服，背了只鼓鼓囊囊的背包。“你来啦，”我说，“我都对你不抱希望了。”

再过大约一个小时，我们四个就会步行前往破旧的兼卖比萨的墨西哥饭馆吃饭，我挺喜欢那家馆子，去的大多是当地人，而不是来消夏的人。之后，我们会在糖果厨房看看电视，玩玩填字游戏，顺带吃几桶淡色的冰激凌；入夜之前，佐伊会挑起一个话头，和我争论争论，她挑的可真是时候，因为这时候我通常都在

1　塔利特（Tallit），犹太教男人晨祷时的披巾。

洗碗，或招待客人。我们上床睡觉的时候，她会提醒我别忘了晚上吃药。然后，在我准备熄灯之前，她会进我的房间，俯下身，在我脸上蜻蜓点水似的啄上一口。

她离开后，我会躺在黑暗中，回想着在这借来的屋顶底下，家人和朋友小聚一堂的情景，我常常觉得生活中时时处处都能遇到人，我绝对无法忍受，可现在看来反倒是件好事。我在脑海中四处翻寻着，想知道是否还存在着平时那种不满足感，等待填满的那种匮乏感，但眼下实在找不到这样的感受。

房间温馨舒适，我拽过松软的被子，裹紧身子，抵御着空调沁人心脾的凉爽。明天想必会阳光明媚，水草丰盈，可以读好几个小时的书，一起吃吃饭，信马由缰地聊聊天。就在我的眼皮开始沉沉下坠时，我突然忆起极喜欢的一句诗，是查尔斯·奥尔森[1]写的："我不得不了解简单至极的事情/能持续多久。简单为困难而准备。"

谁会认为我就快要幸福了？

1　查尔斯·奥尔森（Charles Olson，1910—1970），美国诗人，黑山派开山鼻祖。

致谢

本书需要采用极难处理的一些材料，会涉及我极其脆弱的内心。它需要许多人的支持与滋养，其中有些朋友帮我阅读初稿，他们的评论与建议极富洞察力。我首先要感谢的是艾莲·普费弗布里特，从许多年前的初稿到最终的终稿，她始终不离不弃地阅读，此外还有卡罗尔·吉利根、奇普·麦格雷斯、奥诺·摩尔、代布·盖里森和苏珊·斯夸尔。

至于生活与写作上的帮助，我得感谢安迪·波特、内萨·拉帕波特、安妮·罗弗、乔瑞·格雷汉姆、蒂娜·雷卡纳迪、乔伊·哈里斯、布伦达·怀纳普尔、黛博拉·所罗门、贾米·伯纳德、贝瑟尼·阿哈德夫、列夫·门德斯和斯蒂芬·德拉克。

编辑艾琳·史密斯对我完成本书的能力充满信心，虽然流言并不这么认为。这么多年来，她会试探性地提一些问题，向我提供各种细致的建议，她对我的帮助可以说无法估量。代理人马克斯·霍夫曼也是我的无价之宝，他能提出建设性的批评意见，对我的鼓励未曾丝毫动摇过。还要感谢营销编辑洛钦·谢弗斯、桑迪·门德尔松，他们对本书的支持始终没有变过。

至于家里人，得感谢我的两位姐姐，黛娜·门德斯和黛博拉·戈伯，她们一直都在督促我继续向前，虽然书中所用的那些材料令人不安。我的助理安妮-玛丽·穆什克英勇无畏，将我的生活安排得井井有条，事实证明她也是一个很棒的读者。我朋友爱丽丝·特鲁亚克斯帮助我走出了黑暗，她那永不出错的心理直觉始终都能使我认识到创作本书的目的何在。最后，就是我的女儿佐伊，我所写的文字，她不愿去读，但她所倾注的爱与智慧却能使我浮出水面。